中公文庫

葛飾土産

永井荷風

中央公論新社

この書は四とせこのかた東葛飾郡市川の町はずれ菅野というところに隠れすみて其日々々の糧を買わんとて筆とりしものを取集めしなれば殊更に序をつくるにも及ばしとて

昭和廿四年の暮せまるころ　荷風生しるす

目次

葛飾土産

にぎり飯

深川古石場（ふかがわふるいしば）町の警防団員であった荒物屋の佐藤は三月九日夜半の空襲に、やっとのこと火の中を葛西橋近くまで逃げ延び、頭巾の間から真赤になった眼をしばだたきながらも、放水路堤防の草の色と水の流を見て、初て生命（いのち）拾いをしたことを確めた。然しどこをどう逃げ迷って来たのか、さっぱり見当がつかない。逃げ迷って行く道すがら人なだれの中に、子供をおぶった女房の姿を見失い、声をかぎりに呼びつづけた。それさえも今になっては何処のどの辺であったかわからない。夜通し吹荒れた西南の風に渦巻く烟（けむり）の中を人込みに揉まれ揉まれて、後へも戻れず先へも行かれず、押しつ押されつ、喘ぎながら、人波の崩れて行く方へと、無我夢中に押流されて行くよりしょうがなかったのだ。する中（うち）人込みがすこしまばらになり、息をつくのと、足を運ぶのが大分楽になったと思った時には、もう一歩も踏出せないほど疲れきっていた。そのまま意久地なく其場に蹲踞（しゃが）んでしまうと、どうしても立上ることができない。気がつくと背中に着物や食料を押込められるだけ押込んだリクサクを背負っているので、それを取りおろし、よろけながら漸く立上り、前後左右を見廻して、佐藤はここに初て自分のいる場所の何処であるかを知ったのである。

広い道が爪先上りに高くなっている端れに、橋の欄干の柱が見え、晴れた空が遮るものなく遠くまでひろがっていて、今だに吹き荒れる烈風が猶も鋭い音をして、道の上の砂を吹きまくり、堤防の下に立っている焼残りの樹木と、焦げた柱ばかりの小家を吹き倒そうとしている。そこら中夜具簞笥風呂敷包の投出されている間々に、砂ほこりを浴びた男や女や子供が寄りあつまり、中には怪我人の介抱をしたり、または平気で物を食べているものもある。橋の彼方から一ぱい巡査や看護婦の乗っているトラックが二台、今方佐藤の逃げ迷って来た焼跡の方へと走って行くのが見えた。大勢の人の呼んだり叫んだりする声の喧しい中に、子供の泣く声の烈風にかすれて行くのが一層物哀れにきこえた。佐藤は身近くそれ等の声を聞きつけるたびたび、もしや途中ではぐれた女房と赤ン坊の声であってくれたらばと、足元のリクサクもその儘に、声のする方へと歩きかけたのも、一度や二度ではなかった。

避難者の群は朝日の晴れやかにさしてくるに従って、何処からともなく追々に多くなったが、然し佐藤の見知った顔は一人も見えなかった。咽喉が乾いてたまらないのと、寒風に吹き曝される苦しさとに、佐藤は兎に角荷物を背負い直して、橋の渡り口まで行って見ると、海につづく荒川放水路のひろびろした眺望が横たわっている。橋の下には焼けない釣舟が幾艘となく枯蘆(かれあし)の間に繫がれ、ゆるやかに流れる水を隔てて、向岸には茂った松の木や、こんもりした樹木の立っているのが言い知れず穏に見えた。橋の上にも、堤防の上にも、また水際の砂地にも、生命拾いをした人達がうろうろしている。佐藤は水際まで歩み寄って、またもや頭巾を刎(は)ねのけ荷物をおろし、顔より先に眼を洗ったり、焼焦(やけこげ)だらけの洋服の塵を払ったりした後、棒のようになった両足を投出して、どっさり其場に寝転んでしまった。

するると、そのすぐ傍に泥まみれのモンペをはき、風呂敷で頰冠をした若いおかみさんが、頭巾をかぶせた四五歳の女の子と、大きな風呂敷包とを抱えて蹲踞んでいたが、同じように真赤にした眼をぱちぱちさせながら、

「一寸(ちょっと)伺いますが東陽公園の方へは、まだ帰れないでしょうか。」と話をしかけた。

「さア、どうでしょう。まだ燃えてるでしょうからね。おかみさん。あの辺ですか。」

「ええ。わたし平井町です。一ッしょに逃出したんですけど、途中ではぐれてしまったんです。どこへ聞きに行ったら分るんでしょう。」という声も一言毎に涙ぐんでくる。

「とても此の騒ぎじゃ、今すぐにゃ分らないかも知れませんよ。わたしも女房と赤ン坊がどうしたろうと困っているんですよ。」

「まア、あなたも。わたしどうしたらいいでしょう。」とおかみさんはとうとう音高く涙

を啜り上げた。

「仕様がないから、焼跡に町会が出来たかどうだか見てくるんですね。それよりか、おかみさん。どこか行先の目当があるんですか。」

「家は遠いんです。成田です。」

「成田ですか。それじゃ、どの道一度町会へ行って證明書を貰って来た方がいいでしょう。一体みしてわたしも行って見ようと思っているんですよ。わたしは古石場にいました。」

「あの、もう一軒、行徳に心安いとこがあるんです。そこへ行って見ようかと思っています。」

「行徳なら歩いて行けますよ。この近辺の避難所なんかへ行くよりか、そうした方がよかアありませんか。わたしも市川に知った家がありますからね。あの辺はどんな様子か、行って見た上で、考えようと思ってるんです。もうこうなったら、乞食同様でさ。仕様がありませんよ。」

佐藤も途法に暮れた目指を風の鳴りひびく空の方へ向けた時、堤防の上から、

「炊出しがありますから町会まで取りに来て下さアい。」と呼び歩く声がきこえた。

佐藤は市川で笊や籠をつくって卸売をしている家の主人とは商売柄心やすくしていたので、頼み込んで其家の一間を貸してもらった。そして竹細工の手つだいをしたり、また近

処の家でつくる高箒(たかぼうき)を背負ったりして、時々東京へ売りに行った。その都度もと住んでいた町の町会へも立寄り、女房子供の生死を調べたが手がかりがなかった。せめて死骸のありそうな場所だけでもと思ったがそれも分らずじまいであった。

　火災を免れた市川の町では国府台(こうのだい)の森の若葉が日に日に青く、真間川(ままがわ)堤の桜の花もいつの間にか散ってしまったころである。佐藤は或日いつものように笊を背負い、束ねた箒をかついで省線浅草橋の駅から橋だもとへ出た時、焼出されの其朝、葛西橋の下で、いっしょに炊出しの握飯を食って、其儘別れたおかみさんが、同じ電車から降りたものらしく、一歩(ひとあし)先へ歩いて行くのに出会った。

　わけもなく其日の事が思出されて、佐藤は後から、「もし、おかみさん。」と呼びかけた。

「あら。あの時はいろいろお世話さまになりました。」

　振返るおかみさんの顔にも同じような心持が浮んでいる。見れば葛西橋下で初て見た時よりも今日はずっと好い女になっている。年は二十二三。子供をつれていないので、まだ結婚しない女とも見れば見られる若々しさ。頬かぶりをしたタオルの下から縮(ちぢ)らし髪の垂れかかる細面(ほそおもて)は、色も白く、口元にはこぼれるような愛嬌がある。仕立直しのモンペ姿もきちんとして、何やら四角な風呂敷包を背負った様子は、買出しでなければ、自分と同じように行商でもしているのかと思われた。

「おかみさん、もう此方(こっち)へ帰って来たんですか。」

「いいえ。まだあっちに居ます。」

「あっちとは。あの、行徳ですか。」

「ええ。」

「じゃ、あれッきり分らないんですか。」

「いっそ分らない方がいいくらいでした。警察で大勢の死骸と一緒に焼いてしまったんだろうッて云うはなしです。」

「運命だから仕方がありませんよ。わたしの方も今だにわからずじまいですよ。」

「お互にあきらめをつけるより仕様がありませんねぇ。わたし達ばっかりじゃないんですから。」

「そうですとも。あなたの方が子供さんが助かっただけでも、どんなに仕合せだか知れませんよ。わたしに比べれば……。」

「思出すと夢ですわね。」

「何か好い商売を見つけましたか。」

「飴を売って歩きます。野菜も時々持って出るんですよ。子供の食料代だけでもと思いまして……。」

「わたしも御覧の通りさ。行徳なら市川からは一またぎだ。好い商売があったら知らせて上げましょうよ。番地は……。」

「南行徳町□□の藤田ッていう家です。八幡(やわた)行のバスがあるんですよ。それに乗って相川ッて云う停留場で下りて、おききになればすぐ分ります。百姓している家です。」

「その中お尋ねしましょうよ。」

「洲崎前の郵便局に少しばかりですけど、お金が預けてあるんですよ。取れないもんでしょうか。」

「取れますとも。何処の郵便局でも取れます。罹災者ですもの。通帳があれば。」

「通帳は家の人が持って行ったきりですの。」

「それア困ったな。でも、いいでさ。あっちへ行った時きいて上げましょう。」

「済みません。いろいろ御世話さまです。」

「これから今日はどっちの方面です。」

「上野の方へでも行って見ようかと思っています。広小路から池の端の方はぽつぽつ焼残ったとこもあるそうですから。」

「じゃ、一ッしょに一廻りして見ようじゃありませんか。下谷も上野寄りは焼けないそうですよ。」

時候もよし天気もよし。二人は話しながら焼け残った町々を売りあるくと、案外よく売れて、山下に来かかった時には飴はいつか残り少く、箒は一本もなくなり、笊が三ッ残ったばかりであった。停車場前の石段に腰をかけて二人は携帯の辨当包をひらき、またもや一ッしょに握飯を食べはじめた。

「あの時のおむすびはどうでした。あの時だから食べられたんですぜ。玄米の生炊で、おまけにじゃりじゃり砂が入っている。驚きましたね。」

おかみさんはいかがですと、小女子魚(こうなご)の佃煮を佐藤に分けてやると、佐藤は豆の煮たのを返礼にした。おかみさんは小女子魚は近処の浦安で取れるからお辨当のおかずには不自由しないような話をする。

　佐藤は女房子供をなくしてから今日が日まで、こんなに面白く話をしながら物を食ったことは一度もなかったと思うと、無暗に嬉しくてたまらない心持になった。

「ねえ、おかみさん。あなた。これから先どうするつもりです。まさか一生涯一人でくらす気でもないでしょう。」

「さア、どうしていいんだか。今のところ食べてさえ行ければいいと思っているくらいですもの。」

「食べるだけなら心配することたァありませんや。」

「男の方なら働き次第ッていう事もあるでしょうけど、女一人で子供があっちゃァ並大抵じゃありません。」

「だから、ねえ、おかみさん。どうです。わたしも一人、あなたも一人でしょう。縁は異なものッて云う事もあるじゃありませんか。あの朝一ッしょに炊出しをたべたのが、不思議な縁だったという気がしませんか。」

　佐藤はおかみさんが心持をわるくしはせぬかと、絶えず其顔色を窺いながら、じわじわ口説きかけた。

　おかみさんは何とも言わない。然し別に驚いた様子も、困った風もせず、気まりも悪がらず、始終口元に愛嬌をたたえながら、佐藤がまだ何か言いつづけるつもりか知らという ような顔をして、男の口の動くのを見ている。

「おかみさん。千代子さんでしたね。」

「ええ。千代子。」

「千代子さん。どうです。いいでしょう。わたしと一ッしょになって見ませんか。奮発して二人で一ト稼かせいで見ようじゃありませんか。戦争も大きな声じゃ言われないが、もう長いことはないッて云う話だし……。」

「ほんとにね、早く片がついてくれなくッちゃ仕様がありません。」

「焼かれない時分何の御商売でした。」

「洗濯屋していたんですよ。御得意も随分あったんですよ。だけど、戦争でだんだん暇になりますし、それに地体お酒がよくなかったしするもんで……。」

「そうですか。旦那はいける方だったんですか。わたしと来たらお酒も煙草も、両方ともカラいけないんですよ。其方なら誰にも負けません。」

「ようございますわねえ。お酒がすきだと、どうしてもそれだけじゃァ済まなくなりますからね。悪いお友達もできるし……今時分こんなお話をしたって仕様がありませんけれど、随分いやな思をさせられた事がありましたわ。」

「お酒に女。そうなると極（きま）って勝負事ッて云うやつが付纏（つきまと）って来ますからね。」

「全くですわ。じたい場所柄もよくなかったんですよ。盛場が目と鼻の間でしたし……。」

「お祭ししますよ。並大抵の苦労じゃありませんでしたね。」

「ええ。ほんとに、もう。子供がなかったらと、そう思ったこともたびたびでしたわ。」

あたりは汽車の切符を買おうとする人達の行列やら、立退く罹災者の往徠（ゆきき）やらでざわついているだけ、却て二人は人目を憚るにも及ばなかったらしい。いきなり佐藤は千代子の手を握ると、千代子は別に引張られたわけでもないのに、自分から佐藤の膝の上に身を寄せかけた。


休戦になると、それを遅しと待っていたように、何処の町々にも大抵停車場の附近を重（おも）にしてさまざまな露店が出はじめた。

佐藤と千代子の二人は省線市川駅の前通、戦争中早く取払になっていた商店の跡の空地に、おでん屋の屋台を据えた。土地の人達にも前々から知合があったので、佐藤の店はごたごた葭簀（よしず）をつらねた露店の中でも、最も駅の出入口に近く、人足の一番寄りやすい一等の場所を占めていた。

年が変ると間もなく世間は銀行預金の封鎖に驚かされたが、日銭の入る労働者と露店の商人ばかりは物貨の騰貴に却て懐中都合が好くなったらしく、町の商店が日の暮れると共に戸を閉めてしまうにも係らず、空地の露店は毎夜十一時近くまで電燈をつけていた。

あたりの様子で、その夜もかれこれ其時刻になったらしく思われた頃である。佐藤の店の鍋の前にぬっと顔を出した女連の男がある。鳥打帽にジャンパー半ズボン。女は引眉毛に白粉口紅。縮髪に青いマフラの頬かむり。スコッチ縞の外套をきている。人柄を見て佐藤は、

「いらっしゃい。つけますか。」と言いながら燗徳利を取上げた。

「あったら、合成酒でない方が願いたいよ。」

「これは高級品ですから。あがって見ればわかります。」

「それはありがたい。」と男はコップをもう一つ出させて、女にも飲ませながら、

「お前、どう思った。あの玉じゃせいぜい奮発しても半分というところだろう。」

「わたしもそう思ってたのよ。まさか居る前でそうとも言えなかったから黙ってたんだけど。」

二人ともそれとなくあたりに気を配りながら、小声に話し合っている。折からごそごそと葭簀を片よせ其間から身を斜にして店の中へ入ったのは、毎夜子供を寝かしつけた後、

店仕舞の手つだいに来る千代子である。千代子は電燈の光をまともに、鍋の前に立っている客の男とその場のはずみで、ぴったり顔を見合せた。二人の面には驚愕(きょうがく)と怪訝(けげん)の感情が電(いなずま)の如く閃(ひらめ)き現れたが、互にあたりを憚(はばか)ったらしくアラとも何とも言わなかった。

客の男は矢庭にポケットから紙幣束(さつ)を掴(つかみ)出して、「会計、いくら。」

「お酒が三杯。」と佐藤はおでんの小皿を眺め、「四百三十四円になります。」

「剰銭(つり)はいらない。」と百円札五枚を投出すと共に、男は女の腕をひっ掴むようにして出て行った。外は真暗で風が吹いている。

「さア、片づけよう。」と佐藤は売れ残りのおでんが浮いている大きな鍋を両手に持上げて下におろした。それさえ殆ど心づかないように客の出て行った外の方を見送っていた千代子は俄におそげ立ったような顔をして、

「あなた。」

「何だ。変な顔しているじゃないか。」

「あなた。」と千代子は佐藤に寄添ひ、「ちがいないのよ。生きてるんだわ。」

「生きてる。誰が。」

「誰ッて。あの。あなた。」と哀みを請うような声をして佐藤の手を握り、

「あの人よ。たしかにそうだわ。」

「あの。お前のあの人かい。」

「そうよ。あなた。どうしましょう。」

「パンパン見たような女がいたじゃないか。」

「そうだったか知ら。」

「闇屋見たような風だったな。明日また来るだろう。」

「来たら、どうしましょう。」

「どうしょうッて。こうなったらお前の心一ッだよ。お前、もと通りになれと言われたら、なる気か。」

「なる気なら心配しやしないわ。なれッて言ったッて、もう、あなた。知ってるじゃないの。わたしの身体（からだ）、先月からただじゃないもの。」

「わかってるよ。それならおれの方にも考があるんだ。ちゃんと訳を話して断るからい い。」

「断って、おとなしく承知してくれるか知ら。」

「承知しない訳にゃ行かないだろう。第一、お前とは子供ができていても、籍が入っていなかったのだし、念の為田舎の家の方へも手紙を出したんだし、此方（こっち）ではそれ相応の事はしていたんだからな。此方の言うことを聞いてくれないと云うわけには行くまいさ。」

二人は貸間へかえる道々も、先夫の申出を退ける方法として、一日も早く佐藤の方へ千代子の籍を入れるように話をしつづけた。

次の日、一日一夜、待ちかまえていたが其男は姿を見せなかった。二日たち三日たちして、いつか一ト月あまりになったが二度とその姿を見せなかった。

時候はすっかり変った。露店のおでんやは汁粉やと共にそろそろ氷屋にかわり初めると、間もなく盂蘭盆が近づいてくる。千代子は夜ふけの風のまだ寒かった晩、店のしまい際にふと見かけた人の姿は他人の空似であったのかも知れない。それともあの世から迷って来たのではなかったかと、気味の悪い心持もするので、大分お腹が大きくなっていたにも係らず、子供をつれて中山の法華経寺へ回向をしてもらいに行った。また境内の鬼子母神へも胎児安産の祈願をした。

或日、新小岩の町まで仕込の買出しに行った佐藤が帰って来て、こんな話をした。

「あの男はやっぱりおれの見た通りパンパン屋だよ。あすこに五六十軒もあるだろう。大抵亀戸から焼け出されて来たんだそうだがね。」

「あら。そう。亀戸。」

千代子の耳には亀戸という一語が意味あり気に響いたらしい。

「亀戸にゃ前々から引掛りがあったらしいのよ。でも、あなた。よくわかったわね。」

「裏が田圃で、表は往来から見通しだもの。いつかの女がシュミーズ一ツで洗濯をしているから、おやと思って見ると、旦那は店口で溝板か何か直していたッけ。」

「突留めるところまで、やって見なけりゃア分らないと思ったからよ。みんなお前の為だ。お茶代一ぱい、七十円取られた。」

「あなた。上って見て。」

千代子は焼餅もやかず、あくる日は早速法華経寺へお礼参に出かけた。

昭和廿二年十一月稿

心づくし

終戦後間もなく組織されたB劇団に、踊りもするし、歌もうたうし、芝居もするというような種類の女優が五六人いた。

その中の二人は他の三四人よりも年が上で、いずれも二十五六。前々からきまった男を持っていた。一人は年も四十を越した一座の興行師の妾で、三ツになる子供がある。他の一人は銀座の或ダンスホールでクラリネットを吹いている音楽師を恋人にしていたが、あとの三四人は年も二十になるかならず、手入らずの生娘だかどうだか、それは分らないが、兎に角B劇団開演の当初、二三ヶ月ばかりの間は、楽屋の噂になるような事はしていなかった。

一座は浅草公園を打上げた後、近県の町々を一めぐり興行して東京にかえり新宿の或映画館で蓋(ふた)を明けたが、その時には、早くも三人の中の一人は仲間の或男優と人目かまわず巫山戯(ふざけ)るような仲になっていたし、また他の一人は次の興行の稽古中、一座の若い演出家先生と何やら背景のかげなどでひそひそはなしをはじめると云う有様。初に変らず娘のままで居残ったのは唯た一人になった。それは藝名を春川千代子といって年は十九。戦争中も幸に焼けなかった葛飾区高砂町の荒物屋の娘である。

西の市に売れ残る熊手のお亀が、早く売れるものより出来がわるいと、定った訳はない。それと同じように、千代子が三人の中で一番おくれて男を知り初めたのに、特別の事情や理由のあるわけではなかった。その顔立も、その技藝も、その気性も、三人が三人、どれが優れ、どれが劣っていたとも見えなかった。三人とも同じように、戦争中徴用されていた工場の女工から、戦後、あたり前ならば電車の車掌か、食べ物屋の給仕か、闇市の売子にでもなるべきところを、いずれも浅草に遠からぬ場末の町に成長し、近処に周旋する人のあるがまま女優というものになったまでの事で。舞台の薄暗い物かげなどで、一寸見れば三人とも誰が誰やら見分けがつかない。食料不足の世と云うにも係らず、三人とも栄養不良の様子は更に見られない豊な肉づき。臀の大きいのと、腿の太いのが際立って目につく身体つき。笑ったり話をしたりする時の態度や声柄までが、姉妹ででもあるように能く似ていた。戦後いずこの町と云わず田舎と云わず、すさまじい勢で繁殖して行く民衆的現代女性の標本とでも言いたい娘さん達である。

或日、楽屋の風呂場で、興行師の妾になっている一番年上の女が、「千代ちゃん。まだ誰も好きな人できない。」とからかった。

千代子は洋服の片地でも見る時のような調子で、「いいの居ないもの。居なそうだわ。」

「そうか知ら。捜しようがわるいんだろう。」

「でも此方で好いと思う人には、大概きまった人があるじゃないの。仕様がないわ。わたし売れ残りでいいのよ。その方が気楽だわ。」

然し千代子は何となく心淋しい気がしないのでもなかった。急に雨が降って来たりする帰り道、男が持っている其傘をさしかけて、女の家まで送ってやったりするのを見たり聞いたりする時など、自分もそういう親切な目に遇って見たいような気になることもあった。する中、演出家を恋人にしている亀子という仲間の女がお腹を大きくさせた。そして座長の人気役者が媒介役を買って出て目出度結婚させることになった。亀子のお腹は日に増し出張って来て、衣裳を着換るたびたび、帯を締直すのが苦しそうに見え初め、舞台も成るべく動かない役を振って貰うようになった。

或日次の興行の稽古に取りかかった時、いつもならば亀子が得意でするフラッパーな娘の役割が千代子に振替えられた。

序幕は月のいい晩に、男女の学生が公園のベンチで会合する場面。男の学生に扮した役者は他の劇団から転じて今度新に加入した山室弘という二十五六の学生くずれ。戦争中から慰問興行の団体などにも加わって、舞台の経験もあり、流行歌も下手ではないという評判。千代子の目には将来有望な青年俳優であるらしく思われた。自然と稽古にも興が乗って、千代子は抱かれて頬摺りなどする仕草にも、我知らず狂言ならぬ真剣味を見せはじめた。それが為か、初日の幕があいた時、其日の演藝の中では千代子の役が一番評判がよかった。男の方でも相手の熱烈な演じ方に気乗りがしたと見えて、幕になった後まで、猶も飽きずに舞台の上の仕草から思入（おもいいれ）、台詞の言い方を、いろいろ懇切に教えたり直してやったりした。

三日目の舞台に、山室はベンチの上で力まかせにぐっと千代子の身を抱きすくめ、その唇の上にいつ放すとも知れず自分の唇を押しつけたが、千代子は呼吸をはずませながら、悶（もが）きもせずにじっとしていた。その日から山室は幕間毎に女優の部屋へやって来て、千代子の鏡台の前に坐り、千代子の使う刷毛で顔を直したり、また楽屋外の喫茶店へ誘い出したりするようになった。

一座はその時丸の内で興行していた。千代子はその帰道が同じなので、田中と云う三枚目の役者を恋人にしている仲間の蝶子といつも連立って、地下鉄から浅草で東武線に乗りかえ、牛田という停車場から更に京成電車に乗りかえて高砂の駅で降りる。その道々千代子はいつも居眠りしかける蝶子を呼び起しては、うるさい程山室の話をするのであった。

「じゃ、あんた、まだだったの。わたし、もうとうに、そうだと思ってたわ。」或夜蝶子は驚いたような調子で笑った。

「だって、向で何とも言ってくれないんだもの。仕様がないわ。」

「あんた。真実山室さん好きなの。」

「好きだわ、わたし。だけれど女の方からそんな事言い出せないわ。断られると気まりがわりいもの。」

「大抵様子でわかるじゃないの。断るか、断らないか……。」

「蝶子さん、あんたの場合、どうだったの。どっちが先に言出したの。」

「どっちッて。わたしも彼氏も、どっちからも、何とも言やしなかったわ。」

「じゃ警報なしに。突発したのね。すごいわね。」

「何さ。だから大概様子でわかるって言ったじゃないの。時機があるのよ。チャンスが必要なのよ。」

そう言われてから、千代子は毎日その話をする機会を窺っていた。その話というのは山室が結婚の約束をしてくれるか、どうかという事なのである。然し楽屋の部屋も、外の喫茶店も人目の多いことには変りがなく、改ってしんみりした話をするには其場所が見つからなかった。帰道にでも二人つれ立って歩きでもしたらと思うのであるが、あいにく山室は大詰の幕にはほんの一寸舞台へ出るばかり。千代子が幕切まで居残って、それから部屋に戻り化粧をおとしたり、着物をきかえたりして、道づれの蝶子と外へ出る時には、山室の姿はもう見えない。

或日千代子は思切って、

「山室さん。あなた、帰りいそぐのね。家、遠いの。」

「鎌倉から通うんだもの。東京にゃ泊れるところがないんだよ。千代子さんとこ、泊れると助かるんだ。」

無論冗談だとは知りながら、千代子は家には両親をはじめ男の兄弟もいるので、即座には何とも返事ができなかった。

する中、蝶子が病気で休んだことがあった。千代子は帰りの道づれがないのを幸、今夜こそ山室を引止め一緒に駅までもいいから歩きながら話をしようと思い定めた、ところが其時になると、蝶子の情夫が彼女の病気を見舞いに行くから一緒に行こうと言出したため、折角の機会も空しくなった。然し千代子は日に増し、山室との間が親しくなって行くのを知るにつけ、せめての心やりに、何か真実を籠めた贈物をしようと思定めた。それは毛糸のスエータを編んで男に着てもらおうということであった。

女達の間には一時忘れられていた編物がまた流行り出して、姉さん株の女優の一人はこの間から子供の足袋を編み始めていた。千代子は郵便貯金まで引出して鼠色霜降の糸を買い、往復の電車の中は勿論、舞台裏で「出」を待つ間にさえ、編物の手を休ませなかった。

いつかその興行も千秋楽になる日が近づいて来た。来月はまた浅草公園へ戻るという話がきまって、謄写摺の新しい脚本がめいめいの手にわたされた。

初日になるという前の日、千代子は蝶子とその男の田中と三人して仲店を歩いていた時、賑な人通に交って、睦し気に話し合いながら買物をしている二人連の男女があるのを、ふと見ると、男は自分の恋している山室で、連の女は其辺に出ている広告の写真などで、瀧野糸子と其名も知られている流行歌の歌手であった。

千代子は何の考もなく心安立に呼びかけようとするのを、蝶子が心づいて、窃と千代子に注意をした。山室と歌唄いとは何も知らずそのまま横町を六区の方へ曲る。蝶子の男はその後姿を見送りながら、千代子の心持は能く知らないと見えて、

「もうたしかに出来てるね。あの二人は。」と自分の女を顧みた。

「とうのむかしからよ。二人とも早いんじゃ有名な人達だもの。」これが女の返事で、会話はそれなり途切れて他の事に移った。

然し千代子はこの短い会話の断片をきいただけで、凡てを推察することができた。山室が毎晩イヤに帰りを急いでいる訳も、自分には舞台で接吻したり物蔭で手を握ったりしてくれながら、どこか冷静で、煮切らない態度をしている其訳をも、一度に残りなく知ることができたような気がしたのである。

千代子は今日も毛糸の編物を手提げの中に入れて居たのであるが、もう稽古のひまに取出して見る気もしなくなった。

新しい狂言は闇市で汁粉を売る姉と、菓子を売る妹とが、一人の男の奪合いをするよう

な筋で、妹に扮する千代子の失恋する場面がある。初日の舞台で、この度も千代子の役が第一の出来栄を見せた。千代子はその晩興行主から大入袋の外に特別の賞与を貰って、人から羨しがられたが、自分ながら怪しむほど嬉しい気がしなかった。

山室は相変らず女優達の部屋へ遊びに来て、楽屋外の喫茶店へ千代子をさそった。千代子も以前と変らず、いそいそして出て行くものの、話は楽屋の部屋でするのと同じく、誰にきかれても差支のないような事ばかりに限られた。行末どうなるだろうと云うような、希望も心配もともども烟のように消えてしまったのだ。

編物は再び千代子の手には取上げられなかった。鏡台を並べた仲間の女達が、「スエータどうして。もう出来たの。」ときくと千代子は事もなげに、「肩が凝るから当分おやめよ。」と言捨てて読みかけの小説から目をそらさなかった。

毎晩道づれになる蝶子は浅草小島町辺に貸二階をめっけたと言って、青砥(あおと)の疎開先から引移った。演出家の女房になった亀子のお腹はいよいよ大きく張出して、暫(しばら)く舞台には出られなくなった。新に二人の若い女が補欠に雇入れられたが、いずれも道がちがうので、千代子は一人きり高砂へかえる電車の中では編物の代りに毎日小説本をひろげていた。

或夜楽屋を出ると雨が降って来そうな空合である。千代子はいつもより又一層急いで、浅草東武線の駅の階段を駈け上って行く時、後から呼びかけるものがあるので、振返って見ると、それは山室よりもずっと前から一座になっていた増田と云う男優である。然し藝も人気も山室とは比べ物にならない無器用な男で、戦災後小岩の駅近くで、野菜を並べている家の忰である。

千代子はお前とは役者の貫禄がちがうと言わぬばかり、姉が弟に対するような調子で、

「ねえ、増ちゃん、明日また持って来てくれない。胡瓜のいいの。」

増田はわざとらしく頭を掻いて、「かッぱらうのも一仕事ですぜ。親父に目っかろうものなら、どやされるよ。」

「いいじゃないの。わたしが頼むんだもの。」

「ええ、いいです。千代子さんのお頼みなら仕様がないや。」

「その代り増ちゃん、こん度煙草上げるわ。家じゃ配給があっても誰ものむ人がいないのよ。」

「どうかお願いします。」

千代子は電車で増田と乗合すのは今夜が初てではない。彼は高砂町から一ッ先の小岩まで乗って行くべき筈なのを、其夜にかぎって千代子の降りる時一緒におりた。千代子は変だと思って、

「どこへ行くの。増ちゃん。」

「歩きます。歩きたいんですよ。」

「降って来るわよ。こんな真暗な晩……。」

「歩きます。僕歩きます。」

「イヤよ。そんな三枚目。受けやしないわ。」

「どうせそうです。僕のする事は受けません。二枚目も三枚目も。僕はとても駄目なんです。」

中川堤に添う真暗な溝川の岸を歩いて行きながら、増田は突然千代子の方に寄添い、初めて見た時から千代子さんが好きで好きでたまらなかった事を打明けた。然しその時分には山室さんが頻にモーションを掛けている最中だったから、自分なんかが何か言っても駄目だと思って我慢をしていたが、山室さんは現在の興行がすむと、X座の女歌手糸子さんと一座になって関西へ行く話がきまった事を、確な処から聞知ったので、もう我慢してはいられなくなったと言うのである。

千代子は歩いて行く中、人通りのない真暗な夜ではあるが、一歩一歩自分の家が近くなるので、まさかの場合には声を出して逃げ出せばいいと、いくらか度胸をきめて、言いたいだけ男に口をきかせていた。男の声は顫えてとぎれとぎれになった時、いつか家の前まで来た。店口の閉めた雨戸の隙間から灯の漏れるのが見える。千代子は安心して立止り、

「じゃ、左様なら。」とやさしく手を出して握らせる。

「千代子さん。僕のお願いきいて下さい。僕、今夜はおとなしく帰りますから。」

「そんな事かまいません。千代子さん、じゃお休みなさい。」

増田は千代子の手に接吻して、よろけながら歩き出そうとした。

「増(まア)ちゃん。傘貸して上げるよ。持ってくるから。一寸待っててよ。」

「いいですよ。いいですよ。濡れてかえります。」

言捨てて男はかなり強く降り出す雨をもかまわず、すぐさま闇の中に姿を消した。その足音の遠くなるのを聞きすましている中、千代子はいつともなく物思わしい様子になった。そして家内の時計が十時を打ち初める音を聞きつけるまで、雨の飛沫(しぶき)に濡れるのも厭わず軒の下に立っていた。

次の日から千代子は一時(ひとしきり)投げすてて置いた毛糸の編物を再び編みはじめた。スエータは右の片腕だけが出来ていたので、こん度は左の方に取りかかったのだ。千代子は初ての人に逃げられた心の悲しみを、次のものによっていくらか慰め忘れさせることができたので、その礼をする心持で、Aに贈ろうと思った贈物をBに廻そうとしたのである。Bのおどおどして言いたいことも言えないような様子が、Aの利口ぶった隙間のない態度に比べて、いかにも純情らしく又かわいそうに思われたのである。

左の片腕はその時の興行も中日にならない中に編上げられ、いよいよ首の周囲から胴に取りかかろうとした時である。朝起きて着物をきる時、下腹の或処に、触るといやに痛痒(いたがゆ)いような腫物が一ッ、ぽつりと吹出ているのに心づいた。千代子はびっくりした。もしやこれが話にきく恐しい病気だったら、どうしようと覚えず身顫いをした。医者に見てもらった方がいいとは思いながら、恥しさと恐しさが先に立って見て貰いには行けない。薬屋から薬も買えない。毎日沈んだ顔色をして人知れず溜息ばかりついていたが、腫物は化膿(うみ)もせず四五日中に拭いたように直ってしまった。まアよかったと嬉し涙をこぼすと共に、千代子はいつも血色のよくない増田の身体(からだ)が急に恐しくなって、接吻は勿論の事、手を握られたり抱きつかれたりする事も、なりたけ体よく避けるようにした。

増田は最初の晩のように、千代子の後を追いかけ、真暗な夜道を歩きながら、怨言(うらみごと)のありたけを言いつづけたけれど、千代子は父さんに目っかって叱られたからと、出放題の言訳をして、其後は何と言われても一緒に夜道は歩かなかった。

いつの間にか其年も秋風が身にしみて来るころになった。千代子は夜道を一人かえる時、短いスカートからこの夏中むき出しにしていた両脚に、しみじみ靴たびがはきたくなり、家へかえるが否や、戸棚の中をさがして、投込んだまま忘れていたスエータに気がついた。

今はもう楽屋中に誰一人スエータを編んでやろうと思うような好きな人はいない。然し戸棚の奥から編物を取出して見ると、左右の腕はもう出来ている。胴も襟のまわりの面倒なところさえ大方は編み上げられているので、後はほんの一手間で仕上げてしまうことができるのだ。そう思うと、最初この仕事に手をつけさせた其人の事が一層しみじみと懐しく思返されて来る。

前の夜に何やら夢を見て、少し寝過した或日の朝、千代子は道々停りがちな腕時計を耳に押当てては見やりながら、あわてて楽屋へ駈込んだ時、大阪の興行先から浅草の楽屋宛に出した、思いがけない山室の手紙を受取った。

山室は来月東京へ帰って来て、他分もう一度千代子の居るB劇団へ加入するだろう。今からそれを楽しみにしているというような嬉しがらせの文句が書いてあった。

千代子は、山室は到底自分と結婚してくれるような純情な男ではないとあきらめながら、そうかと云って、性のわるい色魔にしてしまうほど、悪くも考え得なかった。千代子は誰一人好きな人もなしに、暗記した台詞を繰返すばかり、毎日毎晩を舞台で暮す今の寂しさと退屈さとに比べれば、実現される望はなくとも、せめて舞台の上だけでもいいから、もう一度、顔があつくなったり、呼吸がはずんだりするような目に会いたくて堪らない気がした。

スエータは山室弘再加入の予告が劇場の壁に貼り出された其の翌日、見事に千代子の膝の上に編み上げられた。しかも胸のところに、小さく人目につかぬように、二人のイニシアルが変り色の糸で編込まれていたのである。

昭和二十二年十月草

秋の女

突然手紙を差上げます。失礼の段は幾重にも御許し下さいまし。これまで何年となく一度手紙を差上げたいと思いながら、別に差当った用事というのでもありませんでしたし、それにまた外の事とはちがい、何やら気まずいような心持もしましたので、それなりにして居ります中、月日はいつか一年二年と過去って行きました。

然し失礼を顧(かえりみ)ず手紙を差上げる日が到来しました。五年前あなたの御制作「秋の女」のモデルになった彼の女は今年二十八の秋を名残に此世を去り、熱海の町と海とを見おろす静かな山寺の墓地に葬られました。

あなたは三四年この方、彼の女が寂しいあきらめの月日を、辺鄙なわたくしの家に送っていたことを御存じでなかったかと思っています。彼の女はその健康が都会の生活に堪えられなくなっていたのを、自分でも能く知っていたと見え、わたくしが時折誘って見ても、其後は一度も東京へ行こうとはしませんでした。東京へ行って以前知っていた人達に逢えば、おのずとむかしの騒しい生活が思返され、あきらめから得た心の平和を擾(みだ)されるのが、何よりも辛く思われたらしいのです。

　戦争とまた戦争後の世の中は、あきらめをつけるには、今日から振返って見れば却て都合が好かったとも言えます。彼の女の生涯は其事から申せば寧(むしろ)幸福であったかも知れません。これはわたくしよりも、あなたの方が能く御存じかも知れませんが、彼の女は幼い時から、或は生れながらに、その母親からあきらめの覚悟を教え諭されていたのでしょう。

　わたくしが初め彼の女を知った機会は偶然でありました。もう戦争にはなっていましたが領土の空にはまだ飛行機の影は見えなかったころでした。あなたの催された個人展覧会で彼の女の肖像画を拝見した時、そう申しては失礼ですが、わたくしは日本人の手に成った現代の洋画の中で、肖像画としてあれほどの傑作は未曽て見られなかったのだろうと思いました。わたくしは素人の鑑賞家でも、また専門の批評家でもありません。わたくしは唯気儘なわたくし一人の趣味から見たところを申上るのです。背景と人物とがかくまでに能く調和して、言難き詩情を看る人の心に湧起させる制作品は、おそらく洋画の技術が外国から伝えられてより此方(このかた)、一度も見られなかったものではないかと思いました。わたくしは人物の背後に描かれた湖上の風景を、場所は分りませんが、季節はたしかに秋も半を過ぎて、静に明く薄ぐもりのした日であるように見たのでした。

　この風景の夢みる如き柔な寂(さび)しい感覚と、人物の表情とは全く混和して、巧に一篇の抒情詩、一段の音楽をつくりなしていました。何処からともなくシューマンのリードが聞えて来るような気がしたのです。わたくしはこの画家はたしかに音楽を知っている。詩も知っている人にちがいない。ラマルチンの有名な詩篇湖水を愛誦した人かも知れない。画中の婦人はその年はちがうが、エルウィールのような恋人であるかも知れない。

それから、わたくしはまた続いてこんな事まで考えました。湖畔の石に腰をかけた半身の美人はわれわれがいつも展覧会の洋画で見飽きている女とは聊か類を異にしたもの。モデル業者でもなく踊子でもなく女給でもない。そういう階級の女達には決して見られない品格と智性と感情とが現れていました。現代の画家の多数は何故に中流以上の智識的な婦人を描くことを好まず、またミレーのように貧しい農婦をもモデルにする事なく、洗練された感覚と、また深刻な労苦の表情とに、目をつけることを避けようとするのでしょう。彼等は何故に市井の婦人ばかりに制作の興味を限定させているのでしょう。

それから半年ほど過ぎた或日のことでした。わたくしは中学生の頃から心やすくしていた友人――その頃、南米の或公使館から帰って来た外交官ですが、其家の応接間で年の頃二十二三かと思われる一人の婦人を見ました。わたくしは一度どこかで見たことがあるような気がしたのも束の間で、すぐさまあなたの制作された画中の人であったことに心づいたのです。友達夫婦の紹介で、その人の名は豊川常子といい、細君とは女学校の同級生で、卒業後ピアノを学んでいることやら、つづいてあなたの奥様と彼の女の母とはむかしから御懇意であったことなど、そんな訳から彼の女がモデルになった話までを聞かされました。茶菓をすすめられた後、ショーパンかシューマンか、わたくしには能くわかりませんでしたが、彼の女が半ば強いられて演奏するピアノの一曲をききました。

それから半年ほど過ぎた時です。わたくしは亡父の別荘がそのまま熱海の西山に残されていたのを幸、折々遊びに行ったことがありますが、うるわしい小春日和のある昼過、谷川に沿うた生垣つづきの山道で、偶然彼の女に行き会い、感冒後の衰弱を恢復させるまで暫く海辺のホテルに逗留している話をされました。

二三度往来をしたので、ほぼ其人の身の上を知り、また東京へ帰ってから友達夫婦にもきいて見て、その境遇をも残りなく知るようになったのです。あなたも定めし御存じだろうと思いますが、あの人の母親は京都の古い割烹店の娘でなにがしと云う華族の妾となりあの人を産んだのだそうですが、早くから母と二人東京に住み、父の顔は殆ど見覚えていないくらいだという話です。あきらめの覚悟は生れぬ先からその体内に伝えられていたとも言われるわけです。それに加えて強健ならぬ其の体質が先天的なあきらめの観念を一層深くさせたのでしょう。

然し友達夫婦の話によれば同じ女学校に通学していた五年の間、彼の女は同窓の誰もがするような風邪ひきや、時候あたりなどで、三四日時折休むことはあったが、特に病身というほどではなかった。一同と共に差障りなく野外の運動もするし、修学旅行にも出かけたという話でした。然し学校を出てからその父が早くこの世を去ったのは胸の病の為であったことを、何処からか聞きつたえ、また自分からも、いかにも皮膚のこまかに透通るような顔色。撫肩で首の長いことや、風にも堪えぬようなその姿勢などから、その病の遺伝を気にかけて、専門の医者の診察を受けたりしたことがあったそうです。

その事のみならず、妾腹の生だということの為に、一二度婚約の破談に会い、それから後彼の女は結婚のはなしを避け、音楽の研究に身をささげる決心をするようになったのだと云う話でした。友達夫婦のこの噂ばなしは少からずわたくしを感動させました。わたくしはあなたが如何なる事情から彼の女の肖像を描かれたか、それは心やすい友達夫婦にも、また当人にもわたくしはきいたことがありませんから、それは全く知られないことですが、然しかくまで巧みに、活けるが如くその人の性格感情を表現させていることから、わたくしはあなたも或程度まであの人の境遇を知り、同情を催して居られたに相違ないように推量されるのです。言葉が過るかも知れませんが、唯外観の形体のみを見たばかりでは、いかほど技巧の熟達を誇る美術家でもあのような逸品は恐らく仕上げることはできまいという気がしたからです。

わたくしと彼の女との交際は漸く頻繁になりました。間もなくわたくしは直接に結婚の申出をしたのみならず、友達夫婦にもその周旋をたのみました。彼の女の母は前の年になくなり、親戚はいずれも疎縁になっていたので、彼の女は思うがままに其生涯の何事をも実行することのできる身になっていました。わたくしの方も同じように両親を失った後は兄弟もない独り身でしたから、二人の結婚は親近者の同意を求めまわる手数もいらず、媒介役をたのんだ彼の友達夫婦と四人一座で楽しい晩餐をしたばかり、別に儀式らしい事もせずにしまいました。

わたくし達二人が熱海の家につくった新しい生活のいかに幸福であったかは言うまでもありません。然し戦争の前途は既にわれわれを絶望させていた時でしたから、新婚の楽しさは、ともすれば、却って二人を不安に憂鬱にさせずには置きませんでした。わたくしは或大学の教師でしたが講義は中止されていたので、時折学校の事務所へ顔を見せに行く外に用はなく、毎日手馴れぬ鋤を持って、広くもない庭の畠を耕しながら、空を通る飛行機の影を見送るばかり。彼の女もポンプの水を汲上げて洗濯に汗を流し、ピアノの練習はさて置き、レコードも世間を憚って西洋物は遠慮していたような始末でした。

わたくしは出来得るかぎり、彼の女には重い物を持せたり、背負せたりしないように注意しました。女中は前の年から雇うことができなくなって居たので、熱海から小田原辺まで、わたくしは心あたりを尋ね廻って、配給物の持運びやら洗濯やら、凡て力の入る仕事を代ってしてくれるものを探しました。わたくしはまた彼の女がどうか妊娠しないようにと心ひそかに念じていました。彼の女の繊細優婉な体質は、薪水の労苦にも繁殖の任務にも、共々それを果すには適当していないことを知っていたのです。此の二ツの使命よりも寧別の方面に於て、わたくしは彼の女の存在を希望しそれを必要としていたのです。他の方面とは何であるかと申せばそれは彼の女のよわよわしい傷いけな風姿が月の光、燈火の影、雨の日の空あかり、その時々の情景によって、わたくしをして或時はラフワエル前派の画中に、或時は江戸浮世絵に見るような前の世の洗練された感覚に触れさせるからです。現代的ならざる女性美の魅力は最初の一瞥からわたくしの心を捉えていたのです。

三四十年この方、第一次世界大乱この方、時勢に余儀なくせられた日本の生活は、殊に著しく婦人の容貌と体格と挙動とを変化させました。太平洋の戦争になってから此の変化はますます激しく、到るところにわたくしの目を驚すようになっていたのです。

西洋でも時代につれて女性美の変動している事はその時々に刊行された小説の挿画を見ても想像せられます。ワットオの画にみられる囿園逍遥の美人は十八世紀の世の形見です。ロマンチズムの夢に耽った其時代の美人の面影を、飛行機の飛ぶ今日の世に求めても容易に得られますまい。ウエルテルが思をかけた人妻はランプの灯影にクラブサンの調をきく時代の婦人でした。ミミ、パンソンは詩人ミュッセをよろこばした時代の町の女でした。

わたくしが熱海の家に迎えた彼の女は無謀な戦争を企て、忽ち敗れた国の女性としてはその心ざまとその趣味とに於て、あまりにも甚しい相違を持っていました。塵ッぽい焼跡の巷に立って拡声器で議員候補者の氏名を連呼する女でもなければ、雨の日に傘もささず映画館の戸口に列をつくって立つ女でもありません。わたくしは彼の女のしなやかな後姿と横顔とを、梅や木犀の咲き匂う老樹の下に、芒(すすき)や葉鶏頭の立つ庭木戸に、または窓掛の隙間(すきま)から進入る黄昏の光線に眺めやる時、この女性美のどこやらには、古き郷土の次第に滅びゆく伝統が潜みかくれているような気がしてならなかったのです。彼の女は洋装してピアノをひくことを知っている女でした。然しそれすらわたくしには司馬江漢時代の油絵か銅版画を見るような、一種の果敢(はかな)いエキゾチズムをさえ催させるのでした。

わたくしは振袖をきて琴三味線をひき、茶を立て花をいけたりする姿ばかりが伝統の美を保持するものとは考えていません。それは日本刀をさしていさえすれば古武士の面目は失われないと思ったような誤解と変りがないでしょう。

女性の日本的伝統美のゆかしさと懐しさとは、その形ではなくしてその情操に因るのです。物の哀を知るに鋭く、あきらめを悟るに浅からぬことではありませんか。今日のわれわれに過ぎ去った明治時代が日にまし懐(なつか)しく思返されるのは学び教えられた西洋文化の底に伝統の流の猶涸れつくさずにいたが為でしょう。一例を挙げるならば、絵画には原田直次郎、黒田清輝の制作。文学には四迷鷗外の著述がそれを證明しています。活字にならなければ俳句の一首さえよまないのは現代文筆の士の常態です。売名虚栄の欲を満さすがために、公衆を相手に花をいけ琴をひくのは学校教育に賊(そこな)われた現代の女性一般の通弊でしょう。日本刀をぶらさげて収賄に日も足らざる有様をなしたが為に、戦は見事に敗れたのではありませんか。公衆に見せる目的に重きを置かずして、猶花を愛し、金銭に目がくらまずに刀を磨くが如き風習は、いつの間にかわれわれの世の中からは消えてしまったのです。

時勢に対するわたくしの、そう云ったような悲しみと憤り(いきどお)とは、かよわく傷(いた)いけな彼の女の姿によっていつも限りなく慰められていました。彼の女はわたくしが出来るだけ重(おも)い物を持たせないように、寒い思いをさせないように、日夜それとなく労(いたわ)ってやるのを忝(かたじ)けないとして心から感謝していました。現代人のように人を甘く見て馬鹿にしたり、我を忘れて途法もなく付け上ったりするような処がありませんでした。これは女ばかりに限られた話ではありません。無遠慮と我儘勝手とは今の世のいかなる方面にも見られる現代的特徴ではありませんか。それを思うと彼の女の何事につけても控目な態度様子は、わたくしには求めても得られない美徳に見えたのです。

熱海の町は幸にして空襲の災難には遭わずにしまったのですが、然し休戦になる間際の一ケ月ばかりは艦砲射撃と陸戦隊上陸の風聞に脅され、近隣の人達は他処へ避難するため周章(あわ)てて留守番を雇入れるやら、またいざと云う場合に身を隠す方法を、それぞれ思い思いに考えなければならないような形勢になったことがあります。

わたくし達二人は出入の植木屋から、多賀崎から二三里山の方へ入った谷間に知合の農家があるので、一緒にそこへ行けと勧められたり、またいつも家へ来て洗濯や薪割りなどしてくれる婆さんから、その忰達と一緒に三嶋の方へ立退くからとて暇乞をされるような有様でした。然しわたくしの家では留守番を置かずに立退くことは町会で許さなかった為、日夜警報に脅されながらもとうとう其のまま何処へも行かずにしまいました。

　今になって思返すと不安と恐怖の最甚しかったこの一二ヶ月が、却て幸福の最絶頂に達した時であったようにも考えられるのです。それは死の影を目の前にして生命の力に取縋(とりすが)る悲壮なる感情に満されていたからでしょう。それは曽て一度も経験したことのない神秘な、広大な、純潔な、感情でした。

　彼の女もまたわたくしもこの時ほど子供を持たなかったこと、親兄弟のいなかったことを、身にしみじみと淋しくまた嬉しく思ったことはありますまい。わたくし達二人の間のみに結ばれた愛情は飽くまで純粋で、それに伴いまつわって来る他の人間的愛情の交っていない事を意識して、二人はまた更に幸福の思を深くしたのです。

　わたくしはわたくしが此世の命と共に、何物をもその後には残して行きたくないと思っています。実らぬ花の一代は唯それぎりに枯れ朽ちてしまうことをわたくしは望んでいるのです。人間の世は生命の楽しさを知るには、あまりにも悲しみと苦しみとの多いのに堪えられない気がするではありませんか。

　わたくし達二人はその後変ることなく戦後の月日を、幸にも焼かれなかった湯の町の小家に送っています。つい申上げることを忘れていましたが、わたくしは貯金封鎖の為に恒産を失った後も、どうやら二人の生活を支えて来たのですが、家には猶わたくしの蔵書のみならず、彼の女とその母の残して行ってくれた衣類もかなり沢山ありました。梅林の花は忽ち開き忽ち落ちて実を結び、果樹園に熟する蜜柑の色はそぞろに月日のたつことの早さを思い知らせます。かくしてあわただしい戦後の月日はいつのまにか二年あまりになりました。

彼の女の健康は温室の花の萎れるように、浮世絵の彩色の褪せ行くように、花瓶の底のおのずからに傷き割れるように、いつともなく、彼の女自身すら心づかない中に傾きかけて行ったのです。

近処の家の人達は女も子供も年寄りも毎日山へ登って拾いあつめる枯木を燃し、海から汲んで来る水を煮て塩をつくっているのを、彼の女は垣にもたれたり窓に倚ったりして、遣瀬なげに眺めていたことがありました。間もなく枕に就いてから十日を出でず、彼の女は静なその眠りから目を覚さなかったのです。

わたくしはあなたが此手紙を御覧になって、若しもあなたの画室に「秋の女」と題せられたかの肖像画が保存せられていましたなら、どうかもう一度それをわたくしに見せて下さるような御心持になられることを希っております。御返事がいただけますなら幸甚で御ざいます。

一九四七年　月　日。

昭和二十二年十一月稿

買出し

船橋と野田との間を往復している総武鉄道の支線電車は、米や薩摩芋の買出をする人より外にはあまり乗るものがないので、誰言うとなく買出電車と呼ばれている。車は大抵二三輛つながれているが、窓には一枚の硝子もなく出入口の戸には古板が打付けてあるばかりなので、朽廃した貨車のようにも見られる。板張の腰掛もあたり前の身なりをしていては腰のかけようもないほど壊れたり汚れたりしている。一日にわずか三四回。昼の中しか運転されないので、いつも雑沓する車内の光景は曇った暗い日など、どれが荷物で、どれが人だか見分けのつかないほど暗淡としている。

この間中、利根川の汎濫したため埼玉栃木の方面のみならず、東京市川の間さえ二三日交通が途絶えていたので、線路の修復と共に、この買出電車の雑沓はいつもより亦一層激しくなっていた或日の朝も十時頃である。列車が間もなく船橋の駅へ着こうという二ツ三ツ手前の駅へ来かかるころ、誰が言出したともなく船橋の駅には巡査や刑事が張込んでいて、持ち物を調べるという警告が電光の如く買出し連中の間に伝えられた。

いずれも今朝方、夜明の一番列車で出て来て、思い思いに知合いの農家をたずね歩き、買出した物を背負って、昼頃には逸早く東京へ戻り、其日の商いをしようという連中である。どこでもいいから車が駐り次第、次の駅で降りて様子を窺い、無事そうならそのまま乗り直すし、悪そうなら船橋まで歩いて京成電車へ乗って帰るがいいと言うものもある。乗って来た道を逆に柏の方へ戻って上野へ出たらばどうだろうと言うものもある。やがて其中の一人が下におろしたズックの袋を背負い直すのを見ると、乗客の大半は臆病風に襲われた兵卒も同様、男も女も仕度を仕直し、車が駐るのをおそしと先を争って駅のプラットフォームへ降りた。

「どこだと思ったら、此処（ここ）か。」と駅の名を見て地理を知っているものは、すたすた改札口から街道へと出て行くと、案内知らぬ連中はぞろぞろその後へついて行く。

「いつだったか一度来たことがあったようだな。」

「この辺の百姓は人の足元を見やがるんで買いにくい処だ。」

「その時分はお金ばっかりじゃ売ってくれねえから、買出しに来るたんび足袋だの手拭だの持って来てやったもんだ。」

「もう少し行くとたしか中山へ行くバスがある筈だよ。」

こんな話が重い荷を背負って歩いて行く人達の口から聞かれる。

十月初、雲一ッなく晴れわたった小春日和。田圃の稲はもう刈取られて畦道に掛けられ、畠には京菜と大根の葉が毛氈でも敷いたようにひかっている。百舌の鳴きわたる木々の梢は薄く色づき、菊や山茶花のそろそろ咲き初めた農家の庭には柿が真赤に熟している。歩くには好い時節である。買出電車から降りた人達はおのずと列をなして、田舎道を思い思い目ざす方へと前かがまりに重い物を負いながら歩いて行く。その身なりを見ると言合せたように、男は襤褸同然のスエータか国民服に黄色の古帽子、破れた半靴。また草履ばき。年は大方四十がらみ。女もその年頃のものが多く、汚れた古手拭の頬冠り、つぎはぎのモンペに足袋はだしもある。中には能くあんな重いものが背負えると思われるような皺だらけの婆さんも交っていた。

やがて小半時も歩きつづけている中、行列は次第々々にとぎれて、歩き馴れたものがどんどん先になり、足の弱いものが三人四人と取り残されて行く。その中には早くも路傍の草の上に重荷をおろして休むものも出て来るので、同じような身なりをして同じような荷を背負っていても、暫くの中に買出電車から降りた人だか、または近処の者だか見分けがつかないようになった。

道しるべの古びた石の立っている榎の木蔭。曼珠沙華の真赤に咲いている道のとある曲角に、最前から荷をおろして休んでいた一人の婆さんがある。婆さんは後から来て休みもせずどんどん先へと歩いて行く人達の後姿をぼんやり見送っていたが、すぐには立上ろうともしなかった。

するとまた後から歩いて来た、それは四十あまりのかみさんが、電車の中での知合らしく、婆さんの顔を見て、

「おや、おばさん、大抵じゃないね。わたしも一休みしようか。」

「もう何時だろうね。」と婆さんは眩しそうに秋晴の日脚を眺めた。

「追ッつけもうお午でしょう。わるくするとこの塩梅じゃ、今日はあぶれだね。」

「線路づたいに船橋へ行った方がよかったかも知れないね。」

「わたしゃさっぱり道がわからないんだよ。おばさんは知っていなさるのかね。」

「知っているような気もするんだよ。知っていたって、たった一度隣組の人と一緒に来たんだから、どこがどうだか、かいもく分りゃアしない。久しい前のことさ。戦争にゃなっていたが、まだ空襲にゃならなかった時分さ。」

「戦争になってから、もう十年だね。戦争が終ってもこの様子じゃ、行先はどうなるんだろう。買出しも今日みたような目にあうと全く楽じゃないからね。」

「全くさ。お前さんなんぞがそんな事を言ってたら、わたしなんぞ此年になっちゃ、どうしていいか分りゃアしない。」

「おばさん、いくつになんなさる。」

「六十八さ。もう駄目だよ。ついこの間まで六貫や七貫平気で背負えたんだがね。年にゃ

勝てない。」

「そうですか。えらいね。わたしなんぞ今からこれじゃ先が思いやられます。」

「その時にゃ若いものがどうにかしてくれるよ。息子さんや娘さんが黙っちゃアいないから。」

「それなら有り難いが、今時の伜や娘じゃ当にゃなりません。道端で愚痴をこぼしていても仕様がない。大分休んだから、そろそろ出かけましょうか。」

かみさんらしい女がズックの袋を背負い直したので、婆さんも萌葱(もえぎ)の大風呂敷に包んだ米の袋を背負い、不案内な田舎道を二人つれ立って歩きはじめた。

「おばさん。東京はどこです。本所ですか。」

「箱崎ですよ。」

「箱崎は焼けなかったそうですね。能(よ)うございましたね。わたしは錦糸町でしたからね。生命(いのち)からがら、何一ッ持ち出せなかったんですよ。」

「わたしもそうですよ。佐賀町で奉公していましたから。着のみ着のままですよ。上の橋の側に丸角さんて云う瀬戸物の問屋さんがあります。そのお店の賄(まかな)いをしていたんですがね。旦那も大旦那もなくなったんですよ。わたし見たような、どうでもいいものが、焼(やけ)ど一ッしないで助って、ねえ、お前さん、何一ッ不自由のない旦那方があの始末だからね。人の身の上ほどわからないものはないと、つくづくそう思うんだよ。」

「おや、正午じゃないかね。あのサイレンは。」とおかみさんはさして遠くもないらしいサイレンが異った方角から一度に鳴出すのを聞きつけた。婆さんは一向頓着しない様子で、頰冠の手拭を取って額の汗をふきながら、見れば一歩二歩おくれながら歩いている。

「そこいらで仕度をしようかね。いくら急いだって歩けるだけしきゃ歩けないからね。」

おかみさんは道端に茂っている椿の大木の下に破れた小さな辻堂の立っているのを見て、その砌に背中の物をおろした。あちこちで頻に雞が鳴いている。婆さんもその傍に風呂敷包をおろしたが、何もせず、かみさんが握飯の包を解くのを見ながら黙っている。

「おばさん、どうした。」

「わたしはまだいいよ。」

「そう。それァわるかったね。わたしゃ食いしんぼうだからね。」

「かまわずにおやんなさい。わたしゃ休んでるから。」

おかみさんは辨当の包を解き大きな握飯を両手に持ち側目もふらず貪り初めたが、婆さんは身を折曲げ蹲踞んだ膝を両手に抱込んだまま黙っているのに気がつき、

「おばさん、どうかしたのかい。気分でもわりいかい。」

一向返事をしないので、耳でも遠いのか、それとも話をするのが面倒なのかも知れないと、おかみさんは一ツ残した握飯をせっせと口の中へ入れてしまい、沢庵漬をばりばり、指の先を嘗めて拭きながら、見れば婆さんはのめるように両膝の間に顔を突込み、大きな

鼾をかいているので、年寄と子供ほど呑気なものはない。処嫌わず高鼾で昼寐をするとでも思ったらしく、

「おばさん。起きなよ。出かけるよ。」と言ったが一向起きる様子もないので、袋を背負い直して、もう一度、「じゃ先へ行きますよ。」

その時、婆さんの身体が前の方へのめったので、おかみさんは初て様子のおかしいのに心づき、後から抱き起すと、婆さんはもう目をつぶって口から泡を吹いている。

「おばさん。どうしたの。どうしたの。しっかりおし。」

婆さんの肩へ手をかけて揺ぶりながら耳に口をつけて呼んで見たが、返事はなく、手を放せばたわいなく倒れてしまうらしい。

あたりを見まわしても、目のとどくかぎり続いている葱と大根と菠薐草の畠には、小春の日かげの際限なくきらめき渡っているばかりで人影はなく、農家の屋根も見えない。馬力が一台来かかったが二人の様子には見向きもせずに行ってしまった。おかみさんはふとこの間、隣に住んでいる年寄が洗湯からかえって来て話をしている中にころりと死んでしまった其場の事を思出した。

「やっぱりお陀仏だ。」

暫くあたりを見廻していたが、忽ち何か思いついたらしく背負い直したズックの袋をまたもや地におろし、婆さんの包と共に辻堂の縁先まで引摺って行き、買出して来た薩摩芋

と婆さんの白米とを手早く入れかえてしまった。その頃薩摩芋は一貫目六七十円、白米は一升百七八十円まで騰貴していたのである。

　おかみさんは古手拭の頬冠を結び直し、日向(ひなた)の一本道を振返りもせずに、すたすた歩み去った。

　道はやがて低くなったかと思うとまた爪先上りになった其行先を、遥向(はるかむこ)うの岡の上に茂った松林の間に没している。その辺から牛の鳴く声がきこえる。おかみさんは息を切らさぬばかり、追われるように無暗と歩きつづけたので、総身から湧き出る汗。拭いても拭いても額から流れる汗が目に入るので、どうしても一休みしなければならない。今からあんまり無理をすると此方(こっち)も途中でへたばりはしまいかと思いながら、それでも構わず、時には轍(わだち)の跡につまずきよろめきながらも、向に見える松林を越すまでは死んでも休むまいと思った。おかみさんは振返って自分の来た道が一目に見通される範囲に、その身を置くことが一歩一歩恐しく思われてならなくなったのだ。倒れたら四ツ這いになって這おうとも、一まず向に見える松林の彼方(かなた)まで行ってしまいたくてならない。

　彼処(あすこ)まで行ってしまいさえすれば、松林一ツ越してさえしまえば、何の訳もなく境がちがって、死人の物を横取りして来た場所からは関係なく遠ざかったような気がするだろうと思ったのだ。行き合う人や後から来る人に顔を見られても、彼処まで行ってしまえば何処(どこ)から来たのだか分るまいと云うような気がするのである。

この心持は間違ってはいなかった。やっとの事、肩で息をしながら坂道を登りきって、松林に入り小笹と幹との間から行先を見ると、全く別の処へ来たようにあたりの景色も、木立の様子も、気のせいかすっかり変っている。畠の作物もその種類がちがっている。茅葺の農家のみならず、瓦葺の二階建に硝子戸を引き廻した門構の家も交っている。松林の中は日蔭になって吹き通う風の涼しさ。おかみさんはほっと息をついて蹲踞みかけると、背負った米の重さで後に倒れ、暫くは起きられなかった。

その時自転車に乗った中年の男が同じ坂道を上って来て、おかみさんの身近に車を駐めて汗を拭き巻烟草に火をつけた。おかみさんはそれとなく其男の様子を見ると、これから買出しに行くものらしく、車の後には畳んだズックの袋らしいものを縛りつけている。おかみさんは恐る恐る

「旦那、何かお買物ですか。」と話しかけた。

「駄目だよ。こちとらの手にゃおえないよ。」

「売惜しみをしますからね。容易なこッちゃありません。」

「全くさね。それにお米ときたらとても駄目だ。いいなり放題お金の外に何かやらなけれァ出しそうもないよ。」

「わたしもさんざ好きなことを言われたんですよ。それでもやっと少しばかり分けて貰いました。」

「この掛合は男よりも女の方がいいようだね。一升弐百円だって言うじゃないか。うそ見たようだ。」

「東京へ持込めば、旦那、処によるともっと値上りしますよ。御相談次第で、何なら、お譲りしてもいいんですよ。」

「そうか。それァ有りがたい。何升持っている。」

「一斗五升あります。持ち重りがするんでね、すこし風邪は引いてますし、買っておくんなさるなら、願ったり叶ったりです。」

「じゃ、おかみさん。一升百八十円でどうだ。」

「その相場で買って来たんですから、旦那、五円ずつ儲けさして下さいよ。」

男はおかみさんの袋を両手に持上げて重みを計り、あたりに一寸（ちょっと）気を配りながら自転車の後に縛りつけた袋と、棒のついた秤とを取りおろした。

取引はすぐに済んだ。

おかみさんは身軽になった懐中に男の支払った札束をしまい、米を載せて走り去る男の後姿を見送りながら松林を出た。林の中には小鳥が囀（さえず）り草むらには蟲が鳴いている。

昭和二十三年一月

人妻

住宅難の時節がら、桑田は出来ないことだとは知っていながら、引越す先があったなら、現在借りている二階を引払いたいと思って見たり、また忽(たちまち)気が変って、たとえ今直ぐ出て行って貰いたいと言われようが、思(おもい)のとどくまではどうして動くものか、というような気になったりして、いずれとも決心がつかず、唯おちつかない心持で其日其日を送っていた。それも思返すと半年あまりになるのである。

二階を借りている其家は小岩の町はずれで、省線の駅からは歩いて二十分ほど、江戸川の方へ寄った田圃道。いずれも生垣を結い囲(めぐら)した同じような借家の中の一軒である。夏は蚊が多く冬は北風の吹き通す寒いところだという話であるが、桑田が他へ引越したいと思っている理由は土地や気候などの為ではなかった。家の主人と細君との家庭生活が、どこにも見られまいと思われるばかり、程度以上に、また意想外に、親密で濃厚すぎるように思われるのが、桑田にはわけもなく或時にはいやに羨しく見え、或時には馬鹿々々しく、結局それがために、今まではさほど気にもしていなかった独身の不便と寂しさとが、どうやら我慢しきれないように思われ出した。その為であった。

桑田は一昨年の秋休戦と共に学校を出て、四ツ木町の土地建物会社に雇われ、金町のアパートに居たのであるが、突然其筋からの命令で、同宿の人達一同と共に立退かねばならぬ事になり、引越先がないので途法にくれていたが、偶然或人の紹介で現在の二階へ引移ったのである。

年はまだ三十にはならないので、当分は学生の時と同様、独身生活をつづけて行くつもりでいたのだが、小岩の家の二階へ引越してから、とてもそんな悠長な、おちついた心持ではいられなくなったのである。

家の主人は桑田よりは五ツ六ツ年上で、市川の町の或信用組合へ通勤している。身長(せい)は人並で、低い方ではないが、洋服を着た時の身体(からだ)つきを見ると、胴がいやに長い割に足の短いのと、両肩のいかったのが目に立ち、色の黒い縮毛の角ばった顔が、口の大きいのと出張った頬骨のために、一層猛々(たけだけ)しく意地悪そうに見えるが、然しその子供らしい小さなしょんぼりした眼と、愛嬌のある口元とが、どうやら程よく其表情を柔(やわら)げている。

細君は年子(としこ)といって三年前に結婚したというはなし。もう二十五六にはなっているらしい。まだ子供がないせいか、赤い毛糸のスエータに男ズボンをはいたりする時、一際(ひときわ)目に立つ豊満な肉付と、すこし雀斑(そばかす)のある色の白いくくり頤(あご)の円顔には、いまだに新妻らしい艶しさが、たっぷり其儘に残されている。

良人はどっちかと云うと無口で無愛想な方らしいが、細君はそれとは違って、黙ってじっとしては居られない陽気な性らしく、勝手口へ物を売りにくる行商人や、電燈のメートルを調べに来る人達とも、飽きずにいつまでも甲高な声で話をしつづけている。

桑田が初め紹介状を持って尋ねて行った時、また運送屋に夜具蒲団を持ち運ばせて行った時、細君年子さんは前々から知合った人のように、砕けた調子で話をしかけ、気軽に手つだって、桑田の荷物を二階へ運び上げてやった。この様子に桑田は何という快活な、そして親切な奥さまだろうと感心せずには居られなかった。

「もうじき帰って参りますよ。遠慮なんぞなさらないで下さい。何しろ私達二人ッきりですからね。このごろのように世間が物騒だと、一人でも男の方の多い方が安心なんですよ。それに二階を明けて置くと、引揚者だの罹災者だの、そういう人達に貸すようにッて、警察からそう言って来て困るんですよ。」と細君は一人でしゃべり続けた後、配給物もついでですから、家の物と一ッしょに取って来て上げる。洗濯もワイシャツくらいなら一緒に洗ってあげようとさえ言うのであった。

桑田はこんな好い家は捜しても滅多に捜されるものではない。アパートを追出されたのは全く有難い仕合だと思った。

然しこの喜びはほんの一ト月ばかりの間で、桑田は忽ち困りだしたのである。引越す先があったら明日といわず直にも引越したいような気になり出したのである。

最初、どうやら身のまわりが片づき、机の置処もきまり、座敷の様子から窓外の景色にも親しみが感じられるようになりだした頃、或日の朝である。桑田は下座敷から聞える夫婦の声に、ふと目を覚して腕時計を見た。午前七時半であった。

「おい、寒いよ。寒いよ。風邪ひくよ。裸じゃいられない。」と言うのは主人浅野の声。

「そんならもう一遍おねなさい。ボタンがとれてるからさ。お待ちなさいよ。」と命令するように言うのは細君年子さんの声であった。

それなり二人の声は途切れて、家中は静になっていたが、忽ち甲高な年子さんの笑う声。それから着物でも着るらしい物音と、聞きとれない話声がつづき初めた。

桑田はこんな事から程なく主人の浅野は毎朝出勤する時、自分の手では洋服がきられないのか、わざと着ないのか、それは分らないが、子供が幼稚園へでも行く時のように、細君にきせて貰い、ネキタイも結んでもらう人だという事を知った。そして夕方近く勤先から帰って来ると、洋服だけは一人でぬぐが、すぐに丹前の寐巻に着かえる時、帯はやはり細君に締めてもらうらしい。

この事が桑田の好奇心を牽きはじめた初まりで、次に桑田は二人の食事をする茶ぶ台には飯茶碗だけは二ッ別々にしてあるが、汁を盛る椀も惣菜の皿小鉢も大ぶりのが一個しか載せられていないのを見て、味噌汁は交る交る一ツの椀から吸うのではないかと思った。

桑田は仕事の都合で午後から出掛けたり、また昼近くに帰って来たりすることがあるのを幸、それとなく家の様子に気をつけた。

主人の浅野は夕方六時前にはきまって帰って来る。電車に故障でも起らないかぎり、早くもならず晩くもならない。細君は時計を見ずとも其時刻を知っていて、夕飯の仕度にかかるより早く、風呂へは行かないことがあっても、白粉だけはつけ直さないことはない。昼間良人の留守中、細君は配給物など取りに出る時、桑田が二階に居れば、「済みませんが、桑田さん。一寸お願いしますよ。」と声をかけて出て行くが、いつもは格子戸と潜門とに鍵をかけ、目立たぬように取付けてある生垣の間の木戸から出入をするのである。そういう無人な家のことで、衣類や大切な物は市川の知り人の許に預け、簞笥には時節のものしか入れて置かないことを、細君は得意らしく桑田に話をした。

細君は良人の留守中、いつも小まめに休まず働いている。主人が出て行った後、天気つづきで風でも吹くような日には、朝夕二度拭掃除をすることもある。タオルで髪を包み、そこら中を拭き拭き二階へも遠慮なく上って来て、桑田の敷きはなしにした夜具を縁側の欄干に干してやったりする事もある。よく働きよく気のつく細君だ。家庭の主婦としては全く何一ッ欠点がないと思うと、桑田は自分も結婚するなら、年子さんのような人を貰わなければと云うような羨しい気がしてならなくなった。話をしながらも、桑田はいつか細君の働く姿から目を離すことができなくなった。

スエータの袖を二の腕までまくり上げ、短いスカートから折々は内股を見せながら、四ツ這になって雑巾掛をする時、井戸端で盥を前にして蹲踞む時、また重い物の上下しに上気したように頬を赤くする顔色などを見る時、桑田はいきなり抱きついて見たいような心持にさえなることがあった。

やがて桑田は夜もおちおち眠られなくなった。下座敷の夫婦は晩飯をすまして暫くラジオを聞いているかと思うと、いつの間にか寐てしまう。毎晩、よくあんなに早く寐られると思われるくらいで。連立って映画を見に行ったり、買物がてら散歩に出るようなことは殆どない。桑田が勤先からの帰り道に、鳥渡用足しでもして帰って来ると、家の内は早くも真夜中同様、真暗闇になっている。朝の出勤時間が早い為めだろうと、桑田は初の中は気にもしなかったが、或夜何かの物音に、ふと目をさますと、宵の中に消えていた下座敷の電燈がいつの間にかついていて、しかも低い話声さえ聞える。二人して交る交る何か読んでいる声のすることもあった。どういう種類の書物であるかは推量されるが、然しその文章は聞きとれない。やがて男か女か知れぬが立って障子をあけ、台所へでも行くような物音の二度三度に及ぶようなこともある。

桑田は学生時分からアパート住いには馴れた身の、壁越のささめきや物音にはさして珍しい気もせずにいたのであったが、今度初て、其時分の経験からは到底推察されない生活の在ることを、ありあり事実として認めねばならなかった。桑田は是非なく、成るべく外で時間をつぶして帰ろうと思いはじめた。一度帰って自炊の晩飯を済ましてから、また外出することもあるようになった。然し場末の町のこと、殊に夜になっては何処へも行くところはない。駅に近い方に一二軒カフェーはあるが、女給はいずれも三十近いあばずればかり。そして飲物の高価なことは、桑田が一ヶ月の給料などは二三度出入をしたら忽ちふいになるかと思われるくらい。トラックの疾走する千葉街道の片ほとりには、亀戸から引移って来た銘酒屋があるし、また一駅先の新小岩にも同じような処があるが、いずこもインフレ景気の物すごさに、桑田は唯素見(ひやか)し歩くよりしようがない。已むを得ず勤先からの帰り道、銀座から浅草へ廻って、レヴューの舞台で踊子の足を蹴上げて踊る姿を見詰めたり、ダンス場で衣裳越しに女の身にさわり化粧の匂を嗅いだりするより外に気を休める道がない。然しそれさえ随分な物費(ものい)りである。

毎夜の睡眠不足から桑田はすっかり憂鬱になってしまった。引越したいと思っても引越す目当がないと思うと、無暗に腹が立って座敷の物でも手当り次第毀(こわ)してみたいような気になる。夜のみならず、昼間でも家内の物音が、台所の水の音から襖障子の明けたてされる音まで、何一ツ気をいら立せないものは無いようになる。夫婦の話声がいやらしく怪し気に聞えてしようがない。「ねえ、あなた。ねえ、あなた。」と良人に話をしかける細君の声が、毎日毎夜、あけても暮れても耳について、どうにも我慢ができないような心持になる。

桑田は腹立しさのあまり、思切って暴行を加えて見ようかと思った。然しどういう風に実行すべきものか、其手段がわからない。いざという場合になったら、女の方が遥に強くはあるまいかという気もする。拭掃除に水一ぱいの大きなバケッを幾度となく汲みかえては持運ぶ様子から、半日洗濯をしつづけても、さほど疲れた風もしないところなどを見ると、あべこべに繊細い自分の方が身動きもならないように押えつけられはしまいかとも思われる。押えつけられて、そんな剰談しちゃいけませんと叱られるくらいならいいが、帰って来た主人に事の始末をありのままに告げられたら、其時はどういう事になるだろう。今すぐ出て行ってくれと言われても出て行く処がない。自分は低頭平身してあやまらなければなるまい。そして馬鹿ッと怒鳴られた挙句、場合によっては拳骨の一ッぐらいは食されないとも限るまい。そんな事を思うと、いかに切なくとも我慢に我慢してこのままそっと人知れず、様子を立聞きして自分ばかりの妄想に耽けるより仕様がない……。

日はいつか長くなって、勤先から帰って夕飯をすませても外はまだ明く、生垣の外の畠が青く見えるようになると、忽ちそこら中一帯に蛙の鳴く声が聞え出した。桑田はいつもに変らぬ深夜の囁きに加えて、枕元に蚊の声をも聞くようになった。眠られぬ夜はますます眠られなくなるばかりである。

蚊遣香を焚いて我慢をしていたのも暫くの間であった。桑田は蚊帳を釣るために釘と金槌とを借りようと、或日下座敷へ行くと、主人の浅野は細君と二人で旅行用の革包をひろ

げていた。桑田の降りて来るのを見て、

「三四日留守にしますから、何分よろしく御頼みします。田舎の親類に弔いがあるんで、一寸行って来ますから。」

次の日の朝、桑田が朝飯の仕度をしにと台所へ降りて行った時には、主人の浅野は既に立って行った後と見えて、板の間に置かれた茶ぶ台の上には、食べ残されたものが其儘になっていて、細君はひとり蚊帳の中の乱れた床の上に、たわいもなく身体を投出して高鼾をかいていた。

桑田はおそるおそる其枕元まで歩み寄って、じっと寐姿を眺めていたが、そのまま意久地なく台所へと立戻って、わざと物音あらく鍋や皿を洗いかけたが、細君はどうしてそんなに疲れたのかと寧ろ怪しまれるほど、いよいよ鼾の声を高めるばかりであった。

桑田の煩悶は主人が居た時よりも更に甚しく、とても二階にじっとしては居られなくなった。

二日目の夜である。小雨が降ったり歇んだりしていたに係らず、勤先からの帰道、桑田は映画館で時間をつぶした後、その辺のおでん屋で平素飲まない酒を飲み、真暗な横町を足もとしどろに帰って来た。離れ離れに立っている人家には門口の灯さえ消えているところもあった。遠くに聞える省線電車の響、蛙の声と風の音とが、さほど深けてもいない夜を、気味わるいほど物さびしくしている。

桑田は危く溝に踏込もうとして道ばたの生垣につかまり身を支えたのも一度や二度ではない。やっとの事自分の家の潜門を、それと見定め、手をかけて開けようとすると、その戸は内の格子戸と共にあけたままになっているのに気がついた。酔っていながらも変だなと思って、見るともなく様子を窺うと、家の内は外と同じように真暗であった。

桑田は今夜こそ是が非にも運だめしをする決心であったので、片足を出入口の土間に踏み入れると共に、わざとらしく声を張上げ、

「奥さん。どうも、おそくなってすみません。」

すると闇の中から、「大変よ。桑田さん。」という奥様の声がしたが、それは顫えた泣声であった。今まで一度も聞いたことのない異様な調子を帯びた声であった。

この声に驚かされて、其方へと一歩進寄った時、更に一層桑田をびっくりさせたのは、何物をも纏っていないらしい女の柔な身体に、その足がさわったことであった。

顫える手先に電燈をひねると、抽斗を抜いた簞笥の前に、奥さまは赤いしごきで両手を縛られ俯伏しになって倒れていた。

畳の上には土足で歩いた足跡がある。

夜がふけるに従って、また誰か、餌をさがす狼が来はせぬかというような気味悪さが、いつまでも二人を其儘一ツ座敷に坐らせてしまった。夜があけても二人は離れることができなかった。そのまま食事も一緒、つかれて蚊帳の中にうとうとするのも亦一緒であった。

二人はぽつぽつこんな話をした。

「ねえ、奥さん。届けるなら、暗くならない中盗まれたことになさい。」

「わたしは家に居なかった事にしてよ。縛られたなんて、そんな事言われないからさ。」

「でも、よく、何ともありませんでしたね。怪我しなくってよござんした。」

「わたし、ほんとにそればっかりが心配だったのよ。おとなしくしているより仕様がないと思ったのよ。だけど、よくって。秘密よ。絶対に秘密よ。あなただけしか知ってる人はないんだから。きっとよ。」

三日目に浅野がかえって来た。たぶん午後に早く帰って来たのであろう。桑田はその勤先から帰って来て格子戸を明けた時、二人が夕飯をたべながら、いつもと変らない調子で話をしている声をきいた。

桑田はそのまま二階へ上ろうとすると浅野が、「留守中はどうも御世話さまでした。」と言うので、黙ってもいられず、

「お帰りですか。汽車はこんだでしょう。」

「イヤ思ったより楽でした。」

「それは能ようござんしたなア。」

桑田はまたもや梯子段へ片足踏みかけようとすると、

「空巣をやられたそうですな。あなたの物でなくッて能うござんした。」と言うので、桑

田は其晩の事が既に二人の間に話し出されていた事を知った。

「わたしがいればよかったんですが、会社へ出かけた後なもんで、申訳がありません。」

言いながら桑田は襖際まで立戻って、何より先に細君の顔を見た。

燈火のせいか、または気のせいか、桑田の眼には細君の夕化粧がいつもより濃く見えた。

横坐りに少し片足を投出し飯茶碗に茶をついでいた手も止めず、

「桑田さんが帰って来て下さったからよかったのよ。わたし一人だったら、とても気味がわるくッて、夜なんぞ寝られなかったかも知れなかったわ。」

桑田はまアよかったと言わぬばかり、俄に安心したような気がした。それと共に、人間は虚言(うそ)をつかなければならない場合になると習はなくとも随分上手に虚言がつけるものだ。男よりも女の方がそういう事には余程上手であり大胆にやれるものだと思わないわけには行かなかった。

あくる日、桑田はいつもより仕事が忙しかったにも係らず、大急ぎに浅野よりも早く帰って来て、台所で洗物をしている細君の後姿を見るや、すぐさま其身近に進み寄り、

「奥さん。」と呼びかけた。

奥さんは何も言わず唯じっと桑田の顔を見返し、返事の代りに意味あり気な微笑を口元に浮べた。その目つきとその微笑とは、桑田の眼には、あの晩の事はあれなり誰にも知れる気づかいはない。もう心配しないでもいいと云うような意味にしか見えなかった。そし

て桑田が二階へ上ると、細君もつづいて其後から二階へ上った。桑田はその日から折々浅野よりも早く帰って来たり、また浅野が出て行った後昼近くまで出かけずにいることもあった。

　二階の窓から見渡すあたりの麦畠には麦が熟して黄いろくなり、道端にも植えられた豆の花はそろそろ青い実になりかけた。

　桑田は再びこの二階には居たくない。今度こそ一日も早く明間をさがして引越したいと決心するようになった。以前のように夫婦の性的生活に対する羨望と嫉妬からではない。桑田は人の秘密を自分一人知っていることが、自分ながら不快でならなくなったのだ。

　細君は以前よりも親切に小まめに身のまわりの世話をしてくれる。時には食事までこしらえてくれることがある。桑田は親切にされればされるほど、それもみんなあの秘密を知られている弱身があるためだと思うと、気の毒な心持が先に立って、つまらない剰談も言えなくなるのであった。そうかと言って、黙って何も言いかけずに慎んでいると、女の方では心配でたまらないと云うような顔をして、機嫌を取ろうとすることもある。桑田はいよいよ居辛（いづら）くて堪らなくなった。

　一ケ月ばかりして、諸処方々へ引越先を聞合していた結果、小松川辺の或農家の離家を見つけ、人に金を借りてまでして敷金を収め、桑田はようようの事で、小岩の貸二階を引上げた。見渡す青田の其処此処（そこここ）に蓮の花が咲き初めた頃であった。

昭和二十二年六月稿

羊羹

新太郎はもみじという銀座裏の小料理屋に雇われて料理方の見習をしている中、徴兵にとられ二年たって帰って来た。然し統制後の世の中一帯、銀座界隈の景況はすっかり変っていた。

仕込にする物が足りないため、東京中の飲食店で毎日滞りなく客を迎えることのできる家は一軒もない。もみじでは表向休業という札を下げ、ないないで顔馴染のお客とその紹介で来る人だけを迎えることにしていたが、それでも十日に一遍は休みにして、肴や野菜、酒や炭薪の買あさりをしなければならない。このまま戦争が長びけば一度の休みは二度となり三度となり、やがて商売はできなくなるものと、おかみさんを初めお客様も諦めをつけているような有様になっていた。

新太郎は近処の様子や世間の噂から、ぐずぐずしていると、もう一度召集されて戦地へ送られるか、そうでなければ工場の職工にされるだろう。幸に此のままここに働いていて、一人前の料理番になったところで、日頃思っていたように行末店一軒出せそうな見込はない。いっそ今の中一か八かで、此方(こっち)から進んで占領地へ踏出したら、案外新しい生活の道を見つけることができるかも知れない。そう決心して昭和十七年の暮に手蔓を求め軍属になって満洲へ行き、以前入営中にならい覚えた自動車の運転手になり四年の年月(としつき)を送った。停戦になって帰って来ると、東京は見渡すかぎり、どこもかしこも焼原で、もみじの店のおかみさんや料理番の行衛(ゆくえ)も其時にはさがしたいにも捜しようがなかった。生家は船橋の町から二里あまり北の方へ行った田舎の百姓家なので、一まずそこに身を寄せ、市役所の紹介で小岩町のある運送会社に雇われた。

一二ヶ月たつか、たたない中、新太郎は金には不自由しない身になった。いくら使い放題つかっても、ポケットにはいつも千円内外の札束が押込んであった。そこで先(まず)洋服から靴まで、日頃ほしいと思っていたものを買い揃えて身なりをつくり、毎日働きに行った先々(さきざき)の闇市をあさって、食べたいものを食べ放題、酒を飲んで見ることもあった。

夜は仲間のもの五六人と田圃の中に建てた小屋に寐る。時たま仕事の暇を見て、船橋在の親の家へ帰る時には、闇市で一串拾円の鰻の蒲焼を幾串も買って土産にしたり、一本壱円の飴を近処の子供にやったり、また現金を母親にやったりした。

新太郎は金に窮(こま)らない事、働きのある事を、親兄弟や近処のものに見せてやりたいのだ。むかし自分を叱ったり怒りつけたりした年上の者供に、現在その身の力量を見せて驚かしてやるのが、何より嬉しく思われてならないのであった。

やがて田舎の者だけでは満足していられなくなった。新太郎は以前もみじの料理場で手つだいをさせながら、けんつくを食した上田という料理番にも、おかみさんや旦那にも、また毎晩飲みに来たお客。煙草を買いに出させる度毎に剰銭を祝儀にくれたお客にも会って見たくなった。進駐軍の兵卒と同じような上等の羅紗地の洋服に、靴は戦争中士官がはいていたような本皮の長靴をはき、鍔なしの帽子を横手にかぶり、日避けの色眼鏡をかけた若きプロレタリヤの姿が見てもらいたくなって、仕事に行く道すがらも怠りなく心あたりを尋ね合していた。

板前の家はもと下谷の入谷であったので、その方面へ行った時わざわざ区役所へ立寄って立退先をきいて見たが能くわからなかった。もみじのおかみさんは元赤坂で藝者家をしていた人で、その頃二十四五になっていたから、今は三十を越している筈だ。旦那は木場の材木問屋だと聞いていたから、統制後、財産封鎖の今となっては何をしているのだろう。事によったら随分お気の毒な身の上になっていないとも限らない。と思うと、猶更新太郎は是非とも行先を尋ねて、むかし世話になった礼を言いたいと云う心持になる。あの時分景気のよかった藝者やお客の姿が目に浮ぶ。おかみさんの友達で待合や藝者家を出していた姉さん達も数えれば五人や六人はあった筈だ。その中どこかで、その一人くらいには逢いそうなものだと、新太郎はトラックを走らせる間も、折々行きかう人に気をつけていた。

或日のこと。東京の中野から小田原へ転宅する人の荷物を積み載せて、東海道を走って行く途中、藤沢あたりの道端で一休みしたついでに松の木蔭で辨当を食っていた時、垢抜けのした奥様らしい人がポペラニヤ種の小犬をつれて歩いて来るのを見た。犬にもチャンと見覚えがあるが、然しその名は奥様の名と共に思出せそうで出せない。新太郎は辨当箱を片手に立上りながら、「もし、もみじのお客様。」と呼びかけ、「わたしです。この辺にいらっしゃるんですか。」

「あら。」と云ったまま奥様も新太郎の名を忘れていたと見え、一寸言葉を淀ませ、「いつ帰って来たの。」

「この春かえりました。もみじのおかみさんはどうしましたろう。尋ねて上げたいと思って町会できいて見たんですがわからないんです。」

「もみじさんは焼けない中に強制疎開で取払いになったんだよ。」

「じゃ、御無事ですね。」

「暫くたよりがないけれど、今でも疎開先に御いでだろうよ。」

「どちらへ疎開なすったんです。」

「千葉県八幡。番地は家に書いたものがある筈だよ。お前さんの処をかいておくれよ。家へ帰ったら葉書で知らして上げよう。」

「八幡ですか。そんなら訳はありません。わたしは小岩の運送屋に働いていますから。」

新太郎は巻煙草の紙箱をちぎって居処をかいて渡した。奥様はそれを読みながら、

「新ちゃんだったね。すっかり商売替だね。景気はいいの。」

「とても能(い)いんです。働こうと思ったら身体がいくつあっても足りません。皆さんにもどうぞ宜しく。」

新太郎は助手と共に身軽く車に飛び乗った。

*　*　*　*

その日の仕事が暗くならない中に済んだ日を待ち、新太郎は所番地をたよりにもみじの疎開先を尋ねに行った。

省線の駅から国道へ出る角の巡査派出所できくと、鳥居前を京成電車が通っている八幡神社の松林を抜けて、溝川に沿うた道を四五町行ったあたりだと教えられた。然し行く道は平家の住宅、別荘らしい門構、茅葺の農家、畠と松林のあいだを勝手次第に曲るたびたび又も同じような岐路(わかれみち)へ入るので忽ち方角もわからなくなる。初秋の日はいつか暮れかけ、玉蜀黍(とうもろこし)をゆする風の音につれて道端に鳴く蟲の音が俄に耳立って来るので、此の上いか程尋ね歩いても、門札の読み分けられる中には到底行き当りそうにも思われないような気がし出した。念の為、もう一度きいて見て、それでも分らなかったら今日は諦めてかえろうと思いながら、竿を持った蜻蜓(とんぼ)釣りの子供が二三人遊んでいるのを見て、呼留めると、子供の一人が、

「それはすぐそこの家だよ。」

別の子供が、「そこに松の木が立ってるだろう。その家だよ。」

「そうか。ありがとう。」

新太郎は教えられた潜門の家を見て、あの家なら気がつかずに初め一度通り過ぎたような気もした。

両側ともに柾木(まさき)の生垣が続いていて、同じような潜門が立っている。表札と松の木とを見定めて内へ入ると新しい二階建の家の、奥深い格子戸の前まで一面に玉蜀黍と茄子とが植えられている。

新太郎は家の軒下を廻って勝手口から声をかけようとすると、女中らしい洋装の女が硝子戸の外へ焜炉を持出して鍋をかけている。見れば銀座の店で御燗番をしていたお近という女であった。

「お近さん。」

「あら。新ちゃん。生きていたの。」

「この通り。足は二本ちゃんとありますよ。新太郎が来たって、おかみさんにそう言って下さい。」

声をききつけてお近の取次(とりつ)ぐのを待たず、台所へ出て来たのは年の頃三十前後、髪は縮らしているが、東京でも下町の女でなければ善悪(よしあし)のわからないような、中形の浴衣に仕立直しの半帯をきちんと締めたおかみさんである。

「御機嫌よう。赤坂の姐さんにお目にかかって、こちらの番地を伺いました。」

「そうかい。よく来ておくれだ。旦那もいらっしゃるよ。」と奥の方へ向いて、「あなた。新太郎が来ましたよ。」

「そうか。庭の方へ廻って貰え。」と云う声がする。

　女中が新太郎を庭先へ案内すると、秋草の咲き乱れた縁先に五十あまりのでっぷりした赤ら顔の旦那が腰をかけていた。

「よくわかったな。この辺は番地がとびとびだから、きいてもわかる処じゃないよ。まアお上り。」

「はい。」と新太郎は縁側に腰をかけ、「この春、帰って来たんですが、どこを御尋ねしていいのか分らなかったもんで、御無沙汰してしまいました。」

「今どこに居る。」

「小岩に居ります。トラックの仕事をしています。忙しくッて仕様がありません。」

「それァ何よりだね。丁度いい時分だ。夕飯でも食って、ゆっくり話をきこう。」

「上田さんはどうしましたろう。」と新太郎は靴をぬぎながら、料理番上田のことをきく。

「上田は家が岐阜だから、便はないが、大方疎開しているだろう。疎開のおかげで、此方もまアこうして居られるわけだ。何一ッ焼きゃアしないよ。」と、旦那はおかみさんを呼び、「飯は後にして、お早くビールをお願いしたいね。」

「はい。唯今。」

新太郎は土産にするつもりで、ポケットに亜米利加の巻烟草を二箱ばかり入れて来たのであるが、旦那は袂から同じような紙袋を出し一本を抜取ると共に、袋のままに新太郎に勧めるので、新太郎は土産物を出しおくれて、手をポケットに突込んだまま、

「もうどうぞ。」

「配給の煙草ばかりは呑めないな。くらべ物にならない。戦争に負けるのは煙草を見てもわかるよ。」

おかみさんが茶ぶ台を座敷へ持ち出し、

「新ちゃん。さアもっと此方へおいで。何もないんだよ。」

茶ぶ台には胡瓜もみとえぶし鮭、コップが二ツ。おかみさんはビールの罎を取上げ、

「井戸の水だから冷くないかも知れません。」

「まア、旦那から。」と新太郎は主人が一口飲むのを待ってからコップを取上げた。

ビールは二本しかないそうで、後は日本酒になったが新太郎は二三杯しか飲まなかった。問われるままに、休戦後満洲から帰って来るまでの話をしている中、女中が飯櫃を持出す。おかみさんが茶ぶ台の上に並べるものを見ると、鯵の塩焼。茗荷に落し玉子の吸物。茄子の煮付に香の物は白瓜の印籠漬らしく、食器も皆揃ったもので、飯は白米であった。

飲食物の闇相場の話やら、第二封鎖の話やら、何やら彼やら、世間の誰もが寄ればきまって語り合う話が暫くつづいている中夕食がすんだ。庭はもう真暗になって、空の星が目に立ち松風の音が聞えて、時々灯取蟲が座敷の灯を見付けてばたりばたりと襖にぶつかる。垣隣りの家では風呂でも沸すと見えて、焚付の火のちらちら閃くのが植込の間から見える。

新太郎は腕時計を見ながら、

「突然伺いまして。御馳走さまでした。」

「また話においで。」

「おかみさん。いろいろありがとう御在ました。何か御用がありましたら、どうぞ葉書でも。」

新太郎は幾度も頭を下げて潜門を出た。外は庭と同じく真暗であるが、人家の窓から漏れる燈影をたよりに歩いて行くと、来た時よりはわけもなく、すぐに京成電車の線路に行当った。新太郎はもとの主人の饗応してくれた事を何故もっと心の底から嬉しく思うことが出来なかったのだろう。無論嬉しいとは思いながら、何故、当のはずれたような、失望したような、つまらない気がしたのであろうと、自分ながら其心持を怪しまなければならなかった。

ポケットに出し忘れた土産物の巻烟草があったのに手が触った。新太郎は手荒く紙包をつかみ出し、抜き出す一本にライターの火をつけながら、主人は財産封鎖の今日になってもああして毎晩麦酒や日本酒を飲んでいるだけの余裕が在るのを見ると、思ったほど生活には窮していない。戦後の世の中は新聞や雑誌の論説や報道で見るほど窮迫してはいないのだ。ブルジョワの階級はまだ全く破滅の瀬戸際まで追込められてしまったのではない。古い社会の古い組織は少しも破壊されてはいないのだ。以前楽にくらしていた人達は今でもやっぱり困らずに楽にくらしているのだ、と思うと、新太郎は自分の現在がそれほど得意がるにも及ばないもののような気がして来て、自分ながら訳の分らない不満な心持が次第に烈しくなって来る。

国道へ出たので、あたりを見ると、来た時見覚えた薬屋の看板が目についた。新太郎は急に一杯飲み直したくなって、八幡の駅前に、まだ店をたたまずにいる露店を見廻した。然し酒を売る店は一軒もない。喫茶店のような店構の家に、明い灯が輝いていて、窓の中に正札をつけた羊羹や菓子が並べられてあるのを、通る人が立止って、値段の高いのを見て、驚いたような顔をしている。中には馬鹿々々しいと腹立しげに言捨てて行くものもある。新太郎はつと入って荒々しく椅子に腰をかけ、壁に貼ってある品書の中で、最も高価なものを見やり、

「林檎の一番いいやつを貰おうや。それから羊羹は甘いか。うむ。甘ければ二三本包んでくれ。近処の子供にやるからな。」

昭和廿一年十一月草

腕時計

「あら。絹子さん。あなたすばらしい腕時計持っているわね。」

「あ、これ。」

「どうしたの。買ったの。」

「もらったのよ。」

「そう。貰ったの。そんな素破らしいの。まさか。……じゃないでしょう。見せてよ。」

「あれじゃないわよ。日本の人よ。或人の奥様から紀念に頂戴したのよ。」

「すてきね。戦争前でも珍らしいわ。今じゃ全く宝物だわね。あなたにはいいお友達があるわね。女の方(かた)?」

「いやに疑るわね。奥様だってそう言ったじゃないの。子爵の未亡人なのよ。」

「未亡人……?」

「え。そう。わたしまだC会社でタイプを打ってた時分だから。日米戦争になってまだ間がない時分よ。その時分鳥渡お近付になったことがあるの。タイプを打ちに子爵のお屋敷に行ったことがあるのよ。」

「そう。」

「子爵のおかきになったものをタイプにしたの。外へは出せない大事な原稿だから、お屋敷へ行くようにッて。会社の人からの紹介で、事務所の帰りだの、日曜日にも時々行ったのよ。その時分はまだまだ食料も今見たようじゃなかったから、行くたんび夕飯の御馳走になれたわ。奥様とも自然にお心やすくなったのよ。」

「そう。鳥渡待ってよ。絹子さん。思出したわ。」

「何さ。変な顔して笑うのね。気味のわるい。」

「あなたのパトロンじゃないの。その子爵さまは。あなた。わたしに目っかって口留に、資生堂おごった事があったじゃないの。」

「あ、そうだったわね。わるい事はできないものね。あなたに目っかったのは、今だから白状するけれど、あの時がそもそもそうなったばっかりの翌日なのよ。その前の晩仕事に行った時、雨が降って来て帰れなくなった事があったのよ。泊ることになったのよ。泊るなら精一杯勉強して、すっかり仕事をしてしまおうと思って、叩きづめにやったのよ。奥様は先にお休みになってしまって、女中さんも来ないし、子爵とわたしと二人きり。あんまり休まずにやっていたので、わたし急にぐらぐらと眼が廻るような気がして、胸が悪くなってたまらなくなったのよ。びっくりして椅子から立とうとしたまでは覚えていたけれど、それッきり、河の底へでも沈んで行くような気がしていたのよ。それから、ふいと眼をあいて見ると、長椅子（ソファー）の上にねていたわ。あたりは寂（しん）として置時計の音がするばかり。テーブルの上の灯（あかり）と物の影とが、いかにも夜のふけ渡ったように見える。子爵の姿が見えないから、わたし暫くまた眼をつぶって、それから静に起きようとすると、長椅子の後から、「どうです。心持はもう直りましたか。」と子爵の云う声が聞えたのよ。すこし周章（あわ）てて、「ええ。もう。」と云いながら起きかけると、子爵はお医者が診察台から病人を扶起すように軽くわたしの背中に腕を廻して抱き起してくれたのよ。わたしはその前から子爵の心持はよくわかっていたのよ。奥様のいない時にわたしの顔を見詰める眼付だの。それから話のあい間に浮べる微笑だの。わたしの帰る時、玄関まで送出してくれる廊下の角なんぞで、わざと身体を摺（す）れ合したりするんでしょう。わたしの方も実は今か今かと待っているような心持になっていたのよ。いっそ此方から言出そうかと思うほど、しまいにはじれッたくなって居たのよ。だけど、子爵はわたしをからかって、わざとそんな様子を見せるのじゃないかとも思うし、それに奥様は……あなた。その時分の婦人雑誌や何かに出ている写真、御存じじゃないこと。わたしあの奥様くらい上品でありながら、愛嬌に富んだ表情のあるシャンな人は見たことがないと思うほどなんだから、女同士でも見取れるような事があるくらいなんだから、その旦那様がわたしのような色の黒い女をどうしようなんて、そんな気を起す筈はないと云うような気もしていたんでしょう。唯からかい半分、水を向けて、わたしのやきもきするのを見て、内心おかしがっているんじゃないか知らとも思うし、もう一歩気を廻せば、奥様と二人で相談して、わたしの煩悶するのを見ようというのじゃないかとも思っていたのよ。ねえ、喜代子さん。そう思うのも無理はないでしょう。わたしの色の黒いのはお友達の中でも有名なんだからね。顔ばっかりじゃなしに、身体中わたし見たように真黒なのは珍品だって、外務省のK先生に鎌倉へ泳ぎに行った時笑われたことがあったじゃないの。もう少し眼が引込んでいたら、チリーかアルゼンチンあたりの、葡萄牙と土人との合の子そっくりだって。ロッチの短篇カルメンシタ見たようだって、そう言われたのを覚えているわ。絹子さんの魅力は色が黒くッてエキゾチックな心持をさせるからだ。だから、なまじッかお化粧なんぞしちゃアいけないッて、そう言われたから、わたしもそうかと思って、唯クリームを塗って、薄くつけた頰紅もパッフで拭いてしまうのよ。デナーをいただく時なんぞ、奥様と並んで鏡に映る顔を見ると、どうしてこんなに黒いんだろうと情ないような気がするんでしょう。だから、わたしはからかわれていやしないかと思いながら、然し自惚半分、子爵はまさかそんな人のわるい事をして、わたしを笑物にして喜ぶ程残酷な人ではないという気もしていたのよ。しまいには、よしんば揶揄（からか）われても笑われてもかまわない。向は年の頃四十がらみの子爵で、奥様はあんな美人だし、接吻するだけでもいい。と段々そう思うようになってしまったのよ。だから、その晩、軽い脳貧血で長椅子の上に寝かされたのは二度とないチャンスだ。奥様も誰も来る気遣いはなし、わたしはこの時こそと思って、出来るだけ艶しい様子をしようと思ったのよ。ねえ。喜代子さん。あなたもそういう嬉しい場合の経験があるでしょう。女の癖にあんまり此方(こっち)から誘惑するように思われてもいけない。そうかと云って、遠慮していたらいつものように折角の好機会を逃してしまうだろう。わたしは長椅子から抱起される半身に重みを倚せかけ、男が手を放せば、そのままもう一度、ばったり倒れそうに後へ反りながら、片手に男の手、片手に背広の襟のところを握って、接吻して下さいと云わぬばかり顎を前の方に、頭を後に、そして眼をつぶったのよ。これは意識した計画的の動作だけど、心臓の鼓動はその時芝居じゃなくて、もっと自然にわたしの感情を代表していたわ。後(あと)から気がついたことだけれど、実はそんな苦心しなくッてもよかったのよ。わたしは自分で上衣をぬごうとした時、開襟(ひらきえり)のシャツの釦(ぼたん)は他分心臓麻痺でも心配して、子爵が手を入れたものか、みんなはずされていて、人並よりも色の黒い胸のふくらみは、肌襦袢の間からまる見えになっていたんだわ。子爵は一度消した灯をまたつけて「寒かったらそこに毛布と羽布団があるよ。」と仰有って出て行ってしまったのよ。わたしは手を伸して呑残しの紅茶に乾いた咽喉を潤し、鏡に映った自分の姿を眺め、寸時前の凡ての光景を思返している中、知らず知らずとろりとしたけれど、夜明けに女中さんが来ないとも限らないと思って、起直って、何もなかったように身仕舞(みじまい)を直し、行儀よく羽布団で腰から下を蔽い、両手を胸の上に組んで静に眠ったんだけれど、それもほんの暫くの間らしかったわ。わたしは夢心地に誰にか抱かれて接吻されているような気がして、ふと眼をあいて見ると、いつの間にか、また子爵の腕に抱かれているんじゃありませんか。実にうれしかったわ。わたしは最初幾分か実際よりも狂言じみた真似をして見たのが、すっかり子爵のお気に召したんだと知った時は、わたしはすっかり美人の奥様を負かしてやったような、勝誇った心持になり、今まで気にしていた色の黒さを、却てありがたいと思ったのよ。女が自分の魅力に満足を覚えるほど幸福な事はないでしょう。わたしは子爵がその後軍部の人達と占領地へ視察に行かれる時まで愛されていたんだわ。然し子爵はそれなり帰って来なかったのよ。チブスでなくなったと云う事は三四年たって、奥様に会って其時きいた話なの。告白ついでに何もかもみんな話してしまうから、お聞きなさいよ。こんな話、あなたでなくッちゃ話されないから。わたしが子爵の二号になっていた事は、その後間もなく奥様には感付かれていたのよ。然しさすがにいいとこの奥様だけあって、わたしにはつまらない厭な事なんぞ一言も仰有らなかったわ。子爵にお別れしてから、わたし実のところ全く淋しくッて仕様がなかったのよ。経済的にも困るし、戦争はだんだん烈しくなるし、やっと平和になったかと思えば食料難につづいて生活難でしょう。遣切れないからわたし実は内々誰かの二号になってしまおうかと思ったこともあった位なの。」

「じゃ、あなた。戦争中おとなしくしていたの。信じられないわ。」

「あら随分ねえ。生活の為なら仕方がないと思ったものの、いざとなるとそうは行かないのよ。子爵の事がどうしても忘れられなかったのよ。ところが喜代子さん。突然不思議な可笑(おかし)なことが出来たのよ。或日。半年ばかり前の事だわ。用があって熱海へ行った時、駅の前の坂道で偶然子爵の未亡人にお目にかかったの。何と言って御挨拶していいかわからないし、気まりがわるいから、お辞儀もそこそこに駅の方へ行こうとすると、奥様は暫くだから別荘へ寄ってお茶でも飲んでおいでと仰有るのよ。わたしの顔を見てお屋敷へタイプを打ちに行った時分のことを思出しになったんでしょう。わたしも奥様の声をきくと、やっぱり懐しい気がして、そのまま別荘へお伴したのよ。お庭やお座敷をあちこち見せていただいて、それから西洋間へ入ると、東京から疎開した大きなテーブルもあるし、その晩脳貧血を起して寐かされた長椅子も来ているのよ。わたしは嬉しいやら悲しいやら、泣きたいような心持になったわ。じきに夕方の御飯時分になって、御馳走になったのよ。奥様はもともとお酒はわたしなんぞより、ずっと上(あが)れる方だから、わたしすっかりいい心持になって汽車の時間も忘れてしまったのよ。一晩御厄介になる事にして、寐る前にお風呂場へ行くと、奥様も後からつづいて、一緒におはいりになったわ。それから奥様は冗談のように、背中を流して上げようと仰有って、後からわたしをお抱きになったわ。兎に角わたしも奥様もその時は非常に酔っていたわ。それから、わたしは毎週土曜日の晩には熱海へ泊りに行くようになったのよ。時計ばかりじゃないわ。指環も頂戴したわ。奥様はわたしの狂態から旦那様の事を思出そうとなさるんだし、わたしは奥様の艶かしいお姿から子爵の事を思出して、むかしの夢を見ようとするんだわ。同じ心持が二人を結びつけてしまったのよ。だけれど、日数（ひかず）がたつと奥様の態度はだんだん我儘になって来て、つまらない事まで干渉がましいようになって来るんでしょう。わたし、とうとう堪えられなくなって、鳥渡風邪で寐たのを機会に体よく遠ざかってしまったの。写真もあるわ。全く綺麗な方よ。一度家へ入らっしゃいよ。見せて上げるから。」

昭和廿一年十一月稿

或夜

季子は省線市川駅の待合所に入って腰掛に腰をかけた。然し東京へも、どこへも、行こうという訳ではない。公園のベンチや路傍の石にでも腰をかけるのと同じように、唯ぼんやりと、しばらくの間腰をかけていようというのである。

改札口の高い壁の上に装置してある時計には故障と書いた貼紙がしてあるので、時間はわからないが、出入の人の混雑も日の暮ほど烈しくはないので、夜もかれこれ八時前後にはなったであろう。札売る窓の前に行列をする人数も次第に少く、入口の側の売店に並べられてあった夕刊新聞ももう売切れてしまったらしく、おかみさんは残りの品物をハタキではたきながら店を片付けている。向側の腰掛には作業服をきた男が一人荷物を枕に前後を知らず仰向けになって眠っている。そこから折曲った壁に添うて改札口に近い腰掛には制帽の学生らしい男が雑誌をよみ、買出しの荷を背負ったまま婆さんが二人煙草をのんでいる外には、季子と並んでモンペをはいた色白の人妻と、膝の上に買物袋を載せた洋装の娘が赤い鼻緒の下駄をぬいだりはいたりして、足をぶらぶらさせているばかりである。色の白い奥様は改札口から人崩（ひとなだれ）の溢れ出る度毎に、首を伸し浮腰になって歩み過る人に気をつけている中、やがて折革包を手にした背広に中折帽の男を見つけて、呼掛けながら馳出し、出口の外で追いついたらしい。

季子は今夜初てここに来たのではない。この夏、姉の家の厄介になり初めてから折々憂鬱になる時、ふらりと外に出て、蟇口に金さえあれば映画館に入ったり、闇市をぶらついて立喰いをしたり、そして省線の駅はこの市川ばかりでなく、一ッ先の本八幡駅の待合所にも入って休むことがあった。その度々、別に気をつけて見るわけでもないが、この辺の町には新婚の人が多いせいでもあるのか、夕方から夜にかけて、勤先から帰って来る夫を出迎える奥様。また女の帰って来るのを待合す男の多いことにも心づいていた。季子はもう十七になっているが、然し恋愛の経験は一度もした事がないので、さほど羨しいとも厭（いや）らしいとも思ったことはない。唯腰をかけている間、あたりには何一ッ見るものがない為、遣場のない眼をそう云う人達の方へ向けるというまでの事で、心の中では現在世話になっている姉の家のことしか考えていない。姉の家にはいたくない。どこか外に身を置くところはないものかと、さし当り目当のつかない事ばかり考えつづけているのである。

この前来た時には短いスカートからむき出しの両足を随分蚊に刺されたが、今はその蚊もいなくなった。二人づれで涼みに来たり、子供を遊ばせに来る女もいたが今はそれも見えない。時候はいつか秋になり、その秋の夜も大分露けくなった。と思うと、ますます現在の家にいるのがいやでいやでたまらない気がして来る……。

季子は三人姉妹の中での季娘で、二人の姉がそれぞれ結婚してしまった後、母と二人埼玉県の或町に疎開していたが、この春母が病死して、差当り行く処がないので、此町の銀行で課長をしている人に片付いた一番年上の姉の許に引取られたのだ。姉には三ツになる男の子がある。義兄は年の頃四十近く、職務のつかれよりも上役の機嫌と同僚の気受を窺う気づかれに精力を消耗してしまったように見える有りふれた俸給生活者。姉も同じく、配給所の前に立並ぶ女達の中には少くとも五六人は似た顔立を見るような奥さんである。ヒステリックでもなく、と云って、さほど野呂間にも見えず華美好きでも吝嗇でもない。掃除好きでもない代り、また決して無性でもない。洗濯も怠らず針仕事や編物も嫌いではないと云うような奥さんである。毎日きまった時間に夫が帰って来ると、新聞で見知った世間の出来事、配給物のはなし、子供の健康——日々きまった同じ話を繰返しながら、いつまでも晩飯の茶ぶ台を離れず、ラジオの落語に夫婦二人とも大声で笑ったり、長唄や流行歌をいかにも感に堪えたように聞きすます。その中台所で鼠のあれる音に気がついて、茶ぶ台を片づけるのが、其日の生活の終りである。

そういう家庭であるから、季子はそれほど居づらく思うわけの無い事は、自分ながら能く承知しているのだ。自分の方から進んで手伝う時の外、洗いものも掃除も姉から言いつけられたことはない。兄はまた初めから何に限らず小言がましく聞えるような忠告はした事がなく、郵便を出させにやる事も滅多にない。日曜日に子供も一緒に夫婦連立って買物方々出歩こうと云う折など、「季ちゃん。一緒に行くかね。」と誘うこともあるが、是非にと云う程の様子は見せず、そうかと云って留守をたのむとも言わない。季子はおのずと家に居残るようになると、却て元気づき、声を張り上げて流行唄を歌いながら、洗濯をしたり、台所の物を片づけたりした後、戸棚をあけて食残りの物を皿まで嘗めてしまったり、配給の薩摩芋をふかして色気なく貪り食う。又ぼんやり勝手口へ出て垣根の杭に寄りかかりながら晴れた日の空や日かげを見詰めている事もあった。

　季子はどうして姉の家にいるのがいやなのか、自分ながらその心持がわからなかったのであるが、日数のたつに従い、静に考えて見ると、姉の家が居づらいのではなくて、それは別の事から起って来る感情の為である事に心づいて来た。自分はさし当りここより外に身を置く処がない事を意識するのが、情けなくていやなのである。自分にはここばかりでなく、外に行く処はいくらもあるが、好んで此の家に来ていると云うように若しも思いなす事ができたなら、自分は決していやだとも居辛いとも、そんな妙な心持にはならなかったであろう。然し実際は全くそれとは相違して、ここより外に行きどころのない身である事は明瞭である。そう思うと心細く悲しくなると同時に、何も彼も癪にさわって腹が立って来てたまらなくなるのである。

どんな職業でもかまわない。季子は女中でも子守でも、車掌や札切でもいいから、どこにか雇われたいと思っているが、それは姉夫婦が許してくれそうにも思われない。人に聞かれても外聞の悪くないような会社や役所の事務員には、疎開や何かの為高等女学校は中途で止してしまったままなので、採用される資格が無い……。

ふと思い返すと、市川の姉の家へ引取られて、わずか四五日にしかならない頃であった。一番上の姉よりもずッといい処へ片付いている二番目の姉が鎌倉の屋敷から何かの用事で尋ねて来た時、話のついでに此頃は復員でお嫁さんを捜しているものが多いから、季子も十七なら、いっそ今の中結婚させてしまった方がいいかも知れないと言っていたのを、蔭でちらりと聞いたことがあった。

その当座、季子は落ちつかないわくわくした心持で、茶ぶ台に坐るたびたび姉や兄の様子ばかり気にしていたが、その話は今だに二人の口からは言出されない。季子は自分の方から切出して見ようかと思ったこともあるが、気まりが悪いまま、それもいつか、それなりに、季子は日のたつと共に自分の方でも忘れるともなく忘れてしまった。

見廻すと、あたりはいつの間にか大分静になっている。荷物を枕にぐうぐう眠っていた職工もどこへか行ってしまい、下駄をはいたりぬいだり足をぶらぶらさせていた娘の立去った跡には、子供をおぶった女が腰をかけて居眠りをしている。

その時季子は烟草の匂につれて其烟が横顔に流れかかるのに心づき、何心なく見返ると、「京成電車の駅は遠いんでしょうか。」ときくものがある。

いつの間にか自分の隣りに、背広に鳥打帽を冠った年は二十四五、子供らしい面立(おもだち)の残っている一人の男が腰をかけていた。然し季子は自分に話しかけたのではないと思って、黙っていると、

「京成の市川駅へはどっちへ行ったらいいんでしょう。」

季子はスマートな様子に似ず妙な事をきく人だと思いながら、

「京成電車にはそんな駅はありません。」

「そうですか。市川駅は省線ばかりなんですか。」

「ええ。」と云って息を引く拍子に、季子は烟草の烟を吸込んでむせようとした。

「失礼。失礼。」と男は手を挙げて烟を払いながら立上り、出口から見える闇市の灯(ひ)を眺めていたが、そのまま振返りもせずに出て行った。

列車の響と共に汽笛の声がして、上りと下りの電車が前後して着いたらしく、改札口は駈け込む人と、押合いながら出て来る人とで俄に混雑し初めたが、それも嵐の過ぎ去るように忽ちもとの静けさに立返る。

季子は声まで出して思うさま大きな欠伸(あくび)をしつづけたが、こんな処にはもう我慢してもいられないとでも云うように、腰掛を立ち、来た時のようにぶらりぶらりと夜店の灯の見

える方へと歩き初めた。

　夜店の女達は立止ったり通り過ぎたりする人を呼びかけて、

「甘い羊羹ですよ。甘いんですよ。」

「あん麺麭はいかがです。」

「もうおしまいだ。安くまけますよ。」

　道の曲角まで来ると先程駅の事をきいた鳥打帽の青年が電信柱のところに立っていて、季子の姿を見とめ、

「もうお帰りですか。」

　季子は知らない振もしていられず、ちょっと笑顔を見せて、そのまま歩き過ると、男も少し離れて同じ方向へと歩き初める。

　江戸川堤から八幡中山を経て遠く船橋辺までつづく国道である。立並ぶ商店と映画館の燈火に明く照らされた道の両側には、ところどころ小屋掛をしたおでん屋汁粉屋焼鳥屋などが出ていて、夜風に暖簾を飜している。

「お汁粉一杯飲んで行きましょうよ。」

　男はつと立止って、さアと言わぬばかり、季子の顔を見詰めながら、一人先へ入ったが、腰掛にはつかず立ったまま、季子の入るのを待っている様子に、そのまま行ってもしまわれず、季子はもじもじしながらその傍に腰をかけた。

一杯目の汁粉を飲み終らぬ中、「もう一杯いいでしょう。割合に甘い。」と男は二杯目を註文した。

季子は初めから何とも言わず、わざと子供らしく、勧められるがまま、二杯目の茶碗を取上げたが、其時には大分気も落ちついて来て、まともに男の顔や様子をも見られるようになった。それと共に、こうした場合の男の心持、と云うよりは男の目的の何であるかも、今は容易く推察することが出来るような気がして来た。二人はもとより知らない人同士である。これなり別れてしまえば、互に家もわからず名前も知られる気づかいがない。何をしても、何をされても、後になって困るような事の起ろう筈がない間柄である。そう思うと年頃の娘の異性に対する好奇心のみならず、季子は監督者なる姉夫婦に対して、其人達の知らない中に、そっと自分勝手に大胆な冒険を敢てすると云う、一種痛快な気味のいい心持の伴い起るのを知った。

汁粉屋を出てから、また黙って歩いて行くと、商店の燈火は次第に少く、両側には茅葺の屋根やら生垣やらが続き初め、道の行手のみならず、人家の間からも茂った松の木立の空に聳えるのが、星の光と共に物淋しく見えはじめる。走り過るトラックの灯に、真直な国道の行手までが遥に照し出されるたびたび、荷車や人の往来も一歩一歩途絶え勝ちになることが能く見定められる。

鳥打帽の男は黙ってついて来る。季子は汁粉屋にいた時の大胆不敵な覚悟に似ず、俄に

歩調を早め、やがて道端のポストを目当に、逃るようにとある小径（こみち）へ曲ろうとした。男はぐっと身近に寄り添って来て、

「お宅はこの横町……。」

「ええ。」と季子は答えた。然し季子の家は横町を行尽して、京成電車の踏切を越し、それからまだ大分歩かなければならないのだ。

　小径の両側には生垣や竹垣がつづいていて、国道よりも一層さびしく人は一人も通らないが、門柱の電燈や、窓から漏れる人家の灯影（ほかげ）で真（しん）の闇にはなっていない。季子の呼吸は歩調と共に大分せわしくなっている。男はどこまで自分の後をつけて来るのだろう。線路を越した向の松原――時々この辺では一番物騒な噂のある松原まで行くのを待っているのではなかろうか。いっそ今の中、手出しをしてくれればいいのにと云うような気がして来ないでもない。

　季子が男の暴力を想像して、恐怖を交えた好奇の思に駆られ初めたのは、母と共に熊ケ谷に疎開していた頃からのことで、戦後物騒な世間の噂を聞くたびたび、まさかの場合を、或時はいろいろに空想して見ることもあった。この空想は鎌倉の姉が来て結婚のはなしを匂わせてからいよいよ烈しくなり、深夜奥の間で姉夫婦がひそひそはなしをしているのにふと目を覚す時など、翌朝まで寐付かれぬ程其身を苦しめる事があった。

　突然季子は垣際に立っている松の木の根につまずき、よろける其身を覚えず男に投掛け

た。男は両手に女の身を支えながら、別に抱締るでもなく、女が身体の中心を取返すのを待ち、

「どうかしました。」

「いいえ。大丈夫よ。あなたも此辺なの。」

「僕。八幡の、会社の寮にいるんです。今夜駅でランデブーするつもりだったんです。失敗しました。」

「あら。そう。」

「あなたも誰かとお約束があったんでしょう。そうじゃありませんか。」

生垣が尽きて片側は広い畠になっているらしく、遥か向うの松林の間から此方へ走って来る電車の灯が見えた。

季子はあたりのこの淋しさと暗さとに乗じて、男が手を下し初めるのはきっと此辺にちがいはない。いよいよ日頃の妄想の実現される時が来たのだと思うと、忽身体中が顫出し、歩けばまた転びそうな気がして、一足も先へは踏み出されなくなった。畠の縁に茂った草が柔く擽るように足の指にさわる。季子は突然そこへ蹲踞んでしまった。

季子は男の腕が矢庭に自分の身体を突倒すものとばかり思込んで、蹲踞むと共に眼をつぶって両手に顔をかくした。

電車は松林の外を通り過ぎてしまった。けれども自分の身体には何も触るものがない。

手を放し顔をあげて見ると、男は初め自分が草の上に蹲踞んだのに心づかず、二三歩行き過ぎてから気がついたらしく、少し離れた処に立っていて、

「田舎道はいいですね。僕も失礼。」と笑を含む声と共に、草の中に水を流す音をさせ始めた。男は季子の蹲踞んだのは同じような用をたすためだと思ったらしい。

季子は立上るや否や、失望と恥しさと、腹立しさとに、覚えず、「左様なら。」と鋭く言捨て、もと来た小径の方へと走り去った。

やがて未練らしく立留って見たが、男の追掛けて来る様子はない。先程躓(つまず)いた松の木の梢に梟か何かの鳴く声がしている。

季子はしょんぼりと一人家へかえった。

昭和廿一年十月草

噂ばなし

戦死したと思われていた出征者が停戦の後生きて還って来た話は、珍しくないほど随分あるらしい。中には既に再縁してしまった其妻が、先夫の生還したのに会って困っている話さえ語りつたえられている。

そういう話を聞いた時、わたくしは直にモーパサンの「還る人」Le Retour と題せられた短篇小説を思起した。テニソンが長篇の詩イノック、アーデンも亦同じような題材を取っていたように記憶している。然しそれ等はいずれも行衛（ゆくえ）不明になっていた漁夫が幾星霜を経た後郷里へ還って来た話で、戦争の事ではない。西鶴の浮世双紙「ふところ硯」にも八文字屋のものにも似たような話が見えている。旅に出たなり幾年となく帰って来ないので、夫は死んだものと思いあきらめている人妻のもとへ、夫にそっくりの別の男が現れて亭主になるという話である。九州や四国の辺境にあった話が、船の行来（ゆきき）と共に大坂の町まで語りつたえられたのを、作者が聞いて筆にしたのであろう。

わたくしが或町にいた時、或人がわたくしに語ったのは、戦死した兄の妻を、弟が娶っていたところへ、突然兄がかえって来たという話であった。兄弟とも理髪師である。出征した兄の遺骨が遺族のもとに送り届けられた後、両親始め親類の者達が相談して、そのまま兄嫁を弟にめあわせたのである。

戦争が終った年の暮。或日の夕方である。弟は夕飯をすまして隣の町へ用たしに出かけ、女房は店の戸締をして風呂へ行こうと外へ出た時、背に荷物を負い、両手にも革包をさげて、死んだ夫が忽然宵闇の中に其姿を見せた。妻は突差の恐怖に襲われ、父親を呼びながら家の中へ逃げ込んだ。その様子に父も驚いて外へ出て見て、初て兄の生きてかえって来たことを確めた。親子が家の中へ入って見ると、妻はいなかった。妻は勝手口から逃出して二三軒先の知り人の家へ身を隠した。知り人は小学校の先生で、女の再縁する折には仲人役をつとめたものである。

この先生も両親も、ともども其場の処置に困って其夜ひそかに嫁をその実家へ送り戻した。出征した兄は曽て其町の祭礼に、喧嘩をして人を傷けたことがあったし、柔道も初段になっていたような事から、両親のみならず仲人役の先生も兄の怒を恐れたのである。

その晩弟が帰って来たのは夜も十時過であった。両親と先生とが、おそるおそる兄弟に向って嫁の始末を相談した。

兄は家にはいたくない。家を出て新しい生活をするから、嫁は弟のものにして、今まで通り家の用をさせろと言うと、弟の方も同じように兄が生きていては兄の嫁を取ってしまうわけには行かないと言う。話はどうしてよいのかわからなくなった。

次の日、先生の細君が嫁の里へ出かけて行って、兄弟の言った事を伝え、嫁の心持をきいて見ることになった。嫁はお冬さんというのだ。

「お冬さん。どうしたもんでしょう。女同士のことだから、わたしにだけあなたのお心持を遠慮なく言って下さい。あなた、兄さんと元通りになるか、それとも弟さんと一緒に暮すか、どっちがいいと思います。あなたの御返事次第で、どっちとも私達が仲に入ってとめますから。おとうさんも、おかアさんも皆(みんな)あなたのいいと思うようにするのが一番いいだろうと云うのです。」

先生の細君はこう言ったら、お冬さんはきっと弟の方がいいというに違いないと、内々心の中ではそう思っていた。その理由は兄はすこし酒癖もよくないのに、弟の方はアルコールは一滴も口にしたことがない。柔道好きで喧嘩早い兄とはちがい、ハーモニカを吹く弟は見たところから物優しく見えた。それのみならず弟はお冬さんとは年も一ツちがいの学校友達で、兄の出征後、町の映画館へも一緒に行ったのを近処の人は知っていたからであった。

ところがお冬さんの返答は案外であった。お冬さんは兄の嫁にもなりたくない。弟ともこの儘別れてしまいたいと言った。

「それではお冬さん。あなた。どうするおつもりなんです。」

「当分家にいます。その中東京へ働きに行こうと思っています。電車の車掌になっても月給は三百円から貰えるという話じゃありませんか。」

お冬さんの家は荒物屋をしている。先生の細君はお冬さんの両親にも話をして二三日中にまた来ますからと、其日は要領を得ずにかえった。然し話は双方の親達が二三度往復したにも係らず、とうとう纏らずにしまった。お冬さんは東京にいる叔母をたよって家を後にし、兄は戦友で闇屋をしている者の仲間に入って大阪に行き、弟は近処の娘で喫茶店に働いているものを貰って二度目の妻にした。

話はこれだけである。

話の語り手とわたくしとの間に残された問題の興味は、お冬さんが死んだと思っていた前の夫に突然其名を呼掛けられた時、喜ぶよりも驚き恐れて、何故裏口から知り人の家に逃げかくれたか。其瞬間の心持である。それから、お冬が前後二人の夫を捨てて東京へ行ったことである。

その瞬間、お冬は夫の姿を見て幽霊だと思った事もあり得べきことであろう。然しそれよりも猶一層現実的に激しくお冬の身を襲ったものは、男の憎悪を直覚する肉体的女性の恐怖であろう。二人の男に情を通じていたことが暴露される時、女は必ず不安の念に襲われる。男の嫉妬と憎悪とが、報復と懲罰とをその身に加えはせぬかを恐れるのである。この不安と疑懼の念は道徳的反省の後に起るのではなくて、寧生理的に因るものと見ねばならない。お冬は宵闇の中から自分の名を呼んだ先夫の声をきくと共にその身体中に伝播する生理的恐怖に襲われた事は想像するに難くはない。羞恥と当惑とはその次に感じられるものであろう。

お冬が実家に逃げ帰った後、自活の道を求めるように決心したのは恐怖の後に起った羞恥の心が重なる原因となったのではなかろうか。同じ屋根の下に兄と弟との二人の男に身を任せたことが、今更らしく羞恥の念を呼び覚したに相違ない。初めこの女性が舅姑や親類一同に勧められて先夫の弟と結婚した時には、家族的生活の道具になることを明瞭に意識していなかった。再縁するのは家族的生活上の一方便である事を甚しく心に掛けていなかったのだ。譬えて言えば、姉の着ていた古着を妹が貰ってきるのと同じように、また兄の読んでいた教科書を次の年に弟が読むのと同じように、お冬は兄の代りにその弟をそのまま同じ家の夫にしたのである。周囲の勧告と従来の習慣とはその時には当事者の女性に何等の煩悶をもさせなかった。然し彼女はいつまでも同じ女ではなかった。生活の意識は死者の生還によって呼び覚まされた。むかしの儘なる家族制度には盲従していることができなくなった。あなたの御意見はいかがでしょう。目下流行の女性問題にかぶれたようですが、わたしは此話をそういう風に考えて見たいと思うのです。

と言って話をする人はわたくしの同意を求めるようにわたくしの顔を見詰めた。

昭和廿一年十月草

靴

　出勤の時刻をはかって、若い夫婦は出入口の上りがまちへ出た。戸口の土間には男の半靴と女の赤皮の半靴とが並べられてある。

　男は啣えた巻烟草を指先にはさみ替えながら、叱りつけるような調子で、

「かアちゃん。雨が降っているんだよ。この靴は天気の時にはくんだよ。わかってるじゃないか。軍用靴。出しておくれ。」

「あら、降って来たのかい。」

　勝手の破障子をあけて、前掛で手を拭きながら出て来たのはモンペをはいた小柄の婆さんである。髪の白いわりに顔はつやつやして皺もさほどに目につかない。年は五十になるかならずであろう。

　土間に下りて壁際に取付けてある下駄箱の戸をあけ、兵隊靴を取出すのを、立ったまま見ている若い奥様は、髪のちぢれを撫でながら、

「ついでに、わたしのも。ゴム靴よ。」

婆さんはしゃがんで下駄箱の奥の方に押込んであった女の雨靴を引出し、

「これかい。」

「そう。」

女はもたれるように男の方に寄添い、「レーンコート着ようか知ら。」

「それほどでもないだろう。傘があれば。」

男は上框(あがりがまち)へ腰をかけて軍用靴をはきかける。其足もとに母が揃えて出す女の雨靴を見やり、

「塵(ごみ)だらけだ。かアちゃん。拭いておやり。」

婆さんは言われるままに下駄箱からぼろ片(きれ)を摑(つか)み出して、女のゴム靴をふき片方を下に置くのを、女は待ちかねると言わぬばかり、どしんと上框へ腰をおろした。そして男があける格子戸の外を見ながら、

「そんなでも無いわね。」

「じき歇むだろう。」

男の開く傘の下に、女は顔から先に身体をさし入れながら、

「忘物。ないこと。」

二人は格子戸を開け放しに、駅へつづく一本道を話しながら歩いて行く。

婆さんは暫く小雨の降っているのを眺めていたが、やがて戸を締め、上框へ上ろうとする時、二人のはかずに行った靴のあるのを、知らずに踏みつけようとして、後じさりしながら、道に落ちている珍しい物でも見つけたというような眼付になって、じっとそれを見詰めた。

婆さんは若夫婦の靴を見ている中、突然何の聯絡もなく三年程前に死んだ良人——今出て行った息子の父に左の眼を靴で蹴られ仰向きに後に倒れて格子戸の硝子を割ったことを思出したのである。丁度今朝のように土間に蹲踞んで良人の半靴を揃えて出した時、紐の切れていたのに心づかなかった事から、「昨夜あれほど言って置いたのに、どうして忘れるんだ。」と癇癪持の夫は向ッ腹を立てて、別の靴をはきかけた片足で、蹲踞んでいる婆さんを蹴ったのだ。

何年前のことであったやら、覚えてはいない。婆さんは男の子の一人ある現在の家へ後妻に貰われてきた事さえ、男の子の年齢でも数えて見なければ、はっきりとは思返せないのである。子供はその頃まだ小学校へ上ったばかりであったのが、今は結婚して父と同じようにその穿く靴を毎朝自分に磨かせて出勤するようになっているのだ。

婆さんは恐るる如く息子の半靴を見ている中、忽ちいかにも憎らしそうに嫁の赤い半靴を踏みつけ下駄箱の方へと蹴飛した。そして静に身の周囲を見まわしながら、不思議な微笑を口の端に浮べて水洟を啜った。

婆さんは郵便局へ出ていた初の夫が肺病で死んだ後、保険会社の勧誘員を二度目の良人にした。この良人は戦争中闇取引で財産をつくり、これから贅沢に暮そうという時胆石の病で死んだのである。

＊　＊　＊　＊　＊

義理の忰（せがれ）は其時工業大学を出て電燈会社の技師になっていた。それがため停戦になる二三ヶ月前まで辛くも召集を免れていた。

息子の出征中、阿佐ヶ谷の家に一人留守番をしていた三ヶ月の間だけが、婆さんの身には思いもかけない休暇であった。骨休めであった。洗湯の込まない時刻にゆっくり湯にはいり、手先や踵（かかと）の赤ぎれにゆっくり薬を塗ることのできたのは、一生涯の中全くこの時ばかりであったろう。

ところが息子はじきに還って来た。そして一ヶ月たつか経たぬ中、同じ会社に勤めている女事務員をつれて来て妻にした。婆さんの身には息子一人の時よりも却て用が多くなった。「かアちゃん、かアちゃん、」と呼ばれることが多くなった。

息子は今だに継母を呼ぶのに言葉だけは子供の時のように、かアちゃんと云うのであるが、その調子は知らぬ人に聞かせたら下女を呼ぶとしか思われまい。

婆さんの名は「お為」というのであるが、死んだ良人は妻のことをかアちゃんと呼んで其名を口にしたことがなかった。息子はそれを聞覚え習いおぼえたのだ。

婆さんが後妻にきた時にはまだ三十にならず、良人は四十近く、息子は七八歳であった。初めから子供の世話をする事は承知であったし、死別れた初縁の夫との間には子がなかったので、婆さんは自分の産んだ子供のように親切を尽して育てた。然し婆さんは小学校だけの教育しか受けていないので、息子が中学に進む頃からは学課の復習もしてやれず、届書なども書いてやることができなかった。それ等の事も行末息子から母親扱いにされなくなる原因の一ッであったらしい。

＊　＊　＊　＊　＊

二度目の夫は最初から女中がわりに能く働く女を後妻に貰うつもりだったので、貰った当座、家にいつくと見るまでは大きな声で叱りつけるような事はしなかったが、一体家面のよくない性質から、年をとるにつれて口小言ばかりいうようになった。飯の焚方、惣菜の煮方から座敷の掃除、夏冬の着物の始末まで小言の種にならないものはない。息子もいつか父の口調を聞覚えて、子供のくせに辨当の小言まで言うようになった。制服のボタンがとれたままになっているのを見る時など、「かアちゃん。また忘れたの。困るよ。」と怒鳴る調子は父親そっくりであった。

父は会社の業務の外にないない高利の金を貸していた。株の売買もしていたが、婆さんには話のわかろう筈もないので、利子の計算、證書の整理を息子に手つだわせていた。婆さんは台所の会計をまかせられるだけなので、良人の俸給も私産の有無も窺い知る折がなかった。急病で良人が死んだ時、息子は生命保険金をはじめ遺産相続の手続は一切一人でしてしまった。それ以来、婆さんは台所の費用を息子の手から渡して貰うようになった。そのたびたび「かアちゃん。出来るだけ経済にやってくれ。」と言われた。これも父と子と人がちがったばかりで、十幾年耳に瘤の入った小言であった。

＊　＊　＊　＊　＊

戦争がすんで息子が還って来た。

婆さんは或日息子から突然、「かアちゃん。僕、結婚するんだよ。用がふえるからね。たのむよ。」と言われた。

「そうかい。」と返事はしたものの、あまり出し抜けなので剰談ではないのかとも思った。然しそうではなかった。

やがて四十がらみの女の人が結納の品物を持って来て、戦災に逢ったので嫁入道具は鏡台と夜具の外何もないと云う話をした。

式を挙げる日、婆さんは家に留守番をしていた。息子は父の着たモーニングで出て行き、夜十時過洋装した二十ばかりの女を連れて来た。

女は婆さんを見て、新参の事務員が挨拶するような調子で、「わたし澄子です。どうぞ、よろしく。」と言いながら巻烟草の烟を吹く様子に、婆さんはすっかり気勢を奪われてしまったのだ。

嫁は前々から息子とは親しかった様子で、床の間の柱に背をよせかけ、投出す両足から靴たびをぬぎ取りながら、

「わたし疲れたわ。いろんな人にお辞儀ばっかりしていたからよ。蒲団、どっちにするの。今夜はあなたの蒲団で寝ようよ。」

次の朝二人は午近くまで寝ていた。

婆さんは嫁が来たらば台所の手つだいくらいはして貰えるものと思っていた。ところが嫁は息子と同じ会社へ出勤するので、辨当一包余計につくる手間がふえ、配給物の持運びにも一人分の重さが加るばかり。日がたつに従って、いつか息子と同じように、「かアちゃん。」と呼びかけられ、自分でしてもよさそうに思われる事まで頼まれるようになってしまった。

婆さんは「はいはい。」と言うばかりであった。婆さんは息子の前を憚って嫁には言いたい事も言えないのである。死んだ良人を怖がっていたように、婆さんは息子をも何となしに怖がっている。戦地から還って来てからは気のせいか、婆さんの目には息子の言葉づかいや様子振が前よりも一層荒々しくなった様に思われた。

＊　　＊　　＊　　＊　　＊

お嫁さんが来てから早くも半年ばかりになった。

二人が出て行った後家の内は静である。座敷の時計が何年前からとも知れず間のぬけた

同じ音で、九時か十時を打ち初めた。

襖を明けると、座敷はいつものように散らかし放題ちらかされている。敷きッぱなしにした蒲団からシーツは大方畳の上に剝ぎのけられ、投出された枕の側の茶ぶ台には、朝飯の茶碗や皿小鉢がいかにも食い荒されたように載せられ、杓子を突込んだ飯櫃の蓋の間から蠅が出入りをしている。婆さんは何から先に片づけようかと戸惑いするようにも見えたが、まず茶ぶ台を片寄せ、夜具を畳んで押入に入れ、掃除に取りかかろうとすると、

「藤田さん。」と呼ぶ聞馴れた女の声で、「回覧板、お願いします。」

「はい。御面倒さま。」

婆さんは台所の板の間に回覧板を置いたまま、座敷へ戻ってハタキで障子を叩き初めた。回覧板は何年か前にその出来初めた時から、気をつけて読んで見る気がしないのである。煮炊や洗濯でもしている時は一層面倒な気がするので、隣りの家へ持って行って、受取る人から要領だけを読んで聞してもらうのを便利としている。

塵が眼に入ったのでハタキの手を休める途端、格子戸の方で、

「石鹼は入りませんか。奥さん。上等ですよ。買って下さいな。」

「入りません。まだあります。」

やがて座敷の塵を上り口の方へと掃き出しながら、障子の外を見ると、格子戸が明いていて、すこし降りまさった雨が吹込んでいる。物売が閉めずに行ったのか、それとも先刻

若夫婦が明放しにして行ったのを、自分もそのまま閉め忘れていたのか、いずれとも思返されない。

狭い横町の向側の家の軒下に、雨がふっているにも係らず、いつも配給所で顔馴染の奥さん達が二三人立って、高声に話をしているのが聞える。

「じゃア、やっぱり、あの石鹸（しゃぼん）やにちがいありませんよ。」

「お宅さまでも。まアほんとに油断も隙もありませんねえ。」

「家じゃ子供の下駄だけでしたから。」

婆さんは我にもあらず脚下（あしもと）の土間を見た。息子の半靴も、嫁の赤靴も先刻自分が踏みつけたところには見えなかった。土間に下りて下駄箱の中を覗いたが、二人の靴はそこにも見えなかった。

婆さんは顔を斜に、眼をしばたたき、奇妙な表情と共に、「ははア。」と云うような息をした。自分にも何といってよいのか分らない痛快な心持がしたのである。蚤か蚊でも殺してやった時のような心持がしたのである。

婆さんは勝手の板の間に坐り、壁の方へ向いて、もう冷たくなった朝飯をたべはじめた。

昭和廿一年十月草

畦道

国府台から中山を過ぎて船橋の方へと松林に蔽われた一脈の丘陵が延長している。丘陵に沿うてはひろびろした平野が或は高く或は低く、ゆるやかに起伏して、単調な眺望にところどころ画興を催すに足るべき変化を示している。

市川に移り住んでから、わたくしは殆ど毎日のように処を定めずそのあたりの田舎道を歩み、人家に遠い松林の中または窪地の草むらに身を没して、青空と雲とを仰ぎ、小鳥と風のささやきを聞き、初夏の永い日にさえその暮れかけるのを惜しむようなこともあった。

然しわたくしの眺めて娯しむ此辺の風景は、特に推賞して人を誘って見に行くべき種類のものではない。謂わゆる名所の風景ではない。例えば松林の間を貫く坂道のふもとに水が流れていて、朽ちた橋の下に女が野菜を洗っているとか、或は葉雞頭の淋し気に立っている農家の庭に、秋の日を浴びながら二三人の女が莚を敷いて物の種を干しているとか、又は、林の間から夕日のあたっている遠くの畠を眺めて豆の花や野菜の葉の色をめずると云うような事で。一言すれば田舎のどこへ行っても見ることの出来る、いかにも田舎らしい、穏かな、平凡な風景。画を習い初めた学生のカンバスには一度は必ず上（のぼ）されべき風景に過ぎない。特徴のないだけ、平凡であるだけ、激しい讃美の情に責めつけられないだけ、これ等の眺望は却て一層の慰安と親愛とを催させる。普段着のままのつくろわない女の姿を簾外（れんがい）に見る趣にも譬えられるであろう。

東京にいる友達の一人に、わたくしは散策の所感を書いて送った。すると其友は返書を寄せたのみならず、或日ふらりと尋ねて来て、

「わたしもあの辺の田舎道にはいささか思出があるのです。法華経寺の奥の院からすこし行くと競馬場があったのですが、戦争後はどうなったでしょう。」と言った。

「競馬場は今でもそのまま残っているようです。然しペンキ塗のあの建物と、無線電信の鉄柱は、むかし向嶋の風景を見に行った人達が蔵前と鐘ケ淵の烟突をいやがったようなものので、わたしは成りたけああいう物の見えない方面を歩くことにしています。」

「イヤ全くそうですよ。あなたの御手紙を読んで、わたしの思出したのもまずそういうような事なのです。わたしは後にも先にも競馬場なんぞへは、たった一度あの中山へ連れられて行った事があるだけです。戦争前の事でしたから、早いものです。もう十年になります。最初に結婚した女ですがね。その女は競馬がすきでした。競馬にかぎらず、世間の人の噂をする処へは、芝居でもダンスホールでも、海水浴でも、どこへでも行きたがる女で

した。わたしはまた反対に、競馬にかぎらず、相撲でも野球でも、何に限らず勝負事には少しも趣味を持っていません。見ている中にすぐ飽きてしまう方なんです。貰ってから間もない頃のことでしたから、勧められるがまま、まアどんなものか行って見ようという気になって、細君と二人自動車に乗って行ったのです。小春日和の風もない好い日でした。日本より外には世界中どこへ行ってもこんな好い天気は見られまいと思われるような初冬の或日でした。道はよく覚えていませんが、江戸川を渡って国道らしい舗装された広い道を暫く行くと、やがて道の一方には遠く海の方まで続いている水田が見え初める。片側はどこまで行っても同じように、人家の後方に松林がつづいています。とある道を曲ると、松林の間の崖を切り開いたような緩やかな坂があって、登りきると、目のとどくかぎり広々した畠です。地平線の上に白い雲が浮んでいるばかり。東京の町中から突然この広い眺望を目にすると、覚えず胸がひらけて、清涼な空気が肺臓に浸みわたるような気がしました。と思う間もなく、人の叫ぶ声がだんだん近く聞えて、車は競馬場の門前につきました。降りて見ると、どっちを見たらいいのかと迷うほど、畠と林の眺望はますます好いのです。冬の初のことで、白菜と大根の軟い緑の葉が、日の光を浴びて天鵞絨のように輝き、松の林の間々にこんもりと茂った樹木の梢は、薄く色づいています。わたしは競馬場がなかったら、この辺の風景は一層よく見えるだろう。ふと、そんな心持のしたのが、そもそも某日の喜劇のはじまりでした。場内に入らない先から、わたしは競馬なんぞ見る気がしなくなっていたのです。自動車の砂ほこりや見物人の雑沓がいかにも荒々しく、田園の風致を毀損するように思われて腹が立って来るのでした。桟敷の席で一二番勝負を見ていましたが一向おもしろくないどころか、いやでいやでたまりません。する中細君は知っている人達に出会い、共々馬を見に行きました。わたしはつまらない賭け事に昂奮する細君の顔や様子を見ているのも気辛(きづら)いし、湧き返るような場内一帯の騒しさにも堪えられなくなって、そのままふらりと人込みにまぎれて門を出て、馬場の石塀に添うた一筋道を、茅葺屋根の見える方へと歩いて行ったのです。透き通るような小春の空に穏かな日光を浴びながら聳(そび)えている樹木の姿が、全く其時には言葉に言えないほど美しく見えたのです。その辺の生垣に咲き乱れている山茶花と菊の花とは塵埃(ほこり)の多い東京の庭で見るものとはちがい、洗ったように鮮(あざやか)な色つやを誇っています。農家の庭では手拭に顔を包んだ娘達が稲をこいでいます。荷車の通る道端を雞が歩いています。目に入るものは何も彼も画になっています。朽ちかけた納屋も、古井戸も、投捨ててある農具までが、田園の平和と幸福とを示すもののように思われるのです。鈴なりに真赤な柿のなっている木の下に、竹の椅子と木の台とを出して、牛乳を売っている茅葺屋根の家が目につきました。木立の奥に牛の鳴く声がします。牧場があるのでしょう。腰を掛けて牛乳を呑むと、東京で売っているものとは、まるで品質がちがいます。わたしは同じ家庭を持つなら東京の町中よりもいっそ斯(こ)うした田舎に住まって見たい。軒の深い藁家(わらや)の縁先で、雀と共に冬日を浴びながら、本でもよんでいたい。然しあの細君では――競馬や麻雀の好きな細君ではとても話にはなるまい。ろくろく交際もせず、言わば媒介口で貰った細君だから、気立の合わないのも仕様がないと、わたしは何やら憂鬱になって、傍に立っている榎の梢から木の葉の閃き落るのを眺めていました。すると、これも競馬を見に来たらしい東京風の洋装した若い女が一人牛乳屋の椅子に腰をかけました。年は二十二三。ぬいだ上衣をハンドバッグと一緒に小脇に抱え、鼠色のスカートに白い毛糸のスエーターを着ていたので、小ぶとりの身体の殊に張出した胸の形がそのままはっきり思いやられます。あとから来る連の人でも待つのかと思うと、一向そんな様子もありません。女は牛乳を一口。それから煙草に火をつけたが二三度吸いかけて地面に投げすて、じれったそうに踏みにじったりして、何か知ら落ちついては居られないと云うような様子振り。牛乳の代を払って、じきに立って行きました。時計を見るとまだなかなか競馬の終る時間にはなりそうもありません。わたしは安心して畠の中の小道に曲り、草枯れのした畦道を方角定めず林の見える方へと歩いて見ました。耕された土から、二三寸芽を出しているのは麦でしょう。人参と大根とは其葉の形で都会生れのわたしにも容易にそれと見分けられます。牛蒡の葉は蕗のようにひろがり、白菜はいかにも軟かそうに真白な葉裏の茎を日に曝しています。轍の跡の深く刻まれた畦道は行くに従って次第に低くなると共に、両側の畠は次第に高く、やがて見上げられるようになって、一列に唐黍の茎の立並んだ土地の側面は、尾花や小笹の生茂った崖になっていました。歩いて来た方を振返って見ると、競馬場の建物も農家の屋根も崖に遮られて見えず、道の行手は松林の梢にその眺望を限られています。土地は更に一段低くなって、また同じように畠がつづいているのでしょう。然し畠の仕事は今が手すきの時節なのか、人は一人も通りません。わたしは霜枯れした草の間にも何やら小さな花をつけた雑草があるのを見つけて、それを摘もうと腰を下して両足を投出しました。崖をうしろにした此の窪地は風も吹き通わず小鳥の声も聞えず、小春の日光の照り輝くばかり。その暖なことは帽子を冠った頭が忽ちむずむず痒(かゆ)くなって来るほどでした。わたしは何の聯絡もなく、ふと村の娘が明い昼中に好きな男と忍逢うのは、野中のこう云う場所かも知れないと思ったのです。途法もない馬鹿気た想像かも知れませんが、あまりの静けさと、明さと、暖さとに、わたしは自分ながら訳のわからない事を空想しはじめたのです。田園の昼の静けさは夜よりも却て若いものの心を刺戟するにちがいはない。都会では醜く思われる事も田園で行われれば忽美しい詩中の光景に変じてしまう……こんな事を空想していた時、わたしは意外にも先程牛乳屋の腰掛で見かけた白いスエーターの女がどの道を辿(たど)って来たのか、わたしの休んでいる方へと歩いてくるのを見たのです。女は草の上にわたしの寐転んでいるのを見て、少し歩調をゆるめたものの、俄に後戻りをすれば却てわざとらしく思われる。と云って曲る道もない。いやでもわたしの傍を歩み過ぎなければならない。わたしは此の場合の気まずさを推察して、此方(こっち)から事もなげに言葉を掛けてやったのです。

「先程は。」

　女は余儀なさそうに笑顔を見せました。

「今日は競馬ですか。」

「ええ。」

「もうお帰り？」

「ええ。」と女は立止ると共にハンケチで額の汗を押えました。

「歩くと暑いくらいですね。まアお休みなさい。蟲も蟻もいません。」

「あの、電車までまだなかなかでしょうか。」

「さア、たいした事もないでしょう。誰か通ったらきいて見ましょう。」

　女はくたぶれたと見えて、わたしと向い合に、けれども、すこし離れた処に腰を下し、スカートを引延すようにして膝をかくした。わたしは今まで耽りつづけていた空想の夢から、まだすっかり目が覚めていません。日の光に照しつけられている身の暖さは炬燵にでも入っているようで、見知らぬ若い女の身近にいることが唯無暗に嬉しくてならない気がするのです。

「あの牛乳は上等でしたね。」

「ええ。」と女はもじもじしている。

「友達につれられて初て見に行ったんですが、わたし見たようなものには居られません。

そうぞうしくって。あなた。お好きですか。賑なところが……。」

女は黙って、又もや余儀なさそうに笑顔をつくった。わたしはどうかして、もすこし心やすくなろうと思い、

「一人で見にいらしったんですか。」と話しかける。

「いいえ。ええ。」

「わたしは友達を置き去りにして出て来たんです。捜しているかも知れません。」

「まア。」と女は初て此方へ向き直り、暫くして、「わたしもお友達と来たんですけど……。」

「そうですか。じゃ、やっぱり競馬の趣味はお好きじゃないんですね。」

女は愛嬌を見せながら何とも言わない。わたしは寄添って手でも握って見たいような気になった。振払われようが、声を立てられようが、人の知らない野中の窪地である。このまま二度と顔を見合せなければ何をしようと構わないわけだ。この心持を察したものか、女は立上りそうに思われましたから、わたしも共に起直り、歩けば一緒に歩こうという姿勢を見せたのです。すると、女はどうしたのか、立ちもせず、却て半身を斜に片手を草の上につきましたから、それを機会に、その傍に歩み寄り、蹲踞むが否や手を握りました。

後になって知った話ですが、此日女はやはり男と連立って競馬場に行った。ところが場内で其男は知合いの藝者らしい女に会って、話をしはじめた。その様子がどう見ても何か

訳がありそうに思われたので、女は前後の考なく、男への面当(つらあて)にふいと外へ出てしまったのだと云う話でした。その時には何も知ろう筈がありませんから、わたしは連れ立って駅へ出る道をさがす振(ふり)をして、畠や林の中の小径をあちこちと、わざとそうでない方向へと歩いて行ったのです。

女は踵の高い靴をはいていましたから、とある松原の中で一休みした時には大分くたぶれたらしく秋の日脚が傾きかかって来たにも気がつかず、わたしが手を取って抱き起してやるまで草の上に足を投出すような始末でした。三度目に芒(すすき)の茂った中に休んだ時には、笹の葉にそよぐ風の音が少しく耳立ち、日はもう低くなっていました。

その晩、わたしは其女をつれて市川の宿屋へ泊ってしまったのです。十年前の話ですから、わたしもまだ四十にはなっていません。そんな事から初の細君と別れて、その女とつい此の間まで一緒にくらしていたのです。偶然畦道で出会って、偶然林の中で冒険に成功した最初の思出が、永く心の底に残されていて、それがために其後いろいろ迷惑な事情が起ったにも係らず、わたしはなかなか思切れなかったのです。慎しみのない女の軽はずみな行動ほど、われわれのような男の心を誘惑するものはありません。御手紙であの辺の景色を思出しました。あの時、どこをどう歩いたか、畠や林がそのまま残っていたら、樹の姿や畦道の曲りぐあいなどで、その場所を思出すことができるだろうと思うのです。」

わたしは友達とつれ立って、彼が十年前の夢の跡をさがしにと、散歩に出かけた。

昭和廿一年十二月草

停電の夜の出来事

一愛子　妾宅の女主人（廿四五才）
一栄子　妾宅の女中（十七八才）
一婦人洋裁師（三十四五才）
一青年士官　一人
一兵卒　一人
一兵卒の妻
一芹沢　妾宅の旦那（五十七八才）
一山岡　クリーニング屋（二十二三才）
一若き賊（廿五六才）
一老人の賊（七十三才）
一巡査
一町の世話人

第一場

東京西部郊外の住宅。平舞台、四畳半に六畳位、二間つづきの座敷。下手奥へさげて玄関の格子戸口。それに並んで勝手口へ通う木戸口。正面下手寄りに二枚立の障子。正面より上手へかけて斜に硝子戸の出窓。十月午後の日かげ明くさし込んでいる。庭にコスモスの花。

女中栄子。年頃十七八。裾短(すそみじ)かの洋装。エプロン。小声に流行唄をうたいながら硝子窓の軒に干した奥様の長襦袢と敷布団とを取込んでいる。

クリーニング屋の若い者山岡。年廿二三。洋服、洗濯物を持ち下手より出で、

山岡　今日(こんにち)は。クリーニング屋です。

ト呼んでも返事がないので様子を窺い、木戸口を明けて入る。女中栄子伊達締(だてじめ)を庭に落し、

栄子　あ、大変だ。

ト半身を窓外に突出し、見物の方へ後の形をよく見せるようにして、落した物を取ろうとしている。山岡歩み寄り伊達締を拾いながら、

山岡　栄子さん。

栄子　ありがとう。

山岡　洗濯物、台所へ置きましたよ。
栄子　あ、そう。
山岡　奥さん。今日はお留守なの？
栄子　今表のお湯へ行ってるわ。
山岡　そう。それじゃ今の中だ。（ト窓越しに軽く接吻して）赤い長襦袢。すてきだなア。成程艶麗なもんだなア。奥さんはいつでも洋装ばっかりだと思ったら、日本の着物もきるんだね。
栄子　そうよ。おやすみになる時は毎晩この長襦袢にこの伊達締（だてじめ）だわ。
山岡　ふむ。そうか。実にいいだろうなア。
栄子　おかしな人ね。あんた。そんなに長襦袢が好きなの。
山岡　うむ。奥さんの匂いがする。奥さんの体臭だ。
ト山岡長襦袢を抱えて匂をかぐ。栄子引取り、
栄子　ナニサ。白粉とクリームの匂じゃないの。わたしだって長襦袢くらい持ってるわよ。こんな良（い）いものじゃないけれど、お正月日本の着物きる時にはちゃアんと腰巻もしめるし、襟のかかった長襦袢も着るわよ。丁度いいわ。わたし今日家（きょうち）へ行くから長襦袢持ってくるわ。
山岡　栄子さん。今日家へ行くの。

栄子　きのう奥さんにおはなしして置いたから、これから一寸行って来ようと思っているのよ。わたし夏のものしか持って来なかったから、あんまり寒くならない中取りに行くつもりなのよ。

山岡　そう。これから出掛けるんじゃ今夜帰れないだろう。

栄子　省線で行けばわけはないわ。だけど、あんまり晩くなりそうだったら泊ってくるかも知れない。

山岡　そうか。栄子さん。僕一度でいいから一晩ゆっくり泊って見たいなア。どう。今夜泊って見ない？　御家族御同伴だの御清遊だなんて温泉のマークを出したホテルさ。行って見ようじゃないか。ねえ。栄子さん。

栄子　そんな処へ行ってお金つかわないだって。ここでこうして逢ってればいいじゃないの。この間（あいだ）なんぞ、奥さん昼間出かけたっきり、夜も十二時頃まで帰って来ないことがあったわ。

山岡　そうか。然し此処じゃ何となくしんみり、落ちついた心持になれないからな。

栄子　大丈夫よ。ビクビクしないでも。ここの奥さんなら、見つかっても、意地のわるいこと言わないと思うわ。あんた。まだ知らないの。奥さんと云ったって。（ト声を低くし）ほんとの奥さんじゃないから。大丈夫よ。

山岡　そうか。じゃ、お妾さんなんだね。道理で何となく色ッぽいんだね。女優かダンサーでもしていたんだろうね。
栄子　さアどうだか。能く知らない。
山岡　この近処でも評判の美人だからね。旦那もきっとスマートなんだろうな。
栄子　いいえ、おじいさんよ。何となく気味の悪い、いやアなお爺さんよ。そうねえ、いくつ位か知ら。もう六十位かも知れない。空襲の時火傷（やけど）したんだって、顔が半分ひッつれてお化みたようだわ。奥さん能くあんな人で我慢していられると思うわ。今日見たように、お湯へ行ったりしていない時なんぞ、わたしお茶を持って行くでしょう。そうするとにやアりにやアり人の顔だの、わたしのここいらの処ばかり覗くようにして見るのよ。
山岡　栄子さんの曲線。全く素敵だもの。しかたがないよ。
栄子　ア、イヤ、擽（くすぐ）ったい……。
ト触られて身をもがく途端、腰をかけた窓から仰向に落ちそうになるのを山岡抱いて支える。栄子両足を座敷の方にぶらさげ半身を外に、スカートの間から腿まで見せ、やっと起直る。其時格子戸の方に物音する。
山岡　おかえりだよ。
ト山岡驚いて姿をかくす。栄子狼狽（うろた）えながら、
栄子　お帰んなさいまし。

愛子。簡易な洋装、下駄ばき。年の頃二十四五。洗面器石鹸濡タオルを持ち、下手より出で格子戸を明け、正面障子口より座敷に来り、鏡台の前に坐る。

愛子　いいお湯だよ。すいているからお前も行くなら行っておいで。

栄子　奥さん。わたし一寸家へ行って来たいと思いますから。

愛子　あ、そうだったね。すっかり忘れていた。今日は旦那もお出のない日だし、丁度いいから早く行っておいでなさい。

栄子　じゃア、いそいで夕方の御飯ごしらえして参ります。

愛子　そんな事、私でもできるから、かまわないよ。日が短くなったからね。早くお出かけなさい。

栄子　それじゃ済みませんけれど一寸行って参ります。

愛子　おそくなったら今夜無理に帰って来なくッても、明日でいいんだよ。夜おそいと、無用心だっていうからね。

栄子　ええ。じゃお願します。

ト長襦袢其他のものを畳み障子口に入る。同時に下手より巡査と町内の世話人出で格子戸を明け、

巡査　富田さん。

栄子　はい。またお芋の配給ですか。

世話人　配給じゃありません。盗難予防の注意書です。これをどこか目につくような処へ貼って置いて下さい。

巡査　昼間でも怪しい奴だと思ったら、バケツでも洗面器でも何でもいいですから、音のするものを叩いて御近処へ知らせて下さい。どこかで叩く音がしたら、あなたの処でも叩くのです。そうすると警察署と消防署で呼笛を吹いたり半鐘を鳴したりしますから。

世話人　奥さまにその印刷した物をお見せなさい。おやかましう御在ました。

栄子　御苦労さま。

愛子　栄ちゃん。わかりましたよ。お前さん。出がけに御飯粒か何かで貼って行っておくれ。

ト煙草を飲みながら化粧をしている。栄子門口へ出て紙を貼りつけている。スミレ洋裁師、年頃三十四五の女。下手より出で、

スミレ　今日は。何です。盗難予防注意……。

栄子　奥さん。洋裁のおばさんが見えました。

愛子　おばさん、お上んなさい。

ト坐ったまま返事をする。スミレ格子戸より上り障子口から出る。

スミレ　好い陽気になりましたね。

愛子　この間頼んだような、いい羅紗地ありました？

スミレ　ええ。やっと見つけました。いかがです。これなら。あっちの品物ですからね。柔で、軽くって、それで丈夫ですよ。これなら仕立ようで、ぴったり身体につきますからね。お誂向きだと思うんですよ。

ト この中に栄子茶を持ち運び、よき程に身なりを着替え風呂敷包を持ち下手木戸口より出る。その前よりクリーニング屋山岡下手より出たり入ったりして栄子を待っている。二人そっと下手に入る。

愛子　色けもわるくないわね。（ト片地を身につけ鏡を見ながら）内の旦那と来たら、冬でも夏みたようにスカートのうむと短いのが好きなのよ。そして、ここいらがピッタリしていなくッちゃ気に入らないんだからね。

スミレ　奥さん。それならお誂向きです。それでワンピースになさればここの処なんぞ（ト自分の胸に手を当て）毛糸のスエーターなにかより、もっとふっくらして見えますよ。奥さんのような身体なら後の方なんぞ男ズボンはくよりも、もう一層緊張して見えます。

愛子　お値段、どのくらいなの。

スミレ　羅紗地だけ（ト胸算用して）二万円。仕立てがどうしても八千円かかりますね。

愛子　一週間くらいで出来る？

スミレ　仮縫だけ一週間かかりますもの。仕立上りどうしても十日かかりますよ。（ト日数を指折り数え）十八日のお昼過までならきっと持って来ます。

ト洋裁師巻尺を取出す。愛子スカートをぬぎシュミーズ一枚になり裸身の寸尺を取らせる。

愛子　おばさん。わたし痩せやしない。この春背広こしらえて貰った時よりか痩せてるでしょう。（ト横腹から腰のあたりを撫る。）

スミレ　そんな事アありません。（寸法を手帳に書込み）三インチ半。奥さん。あの時分よりこれだけお肥り（ふと）ですよ。

愛子　あら。そう。

スミレ　奥さんのような肉付なら。いくつにおなりなすっても御変（かわ）りはありませんよ。女でさえ触って見たいような肌ざわりですもの。

ト此時格子戸に物音する。旦那芹沢。洋服。年頃五十七八。半面火傷（やけど）のあと。半白の禿頭。風采揚らず容貌みにくし。

芹沢　わしだよ。（ト靴をぬいでいる。）

愛子　旦那だわ。今日は来ないッて言ったのに。

ト障子を明けかける時、芹沢の姿を見て、わざとらしく、

愛子　うれしいわ。あなた。今日は来られないって仰有（おっしゃ）ったから、わたし栄子にも公休をやったのよ。

芹沢　うむ。そうか。洋服の寸法を取っているのか。百円出して浅草のレビューなんぞ見
　に行くより、よっぽどいい。
　ト下着一枚になった愛子の姿を眺める。
愛子　この間お話したの。これなのよ。二万八千円ですって。安いでしょう。
芹沢　うむ。
愛子　あなた。ついでに外套もこしらえて置きたいわ。ねえ、いいでしょう。
芹沢　外套なら。たしかこの春こしらえたんだろう。
愛子　あれは合着の外套だわ。レーンコートの代りだわ。じき寒くなるから、わたし冬の
　が欲しいのよ。今年の冬は狐か何かの毛皮（フワース）がはやるだろうッて云うのよ。だけど、わ
　たし、そんな贅沢はしたくないわ。おばさん。軽くッて暖い外套地。なくって。
スミレ　今日は持って来ませんでしたけど、駱駝のいいのがあります。
愛子　どのくらい？
スミレ　仕立上り五万円いただかなくッちゃ。
芹沢　二万八千円にまた五万円。七万八千円か。ほしいとなると、女はお金の値打がわか
　らなくなるから困るよ。
愛子　七万円くらい。あなたなら何でもないじゃないの。ね。いいでしょう。おばさん。
　いいから一緒に仮縫して持って来てよ。

スミレ　ええ。(ト羅紗地を仕舞う。)
愛子　おばさん、頼みましたよ。
スミレ　畏りました。十八日の午後に持って参ります。
愛子　外套も一ッしょヨ。あなた。お金。半分でも渡してやって下さい。
芹沢　今日はこれだけしか遣れない。
愛子　二万円。これだけなの。
芹沢　実は今晩急に大阪へ行く用事ができたんだ。用の都合で二三日来れないかも知れないから。今日は無理をしてお前の顔だけ見に来たんだ。お金は大阪から送ってやるから心配しないがいい。
愛子　じゃ、おばさん。これだけ上げて置きます。調べて下さい。
スミレ　たしかに。頂きます。どうも御邪魔さま。
ト洋裁師障子口より門口へ出てはいる。愛子送って入り、茶ぶ台にウイスキイの罎、コップなど載せて持ち出る。
愛子　あなた。今日はゆっくりして行けないの。泊っていらっしゃいよ。
芹沢　会社の用だから仕方がないよ。淋しくッても辛抱してくれ。
愛子　誰か代りに行く人ないの。
芹沢　会社の急用だもの。そうは行かないよ。お前、淋しかったら毎日デパートに、芝居に、映画に、そこいら中見て歩けばいいじゃないか。すぐ日がたつよ。

愛子　でも、わたし一人じゃつまらないもの。

芹沢　大きな赤ン坊だな。まア辛抱しろよ。その代りお土産はうむと買ってくるさ。

愛子　ええ。じゃ、おとなしく待ってます。

芹沢　お前にそんな悲しそうな顔をされると、おれはどうしていいのかわからない。愛子、お前、どうしておれが好きなんだ。

愛子　わたし。ほんとにあなたが好きで好きで仕様がないのよ。あなた。わからないの。わたしの心持……。

ト男の手を取て自分の胸の上に載せる。

芹沢　わからないことはない。わかるよ。よくわかっているよ。だけれど、お前とわたしとはいくつ年がちがうと思う。三十違うんだぜ。

愛子　いくつ違っていたって、そんな事は問題じゃないわ。わたしは初ッから若い人は嫌いなのよ。若くッて好い男ぶってる人は蟲が好かないの。若い人じゃ面白くないわ。どうしても四十から先の人でなくっちゃ……。

芹沢　それもそうだな。

愛子　そうよ。若い人はすぐに自惚れて、この女は自分にほれていると思うと、すぐまた他の女に目をつけるのよ。

芹沢　うむ。それはそうかも知れないな。然し何ぼ年寄が親切で安心だからと言って、顔が皺だらけで頭が禿げていちゃ、あんまりぞっとしないだろう。
愛子　そんな事ないわ。顔だの様子だの。そんな事はほんの初めの中だけよ。見馴れちまうと、いいも悪いもなくなってしまうものよ。まア、譬えて見ると、そうねえ。便所みたようなもんだわ。
芹沢　はばかりッて便所のことか。
愛子　毎日馴れッこになると、自分の家の便所なら少しくらい汚くッても何ともないけれど、よその家のだと気味がわるくッて、そうは行かないわ。
芹沢　何だ。便所と男と同じように思ってるのか。
愛子　物の譬がそうだって言ったのよ。遠慮のある中は駄目よ。お互にどんな事したって、気まりも何も悪くないようにならなくッちゃ。ねえ、そうじゃない？
ト男の膝にしなだれ掛ってウイスキーを飲む。
芹沢　うむそうだ。全くだ。ここへ来て御前の顔を見ると全く命が延びるよ。
愛子　女中がいないから、夕方の御肴、わたし一寸行って見て来ましょう。
芹沢　今日はそんな事しちゃいられない。もうそろそろ出掛けなくッちゃ。（ト懐中時計を見る。）
愛子　アラ、そんなにお急ぎなの。

芹沢　じゃ、行って来るからな。

ト芹沢、帰り仕度をする。愛子「早く帰って来て下さい。お忘物ないこと。」など捨台詞よろしく外套を着せかけ折革包(おりかばん)を持ち送って一ッしょに門口へ出る。芹沢下手へ入る。愛子いかにも馬鹿々々しいと云う顔付。鼻先で笑い、座敷に戻り茶ぶ台に肱をつき大きな欠(あくび)をする。

愛子　ああああ御妾商売も楽じゃアない。心にもないお世辞言ったり、甘ッたれて見たり、好加減(いいかげん)口がくたびれてしまう。

ト傍にある新聞をよみかける。秋の日忽暮れてあたり暗くなる。愛子立って電燈をつけようとして、

愛子　あらまた停電だ。これじゃ御飯もたべられないし、寐るより仕様がない。

かすかに半鐘の音聞える。愛子蠟燭に火をつけ窓や門口の戸締をなし、夜具を敷きのべ長襦袢にきかえ、簞笥の上に置いた紙入と懐紙とを取り、紙入を枕の下に、紙をふところに差込み、蠟燭を吹き消し、夜具の中に入る。半鐘の音歇み、静なる音楽。

第　二　場

黒幕を下し、上手下手両方より樹木の背景を出す。月よき晩。静なる音楽。男声女声の連

唱一くさりあって、よき程に陸軍少尉の軍服きたる青年と愛子（日本服年十八九のつくり）手を引合い下手より出る。

青年　愛子さん。初てあなたと接吻したのも今夜のような、いいお月夜の晩でした。

愛子　ええ。わたし忘れません。一生涯で一番幸福な時でしたわ。あなた。わたし、どうしてもお別れしたくないんですの。

トすがりついて泣く。

青年　それは僕も同じです。然しもう仕様がありません。お互に勇気を出して、もう一度平和と幸福の来る日を待ちましょう。僕はきっと帰って来ます。死なずにきっと帰って来ます。病気にならないように、気をつけて、僕の帰って来るのを待っていて下さい。

愛子　ええ。二年でも三年でも、何年でも、愛子はあなたのお帰りを待っています。あなたも気をつけて命を大事に、大事にして帰って来て下さい。

青年　きっと死なずに帰って来ます。戦争ももう長いことはないでしょう。半年かせいぜい一年くらいでしょう。今夜はいつかのように、あの初ての晩のように月夜の景色眺めましょう。

上手より兵卒の服きたる田舎の男、赤子を抱きたる女房出で、

兵卒　まだすこし時間があるから、母さんのお墓参りをして行こう。坊やは能く寐ている

な。おれにも少し抱かせてくれろよ。

女房　何も知らないでよく寐ています。坊や、お父さんは戦争に行くんだよ。もう帰って来ないかも知れないんだよ。

ト赤子を渡す。兵卒赤児の泣出すのをいぶりながら両人下手へ入る。愛子見送り、

愛子　あなた。今になって見ると私達子供のなかった方が、どんなに仕合(しあわせ)だったか知れませんねえ。

青年　人間の世界から戦争のなくなるのはいつの代のことだろう。

愛子　あなた。

ト男の胸に顔押当てて泣沈む。青年愛子をいたわり共に上手へ入る。音楽と共に半鐘の音次第に近く犬の吠る声聞ゆ。

第三場

黒幕を引取ると舞台もとの座敷。愛子夢より覚めたる体(てい)。

愛子　ああ夢だったわ。どうして、今時分、あんな夢なんか見たんだろう。むかしの夢だわ。過ぎ去ったむかしの夢はもう返って来はしない。

トまた横になって眠る。半鐘の音かすかになり、黒きスエータを着た色白のすっきりした男、

年廿五六。鳥打帽を眉深に冠り、懐中電燈を持ち、そっと正面障子ロを明け座敷の様子を窺い、一歩進入ろうとする。其時停電していた座敷の電燈ぱっと明くなる。スエータの男障子の蔭に身を隠す。愛子目をさまし寐ながら巻煙草。枕元の雑誌を取り一寸読んだ後、顔の上に載せてまた眠りかける。

スエータの男再び障子ロより出で鏡台の引出を抜き、つづいて簞笥の引出を抜こうとする。鍵かかっている。電燈また消える。賊愛子の枕元に歩み寄り懐中電燈を差付け、暫く愛子の寐顔と寐乱れた姿を眺め、

賊　おい。起きないか。おい。おい。金はどこにある。騒ぐとこれだぞ。

ト夜具を剝ぎのけナイフを差し付ける。

愛子　ア。あなた。

ト愛子立とうとして尻餅をつき後(あと)じさりに身を引きながら、

愛子　お金出します。今出します。（ト枕の下の紙入を差出し）お金でも着物でもみんな出します。あなた。助けて下さい。命だけ助けて下さい。

賊ナイフを差付け静に詰め寄る。その一足毎に愛子尻餅をついたまま後じさりをする中、伊達締(だてじめ)解け長襦袢の胸は開け、懐紙は落ち裾は乱れて艶しき姿になる。賊じっと見詰めながら一足一足窓際まで詰め寄る。愛子腕時計をはずし指環を抜き差出す其手を、賊ぐっと引寄せると長襦袢肩よりぬげ、愛子シュミーズ一枚になる。

愛子　あなた。後生ですから殺さないで、殺さないで。持ってる物みんな上げます。

ト引寄せられるまま賊の腰に縋りつき、顔を仰向けにして憫みを請う。賊じっと見下し、心乱れる体。覚えず手にしたナイフを落し愛子を抱きしめる。シュミーズ肩先よりぬげ半裸体になる。

賊　おとなしくしていろ。取るものさえ取れば殺しはしない。

愛子　あなた。お願いです。

ト また取り縋る。賊愛子を抱き締め暫く接吻した後、

賊　水。一杯くれ。

愛子　そこにウイスキイがあります。

ト茶ぶ台の上のグラスにウイスキーをついで出し、自分も別のグラスについで一口に飲干す。

賊　お前。ここの家のマダムか。

愛子　ええ。（トまた飲む。）

賊　外に誰もいないな。

愛子　誰もいません。わたし一人ッきりです。

賊　そうか。お前一人きりか。仕様がないと思って諦めたんだな。そんなら、おれも其のつもりだ。いいか、今夜はゆっくり腰を据えるぜ。

ト帽子を投捨て茶ぶ台の傍に胡坐をかき膝の上に愛子を引寄せる。

愛子　ええ。かまいません。どうせ、人のおもちゃになってる身体ですもの。あなた。わたし実はあなた見たような、若い奇麗な人の腕に、じっと抱かれて見たかったの。さっき夢を見ていたの。ゆっくり飲みましょう。ねえ、あなた。（ト男の顔を見つめ）どう見ても悪いことなんか、するような人にゃ見えないわ。

賊　おれだって、泥棒するために生れて来たんじゃないからな。

ト思いのまま接吻した後、きっと思入あって、奪取った紙入腕時計指環を茶ぶ台の上に載せ、

賊　これァ返そうよ。しまって置け。

愛子　あら、どうして。それだけじゃ足りないの。あなたの言うもの、わたし何もかも、みんな提供しようと思ってるのに。

賊　だからよ。これはお前に返そうと言うんだ。実はな。泥棒は今夜が手始めなんだ。始てやった晩に、酒に女に金と、三拍子揃って、こんなに訳なくやれるとは思っていなかったのよ。これァ、今夜が始めの終りにしろ。二度やるなと言う謎じゃないかと、お前の体を抱きしめて、お前の顔を見詰めている中、おれはふいと、そんなような気がしたんだ。手荒な仕事は今夜かぎり止めにしよう。駄目だ。おれの体にゃまだ人情らしいものが残っているんだろう。

ト立ちかける。半鐘の音俄に烈しく泥棒々々と叫ぶ男や女の声。バケツを叩く音。

賊　方々で鳴しやァがる。うっかり外にゃ出られなそうだ。

ト賊身がまえをする。愛子取縋る。その時障子口より汚れた柿色の仕事着をきた白髪の賊。狼狽した風にて出る。以前の若き賊、

若き賊　この野郎。

ト叫び一寸立廻りあって組みしく。

老年の賊　年貢の納め時だ。警察でも何処(どこ)へでも引張って行け。年を取っちゃアもういけねえ。

若き賊　お前、いくつなんだ。

老年の賊　七十三だ。さア早く縛ってくれ。

若き賊　おれが悪かった。おれも泥棒よ。

老年の賊　エ。お前も……。

愛子　さ、これを持って早くお逃げ。

ト机の上の紙入を投げてやる。

老年の賊　エッ。これを私に……。

ト二人の顔を見る。若き賊老年の賊の手を取り紙入を渡す。

老年の賊　奥さん。すまねえ。一生恩に着るぜ。

ト一寸拝んで涙を啜り硝子窓より飛下る。

巡査　富田さん。起きていますか。富田さん。

ト下手より出で懐中電燈にて門口を見廻す。若き賊窓より逃げようとするを愛子引止め蒲団の中にかくし下手門口をあける。

巡査　別に変ったことはありませんか。今向うの木村さんに泥棒がはいったのです。戸締を忘れないように。（ト下手に入る。）

愛子　御苦労さま。

ト門口をしめ寒そうな風をして立戻ると若き賊落ちた長襦袢を取って後から着せかける。愛子伊達締をしめ若き賊の冠った帽を取って捨てる。両人じっと顔を見合す。此の気味合よろしく愛子にっこりして電燈を消し、懐紙を襟にはさみながら蒲団の上に立膝に坐る。蟲の鳴く声をきかせて静に幕。

昭和二十四年三月廿五日より四月七日迄
浅草公園六区大都劇場にて興行

春情鳩の街

人　物

向島鳩の街喫茶店の女　種子　年二十四五才
同じく　栄子　年二十二三才
同じく　民江　年二十五六才
喫茶店藤村の主人　年四十五六才
喫茶店藤村の女房　年三十五六才
民江の母　年六十才
花売の爺　年六十才
種子の客武田（遊び人）　年三十四五才
種子の客　A（会社員）
栄子の客寺田（時計職工）　年二十四五才
民江の客　B（闇屋）　年四十才

看　屋　　　　　　　　　年三十才
街頭音楽師　三人
客　三四人
通行人　三人
其他

第一場

向島鳩の街喫茶店。藤村（ふじむら）店の場。

平舞台、向正面、洋酒サイダの罎を並べた棚。花瓶に花。飲物を出す小窓あり。壁は桃色に塗り裸体画をかく。上手二重。梯子段の上口。上框（あがりがまち）の下に客の靴。女の下駄草履二三足ぬぎすててある。続いて二枚立（だて）出入（でいり）の障子。（この内帳場のつもり。）下手広き窓と硝子戸の扉。（この外道路。）平舞台に椅子三四脚。テーブル。其上に草花の鉢。雑誌二三冊置いてある。午前十時頃。

幕あくと喫茶店女房、（年の頃三十五六。もとは玉の井にでもいたらしい様子。）洋装男ズボン。手拭をかぶり、硝子戸出入口の外に焜炉を持出し煉炭に火をおこそうとして焚付（たきつけ）を燃し渋団扇であおいでいる。

年六十ばかりの花売の爺、切花を載せた小車を曳き下手より出て、

花屋　お早うございい。花はいかがです。
女房　もう桜が咲いたね。
花屋　牡丹桜。一枝いかがです。
女房　そうねえ。（ト店の中を見返り）店の花はまだ取替えなくッてもよさそうだよ。明日にでもまた寄って下さいよ。
花屋　姉さん方の御部屋はどうでしょう。
女房　家の子はみんな寝坊だからまだ起きやしないよ。一巡りして帰りに寄って御覧なさいよ。
花屋　じゃア後で寄りましょう。
ト上手に入る。此の家の主人、年四十五六。大島紬の一枚小袖。紺足袋。金紗絞の兵児帯をしめながら上手出入の障子より出て草履をはき、
主人　おいおい烟いな。そこで焚付を燃しちゃア。蚊えぶしにゃまだ早いよ。
女房　窓を明けて下さいよ。風で吹込むんだよ。こんどの煉炭は湿ってるせいか、なかなか燃えつかないんだよ。
主人　まだ事務所から誰も呼びに来ないか。
女房　誰も来ませんよ。また何か会議でもあるのかね。
主人　満洲から沢木の家へ遺骨が届いたって云うはなしだからね。またお弔いで何がしか

取られるんだろう。鳥渡行って来るよ。

女房　行ってお出なさい。

ト主人出入口より去る。栄子（年二十二三）シュミーズ一枚。寝起の姿。タオルを持ち鼻歌をうたいながら梯子段を降り障子の中へ入る。と其後より種子（二十四五）長襦袢の前を引合せながら同じく梯子段を降り上框の下にしまってある靴を出し、

種子　危くってよ。あなたの兵隊靴だったわね。

種子の客（A）会社員らしき風俗。梯子段を降り、

客A　いい半靴があるじゃアないか。間違えたふりではいて行くぜ。

種子　これは民江さんのお客さまンだよ。

客A　そうか。（ト靴をはき）電車通へ出るのはどっちへ行くんだ。

種子　右の方へ曲ってそれから真直に行くと広い通に出るわ。そこから少し行くとすぐに向島の都電の終点だわ。バスの停留場もあるわ。

客A　そうか。グッドバイ。

種子　またきてね。待っているわよ。

ト窓から顔を出し接吻を送る。栄子タオルで手をふきながら黙って梯子段を上ると、すぐに民江（年二十五六）と其客（B）ジャンバア鳥打帽。闇屋らしき風体。話しながら二階より降りて来る。

民江　ねえ。あなた。まだ話があるのよ。明日か明後日。来てくれるでしょう。
客Ｂ　あしたア土曜日だなア。
民江　お願があるのよ。実はきょう。母さんが来るのよ。だから明日のお金。今日借して下さらない。みんなで無くってもいいのよ。半分でもいいのよ。
客Ｂ　あしたの晩。半分で泊らせるっていうんだね。
民江　ええ。後はわたしが都合するから。今日五百円でもいくらでも借して下さいよ。
客Ｂ　その代りこの次はお前が半分立替るんだな。そんなら借そう。
ト折革包から百円札五六枚民江に渡す。
民江　すみません。じゃア明日きっと入らっしゃいよ。気をつけてね。
ト客を送り出して二階へ上る。種子壁の鏡に向い化粧を直している。民江の母（年六十ばかり）風呂敷に包んだ布団を背負い、片手に山の芋の束をさげ上手より出て、
母　お早うございます。
女房　おいでなさい。民ちゃん。降りておいで。
民江　だアれ。
女房　母さんだよ。
民江　はアい。（ト降りて来て）母さん、御苦労さま。この間の敷布団、もうできたの。重かったでしょう。

母　電車の中で好加減苦労したよ。お米でも隠しているんだろうッて二度も三度も調べられたよ。

民江　そう。すまなかったわね。

母　それから長襦袢の方はね。お尻のところがすっかり弱ってるからね。裏地につぎでも当てなくっちゃ持たないかも知れないよ。

民江　そう。つい此間こしらえたばっかりなのにそんなに弱ってしまうものかね。

母　お前、寝てからどうするんだねえ。よっぽど寝相が悪いんだね。わたしなんぞ寝巻は二年や三年縫直さないでもちゃんとしているんだがね。

民江　ほほほほ。母さんにゃわかりゃしないよ。なりたけ早く持ってきてよ。

母　もう別に用はないかい。このお芋。少しばかりだけど、おかみさんに上げておくれ。

女房　まアいつもいつもお気の毒だね。今お茶を入れるからゆっくりしておいでなさい。

ト焜炉を下げて障子口へ入る。

民江　じゃ母さん。今日は千円あげとくわ。

母　そうかい。照子も来月から学校へ行くからね。

民江　ああ承知してるわよ。二三日中に都合するから。長襦袢成りたけ早くお願いします。

母　それじゃおかみさん。おやかましう御在ました。旦那にもよろしく。

女房　アラもうお帰り。まだお茶も上げないのに。

母　またお邪魔に上ります。（ト下手に入る。）

種子　いい母さんだねえ。だけど民江さんも責任があるから大変ねえ。

民江　子供と年寄があっちゃいくら稼いでも追付かないよ。そこへ行くと種子さんも栄子さんもほんとに羨しいわ。好い人さえできれば、やめたい時やめられるんだからね。

種子　民江さん、あなた。どう思って。私の武田さん。真実私のことを心配してくれるのかしら。

民江　大阪から帰って来ると直ぐ一緒になるんじゃないの。その為に大阪まで行ったんでしょう。

種子　私にはそう言って行ったんだけれど、あれっきり手紙も何も来ないのよ。二度も三度も私の方から手紙を出したんだけど、うむともスンとも返事がないのよ。私だまされたんじゃないかと思うのよ。

民江　まさか。そんな事はないと思うわ。あなた。武田さんには何のかのと随分お金の立替もしたんでしょう。

種子　立石（たていし）の喫茶店にいる時分からだからね。お泊りの会計ばっかしじゃないわ。この間大阪へ行く時も、帰って来たらすぐ私と一緒になるんだから、その為には大阪へ行って叔父さんに頼んで、家（うち）だの店だの借りて貰わなくっちゃならない。そうするには★纏ったお金が入るって云うから。あたし。貯金したお金、一万五千円、ありったけ渡

民江　してやったのよ。

種子　あなたの方で、それほど実を尽しているのなら、男の人だって仇やおろそかに思う筈がないからさ。心配しないでも大丈夫だよ。

民江　民江さん。笑わないでね。もし此れっきり逢えなかったら、私もう一思に死んでしまいたいわ。私、あの人ばっかり、どうしても諦められないのよ。わたし今まで随分裏切られたり欺されたりしたんだけど、（ト民江の方に寄掛って泣沈む。）

民江　種ちゃん。大丈夫だよ。あんまりやきもきしないで、待ってる方がいいよ。

ト種子を言慰めている。主人帰って来る。

民江　お帰んなさい。

主人　みんな病院へ出かけるようだぜ。お前達も今の中早く行って来なよ。

民江　はい。

ト主人上手障子口に入る。

種子　今日は診療日だったのね。忘れていた。

ト種子民江手を取合って同じく障子口に入る。梯子段より栄子と其客寺田。（年廿四五。時計職工。色白おとなしやかな顔立。新しき作業服。）梯子段より出て栄子半靴をそろえる。

寺田　帰りたくないな。夕方まで遊んで行こうよ。

栄子　今日はおかえんなさいよ。そんな事言わないでさ。今日は診察日なんだから。これ

　から病院へ行くんだからさ。

寺田　栄子さん。（ト椅子へ掛け）あの話、僕の安心するような、ちゃんとした返事聞して
　くれればすぐ帰るよ。

栄子　あら、もう知らないわ。わたし。昨夜あんなに委しく話をしたのに、あなた。まだ
　そんな事言ってるの。知らないわよ。（わざとらしく怒った調子。）

寺田　また怒るのか。栄ちゃん。僕の気持。どうして分らないんだろう。
　ト栄子を膝の上に抱寄せる。

栄子　分ってるわよ。分ってるからそう言うんじゃないの。無駄なお金つかわずに今日は
　お帰んなさいって、そう言うんじゃないの。私のことを思ってくれるのなら毎日遊ん
　でいないで勉強してよ。

寺田　ちゃんと約束してくれれば、僕の気のすむようにちゃんと約束してくれれば、僕は
　勉強するよ。工場だって一日も休みやしないよ。栄ちゃんが来ちゃいけないって言え
　ば一月でも二月でも来ないで勉強するよ。だから栄ちゃん。お願だからきっと一緒に
　なるって云う約束してよ。え。もし出来ないって云うなら、僕にわかるように一緒に
　なれない理由を打明けて話しておくれよ。栄ちゃん。誰か外に約束した人があるのか
　い。それならそうと遠慮なしにそう言ってよ。僕どんなに悲しくっても諦めるからさ。

栄子　そんな人なんかないわよ。そんな人があったらこんな商売なんかしていられやしな

いわ。

寺田　それなら約束してくれるね。僕のお願きっときいてくれるね。

栄子　ええ。ですからさ。もう暫く待っていらっしゃいって、私の方からお願しているんじゃないの。

寺田　栄ちゃんの暫くって言うのは一体いつの事なんだよ。約束した其時分になると、もう暫くもう暫くでのびのびになるんじゃないか。ほんとうなら、去年の暮にこの商売をやめて、僕と一緒に今頃は楽しい家庭をつくっている筈じゃないか。それが正月になり二月になり、もう桜の花もさいてしまったじゃないか。

栄子　だから、私申訳がないって、逢うたんびに謝罪（あやま）ってるじゃありませんか。この夏まではきっと約束したようにするわ。その時にはあなたの方で待ってくれと言っても私の方で承知しないからいいわ。兎に角そこまで一緒に行きましょう。私仕度してくるから、待ってらっしゃい。

ト障子口の方へ行きかける。民江と種子の二人各好みの洋装にて出で、

種子　昨夜（ゆうべ）は御馳走さまでした。

民江　この煙草。貰ったのよ。一本上げましょう。

トハンドバッグから舶来煙草を出してやる。

寺田　ありがとう。

トライターを出して火をつけ民江の煙草にもつけてやる。

種子　栄ちゃん。一足先へ行くわよ。あんたの番取れたら取って置くわ。

栄子　お願します。

ト民江種子正面出入口より外へ行く。栄子好みの洋服にて障子口より出てコンパクトにて顔を直しながら寺田に目くばせして黙って出て行く。寺田その後について同じく出て行く。女房障子口より出て椅子を片寄せ掃除にかかる。花売の爺手車を曳き上手より出て、

花屋　先程はおやかましう。

女房　今日は検査日でみんな出掛けてしまったよ。

花屋　残物(のこりもの)だから置いて行きましょう。（ト薔薇の花を出す。）

女房　おじさんいくら。

花屋　いくらでもお思召(ぼしめし)で能(よ)うございます。

ト店に入り古い花と入れかえる。

女房　そうかい。じゃ五拾円に負けといてよ。おじさんとも古いお馴染(なじみ)だね。玉の井時分からだからね。

花屋　焼かれた晩の事を思い出すと、夢のようだね。あの時にゃお互に、こうして話ができようとは思わなかったよ。

女房　全くだよ。玉の井は今でも原っぱになったままかね。

花屋　ちらほら家は立ち初めたようだがね。みんな堅気の家ばかりのようだよ。
女房　そうかね。じゃこの商売もどうやら此処で落付くんだね。
花屋　浅草から都電で往来が出来るから先の場処よりか余程いいやね。旦那はやっぱり事務所へお出かけかね。
女房　何のかのと言う中、今じゃこの土地でも古顔になったもんでね。
旦那　おじさん。相変らず達者だな。
　　ト障子口より出る。
花屋　旦那も達者で何よりだよ。
旦那　こう云う世の中になっちゃ、雨の漏らねえ処に寝て、白いお米がたべられりゃ、何よりの仕合だ。一服すいなさい。（ト煙草を出す。）
花屋　全くだ。一本頂戴します。
　　ト此中栄子の客寺田上手より出で出入口に立ち、
寺田　忘物をした。鏡台の傍に置いた筈だ。新聞に包んであります。
女房　そう。取ってくるから、お掛けなさい。
　　ト女房二階へ上る。旦那は上手に花屋は下手に入る。寺田立ったままテーブルの上の新聞を取上げてよむ。女房紙包を持ち下りて来て、
女房　寺田さんこれ？

寺田　そうです。すみません。（ト紙包を受取り）おかみさん。栄子の帰って来るまで待っていてもいいですか。

女房　ええ。お掛けなさい。だけど病院から髪結さんにまわったら、一時間やそこらじゃ帰れないかも知れませんよ。

寺田　いいですよ。待ちきれなかったら帰るから。（ト椅子に腰をおろし）おかみさん。用がなければ僕のはなし聞いてくれない？　僕いろいろ話したいことがあるんだよ。

女房　何です。

寺田　栄子の事さ。栄子は真実ほんとに、僕と一緒になる気があるんだろうか。ねえ、おかみさん。おかみさんはどう思ってる？

女房　さアねえ。私にゃよく分らないけど、栄子がそう言ったのなら、そうでしょうよ。だけど、寺田さん。家の子供の事を悪く言いたくはないけど、寺田さん。あんたも出世前の身体だからね。栄子に限らず、お客商売をしている女の言うことは、あんまり真面目になって聞かない方がよござんすよ。

寺田　それは承知しているよ。然し僕どうしても諦められないんだよ。一月でも二月でもいいから。一緒になって見たいんだよ。駄目かなア？

女房　私の口からは何とも言えませんよ。寺田さん。私なんかよりあなたの方が知ってるでしょう。あの子はほんとに気立のいい、悪気のない、おとなしい子なのよ。だけど生れつき浮気っぽい性(たち)でね。自分から好きこのんでこんな商売しているんだからね。堅気のおかみさんだの奥様なんぞには向かない人らしいのよ。だからね。そう向(むき)にならずに、時々遊びに来てかわいがっておやんなさいよ。それが一番無事だし、あの子もその方がどんなに嬉しいと思うか知れませんよ。

寺田　そうかなア。じゃアやっぱり諦めるより仕様がないかなア。

女房　あなたより外(ほか)にこれと云って馴染のお客があると云う訳じゃアないから、無理に急がないでも大丈夫ですよ。もしか外にお客でも出来て貴方(あなた)の言う事を聞かないようだったら其時は私が注意してやります。内々(ないない)あなたにも知らせて上げるよ。ですからね。月に二度なり三度なり細く長く遊ぶようになさいよ。

寺田　ありがとう。じゃ今日はおとなしく此儘かえろう。

女房　そうなさい。栄子には私から能くそう言って置きます。

ト寺田萎れ返って出て行くのを女房心配そうに窓から首を出して見送る。主人上手障子をあけ、

主人　どうしたんだ。あのお客は気でもちがってるんじゃないか。

女房　ああ夢中にさせてしまっちゃ手がつけられない。栄子も好加減(いいかげん)人を見てサービスすればいいのに。

主人　しょうがねえな。男も女も、此頃の若い者のすることは全くおれ達にゃわからねえ。

栄子も栄子だが、それよりか、おれは泣蟲の種子の方が心配だよ。お前、どう思ってる。大分男に入り上げてるようだが、あの武田っていうのは何だい。筋のよくねえ、お尋者(たずねもの)じゃあるめえな。気をつけた方がいいぜ。

女房　私も心配していたんだよ。内々(ないない)さぐって見ようよ。

ト此時窓の外から肴屋(さかなや)の男大声に、

肴屋　配給があります。

女房　ああ。びっくりした。

肴屋　鯖(さば)にほうぼう。比目魚(ひらめ)の配給でありまアす。

呼びながら入る。

女房　毎日鯖と比目魚にゃ飽(あ)き飽きするね。ほうぼうッて云うのはどんな肴だろう。

主人　赤くッて目の大きな、口のとんがった肴だ。事務所の大沢見たような顔をしている。塩焼にすりゃアまんざらでもねえよ。

女房　へえ、そう。じゃ、ついでに野菜も買って来るから。あなた。留守番して下さい。

主人　うむ。

ト女房買物籠を手にして出て行く。主人椅子にかけて新聞を読んでいると栄子帰って来てすぐに二階へ上りかける。

主人　おい。栄子。

栄子　なアニ。
主人　ここへおいで。すこし聞きたいことがあるんだ。
栄子　かアさん。居ないの？
主人　お肴（さかな）買いに行ったよ。すこし話があるんだ。お前の、アノ若いお客様。何て言ッたっけな……。
栄子　寺田さんのこと？
主人　そうそう寺田さんよ。さっきお前と一緒に出て行くと、まもなく一人戻って来たよ。嚊（かかあ）をつかまえて、どうしてもお前と一緒になりたいッて言うんだ。
栄子　アラそう。かアさん。何て返事をして？
主人　栄子。あの寺田さんていうのは全く見たところから、おとなしそうな純情な青年だな。
栄子　ええ。そうよ。
主人　栄子。お前、あの人と一緒になる気はないのか。
栄子　とうさん。ひやかしちゃ。いや。
主人　おい。真面目な話だよ。丁度誰もいないし。今日はまじめな話をするんだ。おれだって今じゃこんな商売をしているが、戦争前には学校の教師をしていた事もあるんだからな。栄子。おれの言う事を能くききな。女は男とちがってじきに年を取ってしまうからな。好加減のところで見切をつけて行先一生の事を考えなくッちゃいけないぜ。

栄子　ええ。

主人　お前。あのお客、きらいじゃないんだろう。

栄子　ええ。嫌いじゃないわ。好きなのよ。だけど、わたし今から世帯の苦労なんかしたくないのよ。とうさん。わたし、まだ二十二になったばッかりですもの。もうすこし、もう暫くのあいだ、面白おかしく暮して見たいのよ。着物ももっとこさいたいし、それから（ト主人の手を握り）もっと猟奇的な、いろんな事して見たいのよ。

主人　そうか。（ト驚いてじっと栄子の顔を見詰める）どんな事がして見たいんだ。

栄子　とうさん。わたしの気性知ってる癖に。そんな事。明いとこで言えやしないわ。ね。とうさん。とうさんはかアさん位な年の女でなくッちゃ、面白くないんでしょう。わたし見たようなものは、いいも、わるいも、てんで何も分らない子供だと思ってるんでしょう。

主人　仕様のねえ女だな。お前にあっちゃ真面目な話はできねえ。

栄子　とうさん。かアさんのような三十女の愛慾ッて一体どんななの。ね、とうさん。わたし一度でいいから、とうさんと浮気してみたいわ。（ト抱きつく。）

主人　栄子。お前、ほん気か。

栄子　ほん気だか。冗談だか、とうさん次第だわ。かアさんの帰って来ない中よ。

ト栄子突然主人の頬に接吻して上手に入る。主人頬辺の紅をふきながら、

主人　町内で知らぬは亭主ばかりの反対で、家中で知らぬは女房ばっかりとでもしゃれるかな。

ト主人出入口へ気をくばる。栄子早くもシュミーズ一枚になり半身を障子口より出して手招ぎする。双方の見得よろしく黒幕を引く。

第二場

後(うしろ)一面の黒幕。夜十時頃。上手袖際にハメ板の背景。「ぬけられます」と書きたる横板を見せ、門付のギタア段々近く聞えてくる。前の場の栄子、片手にドレスの裾をかかげ、林檎をかじりながら、上手より出て下手に行きかけると、其客寺田同じく上手より後れて出て、

寺田　栄ちゃん。（ト呼ぶ。）

栄子　アラ今夜駄目なのよ。済まないわ。（トわざとらしく悲しい調子。）

寺田　いそがしいのか。

栄子　ええ。お泊り二人受けちまったの。

寺田　かまわないよ。僕一人で寝て行くからさ。今日。昼間から何だか、急に逢いたくな

って、たまらなくなったんだよ。

栄子　こんな晩に上ったってつまらないわ。お金捨てるようなもんだから。明日(あした)の晩にな
さいよ。

寺田　でも。このままじゃ、帰れないなア。(ト未練らしい調子。)

栄子　じゃ、お店でお茶でも飲んで入らっしゃいよ。種子さんも民江さんもまだ店にいる
から。暫くみんなと話でもして行くといいわ。気がまぎれるわ。

寺田　種子さん。どうした。彼氏に捨てられたって悲観していたけど、どうした。

栄子　あの人、何か言うとすぐ悲観して泣くのが癖なのよ。あの人見たように悲しいこと
ばっかり考えてたら限(き)りがないわ。わたし煙草買うの忘れていたわ。

ト喰べかけた林檎を寺田の口へ押付け、其手を取って、下手に入る。素見(ひやかし)の若い者三人。摺
れちがいに下手より出で、

××　いい女だなア。

○○　知らねえのか。向角の藤村にいる女よ。もう三年越の古狸だ。

□□　女は化物だな。

ト上手より種子の客武田(年三十四五。にがみ走った好い男ぶり。ジャンバア。)摺れちが
いに下手へ行きかける。

××　お、兄貴。どうした。暫く会わなかったな。この頃はどこへ河岸をかえたんだ。あ

の児が心配しているぜ。

武田　あの児ッてな誰だ。

□□　藤村の種坊よ。手紙を出しても返事もくれないッて。ふさぎ込んでいるぜ。たまにゃ顔を見せてやんな。悪くすると、言問橋からどんぶりやらねえとも限らねえよ。

武田　まさか。そんな馬鹿な真似もしねえだろうが、実はあの女にゃ持てあましているんだ。

××　早く行って嬉しがらせてやんな。

□□　おれ達はいつもの処でとぐろ巻いているからな。

武田　じゃ、後で逢おう。グッドバイ。

ト捨台詞（すてぜりふ）よろしく三人は上手に、武田は下手に入る。街頭唱歌師一人、伴奏二人。流行唄（股旅物）を歌いながら下手より出で舞台好き処に立止り一曲歌い終る。ギタアの合方（あいかた）そのまま引流して上手に入る。黒幕を引取ると喫茶店藤村二階女達部屋の場。

第三場

平舞台。中央より上手にかけて狭き部屋二間あり。正面に各室とも出入の障子。上手袖際に窓。上手の方は種子の部屋。鏡台、違棚、其上に硝子箱入の人形。電燈スタンド。壁のところどころに映画女優の写真。衣桁に浴衣、細帯、長襦袢。部屋の様子何となく賑かに見ゆ。下手の方は名代部屋（空室）の体。畳んだ夜具の外何物をも置かず。此外狭き廊下を中にして下手袖際に二枚立の障子。此の内民江の部屋のつもり。廊下の奥物干台。夜十時過。中央の空室に栄子の客寺田洋服の上着をぬぎ独夜具に寄掛り小説をよんでいる。上手の室に種子の客武田。夜具の上に胡坐をかきジャンバアを着ようとしている。その膝に種子寄りかかり涙を拭いている。流しのギタア聞える。

武田　たね子。まだ泣いているのか。困るなア。おれの言うことまだ分らないのか。

種子　いいえ。わかってます。

武田　わかったらもう泣くなよ。何もこれっきり逢えないと言うわけじゃなし。今夜は泊って行かないというだけの話じゃないか。

種子　ええ。もう泣きません。

武田　じゃ機嫌よく笑顔をして返してくれ。なア種子。

種子　あなた。ほんとに逢ってくれるわね。きっと此れっきりじゃないわね。わたし、何だか、これっきり逢えないような気がして仕様がないのよ。（ト取縋って男の胸の上に顔を押付ける。）

武田　何を言うんだな。お前とおれとは、昨日今日の仲じゃなし、何ぼおれが極つく張だってお前の親切を忘れちゃ済まねえくらいの事は知っていらアな。さっき話をしたように、ここのところ一寸の間辛抱してくれ。今までのようにちょいちょい来られなくっても、月に二度や三度どんな無理をしても、きっと逢いに来るからな。やきもきせずと安心して待っていな。

種子　ええ。わかりました。ほんとに来て下さるわねえ。

武田　ああ。きっと来る。じゃアいいね。今夜かえるぜ。笑った顔を見せて返してくれ。

種子　もう泣きません。泣いてやしないでしょう。

ト目をぱちぱちさせながら顔を差出す。武田静に女の顋に手をかけ仰向かせじっと見詰めながら、

武田　かわい顔していやがるなア。男殺し奴。（トわざと突放して立上り）風邪ひかねえように用心しな。陽気がわるいから。

種子　あなたもね……（ト堪えかねて覚えずまた涙を啜る。）

武田　四五日したら暇を見てまた来ようや。

種子　うれしいわ。きっとよ。お忘物なくってね。

ト種子ジャンバアを着せかける。

武田　ちょいと上野まで行ってくるんだ。千円貸してくれ。車賃だよ。

ト種子の懐中に手を突込み、札をポケットに押込み、障子をあけて先に入る。種子後より送って入ると栄子。浴衣。巻煙草を啣えながら下手より出で、障子をあけ、

栄子　今すぐ来るわね。あっちのお客もうじき帰るから、もう暫く待っててね。
寺田　ああいいよ。本読んでるから。
栄子　寝巻きかえてしまいなさいよ。
ト畳んだ夜具を敷きかける。
寺田　おれが敷くからいい。早く行っておいで。
栄子　煙草置いてくわ。
ト煙草光(ひかり)の箱を投げやり障子をしめて下手へ入る。種子上手の部屋の障子をあけいきなり夜具の上に倒れ枕の上に顔を押当てて忍び泣きに泣き沈む。寺田その声を聞きつけ襖越しに耳をすましている。新内の流し。蘭蝶をかたりかける。種子鏡台の抽斗(ひきだし)から小さきビンに入れし薬と用箋とを出し書置(かきおき)をしたため、簪の先にて粉薬を呑残(のみのこし)の茶碗に入れ、じっとそれを眺めている。この様子を寺田初は襖の隙間より、やがて障子の破穴(やぶれあな)より見すまし、いきなり障子をあけ摺寄って、
寺田　種子さん。お待ちなさい。その薬。どうするんです。
種子　ア。これ。何でもないのよ。あの風(かぜ)の薬よ。
寺田　僕、びっくりした。ほんとに風の薬ですか。
種子　ええ。そうよ。あなた。何だと思ったの。（ト淋し気に微笑む。）
寺田　そんならいいけど、ほんとにびっくりした。

種子　栄ちゃん、もうじき来てよ。寝て待ってらっしゃい。わたしも風引いて心持が悪いから今夜は一人で寝るわ。

寺田　じゃ二人とも一人で寝ることにしましょう。ほんとに大丈夫ですか。

種子　大丈夫よ。心配させてすまなかったわね。

寺田　雨が降ってきた。

種子　アラ。しみじみさむしい晩ねえ。

寺田　さむしいねえ。たまらない程さむしい気がするねえ。寝ようたって寝られやしない。種子さん。すこし話をしてもいいだろう。

種子　ええ。いいわ。

寺田　たね子さん。僕、たね子さんの心持、僕にはよく分るよ。たね子さん。彼氏に別れて生きていてもつまらないと思ったんだろう。その心持、僕には能(よ)く分るよ。僕いくら栄子のことを思っても、栄子は到底僕の心持を分ってくれる女じゃないんだ。この間、ここの家(うち)のおかみさんからも、栄子は僕見たようなものの言うことをきく女じゃないって忠告されたんだよ。僕の淋しい遣瀬のない心持、捨てられた男の心持分ってくれるのは、種子さん、あなたばっかりだ。

ト寄添って手を握る。

種子　私の心持。同情して下さいね。

寺田　種子さん。僕お願がある。聞いてくれないか。その薬。僕に分けて下さい。

ト茶碗を取ろうとする。

種子　いけません。あなた。

寺田　あなたの迷惑するような事決してしないから。

種子　でも、あなた。

寺田　ここで、ここの二階で呑みやしませんよ。人の知らない処へ行って飲むから。お願だ。分けて下さい。

種子　でも、わたし、そんな事……。

寺田　あなた。自分一人自由に死んでしまって、あなたと同じ境遇、同じ心持の私には、そうさせないと云うんですか。それは無情です。

種子　寺田さん。あなたは男ですもの。若いんですもの。今死なないでも。まだまだ生きて行ける未来がありますよ。私はあなたと違って女だもの。こんな魔窟に落ちてしまった女だもの。頼る人に裏切られてしまったら、死ぬより外に仕様がないじゃありませんか。お願だわ。見ない振して私だけ死なしてよ。

ト寺田の膝に泣伏す。民江でっぷりした年輩の客の手を曳き、下手袖より出で、

民江　あなた。こっちよ。お泊りできないの。雨が降って来たじゃないか。

客　省線電車のある中（うち）だ。お早く願いますだ。お乗りの方はお早く、ぐっと奥の方へだ

よ。（ト酔って抱きしめる。）

民江　知らないわよ。たまにゃアゆっくりなさいよ。

ト下手の部屋の障子をあけて入り畳んである夜具を敷き障子を締める。寺田種子をいたわり、

寺田　種子さん。お互に知らない振をして、二人別々にその薬を呑もうよ。そんならいいだろう。

種子　あなたと私。ここで一緒に死んだら心中したと思われるでしょうね。

寺田　そう思われてもかまわない。僕は却って嬉しいよ。

種子　若しかあなたが、私の彼氏だったら……。

寺田　種子さんが若しか僕の栄子だったら……。

種子　どんなに嬉しいでしょうねえ。

寺田　いくらそう思っても、駄目だ。そうなれないのが運命だ。仕様がないよ。種子さん、一緒に死のうよ。

種子　ええ。あなた。

寺田　もっと、しずかな暗い処へ行って、しずうかに死のう。

ト寺田薬を摑んでポケットに入れ上手袖際の窓をあける。雨の音一際強く聞える。種子男の丹前をはおりスタンドの灯（あかり）を消し二人手を取合い窓の外へ姿をかくす。この前より民江の部屋の障子に民江の着物をぬぐ影。やがて民江の声、

民江　アラ。もう眠ちまったの。あなた。あなた。あなたア。

栄子その客と二人下手より出で障子の影絵に心づき抜足(ぬきあし)して様子を窺う体(てい)。雨の音またまた烈しくなる。幕。

昭和廿四年六月四日より同月二十日迄
浅草公園大都劇場にて興行

葛飾土産

○

菅野(すがの)に移り住んでわたくしは早くも二度目の春に逢おうとしている。わたくしは今心待ちに梅の蕾の綻びるのを待っているのだ。

去年の春、初めて人家の庭、また農家の垣に梅花の咲いているのを見て喜んだのは、わたくしの身に取っては全く予想の外に在ったが故である。戦災の後、東京からさして遠くもない市川の町の附近に、むかしの向嶋(むこうじま)を思出させるような好風景の残っていたのを知ったのは、全く思い掛けない仕合せであった。

わたくしは近年市街と化した多摩川沿岸、また荒川沿岸の光景から推察して、江戸川東岸の郊外も、大方樹木は乱伐せられ、草は踏みにじられ、田や畠も兵器の製造場になったものとばかり思込んでいたのであるが、来て見ると、まだそれ程には荒らされていない処が残っていた。心して尋ね歩めばむかしのままなる日本固有の風景に接して、伝統的なる感興を催すことが出来ないでもない。

わたくしは日々手籠をさげて、殊に風の吹荒れた翌日などには松の茂った畠の畦道を歩み、枯枝や松毬を拾い集め、持ち帰って飯を炊ぐ薪の代りにしている。また野菜を買いに八幡から鬼越中山の辺まで出かけてゆく。それはいずこも松の並木の聳えている砂道で、下肥を運ぶ農家の車に行き逢う外、殆ど人に出会うことはない。洋服をきたインテリ然たる人物に行逢うことなどは決して無い。然し人家はつづいている。人家の中には随分いかめしい門構に、高くセメントの塀を囲らしたところもあるが、大方は生垣や竹垣を結んだ家が多いので、道行く人の目にも庭や畠に咲く花が一目に見わたされる。そして垣の根方や道のほとりには小笹や雑草が繁り放題に繁っていて、その中にはわたくしの曽て見たことのない雑草も少くはない。山牛蒡の葉と茎とその実との霜に染められた臙脂の色のうつくしさは、去年の秋わたくしの初めて見たものであった。野生の萩や撫子の花も、心して歩けば松の茂った木蔭の笹藪の中にも折々見ることができる。茅葺の屋根はまだ随処に残っていて、住む人は井戸の水を汲んで米を磨ぎ物を洗っている。半農半商ともいうべきそう云う人々の庭には梅、桃、梨、柿、枇杷の如き果樹が立っている。

去年の春、わたくしは物買いに出た道すがら、偶然茅葺屋根の軒端に梅の花の咲いていたのを見て、覚えず立ちどまり、花のみならず枝や幹の形をも眺めやったのである。東京の人が梅見という事を忘れなかったむかしの世のさまがつくづく思い返された故である。それは今にして思返すと全く遠い昔の事である。明治の末、わたくしが西洋から帰って来た頃には梅花は既に世人の興を牽くべき力がなかった。向嶋の百花園などへ行っても梅は大方枯れていた。向嶋のみならず、新宿、角筈、池上、小向井などにあった梅園も皆閉され、その中には瓦斯タンクになっていた処もあった。樹木にも定った年齢があるらしく、明治の末から大正へかけて、市中の神社仏閣の境内にあった梅も、大抵枯れ尽したまま、若木を栽培する処はなかった。梅花を見て春の来たのを喜ぶ習慣は年と共に都会の人から失われていたのである。

　わたくしが梅花を見てよろこびを感ずる心持は殆ど江戸の俳句に言尽されている。今更ここに其角嵐雪の句を列記して説明するにも及ばぬであろう。わたくしは梅花を見る時、林をなしたひろい眺めよりも、むしろ農家の井戸や垣のほとりに、他の樹木の間から一株二株はなればなれに立っている樹の姿と、その花の点々として咲きかけたのを喜ぶのである。所謂竹外の一枝斜なる姿を喜び見るのである。

　梅花を見て興を催すには漢文と和歌俳句との素養が必要になって来る。されば現代の人が過去の東洋文学を顧ぬようになるに従って梅花の閑却されるのは当然の事であろう。啻に梅花のみではない。現代の日本人は祖国に生ずる草木の凡てに対して、過去の日本人の持っていた程の興味を持たないようになった。わたくしは政治もしくは商工業に従事する人の趣味については暫く擱いて言わぬであろう。画家文士の如き藝術に従事する人達が明治の末頃から、祖国の花鳥草木に対して著しく無関心になって来たことを、寧不思議となしている。文士が雅号を用いることを好まなくなったのも亦明治大正の交から始った事である。偶然の現象であるのかも知れないが、考え方によっては全然関係がないとも言われまい。

戦争中にも銀座千疋屋の店頭には時節に従って花のある盆栽が並べられた。また年末には夜店に梅の鉢物が並べられ、市中諸処の縁日にも必ず植木屋が出ていた。之を見て或人はわたしの説を駁して、現代の人が祖国の花木に対して冷淡になっている筈はないと言うかも知れない。然しわたくしの見る処では、これは前の時代の風習の残影に過ぎない。人の家の床の間に画幅の掛けられているのを見て、直に其家の主人を以て美術の鑑賞家となす事の当らざるに似ているであろう。世にはまた色紙短冊のたぐいに揮毫を求める好事家があるが、その人達が悉く書画を愛するものとは言われない。

祖国の自然がその国に生れた人達から飽かれるようになるのも、之を要するに、運命の為すところだと見ねばなるまい。わたくしは何物にも命数があると思っている。植物の中で最も樹齢の長いものと思われている松柏さえ時が来ればおのずと枯死して行くではないか。一国の伝統にして戦争によって終局を告げたものも、仮名づかいの変化の如きを初めとして、其例を挙げたら二三に止まらぬであろう。

昭和廿二年二月

○

市川の町を歩いている時、わたくしは折々四五十年前、電車も自動車も走っていなかったころの東京の町を思出すことがある。

杉、柾木、槙などを植えつらねた生垣つづきの小道を、夏の朝早く鰯を売りあるく男の頓狂な声。さてはまた長雨の晴れた昼すぎにきく竿竹売や、蝙蝠傘つくろい直しの声。それ等はいずれもわたくしが学生のころ東京の山の手の町で聞き馴れ、そしていつか年と共に忘れ果てた懐しい巷の声である。

夏から秋へかけての日盛に、千葉県道に面した商い舗（みせ）では砂ほこりを防ぐために、長い柄杓で溝の水を汲んで撒いていることがあるが、これも亦わたくしには、溝の多かった下谷浅草の町や横町を、風の吹く日、人力車に乗って通り過ぎたころのむかしを思い出させずには置かない。

東京下町の溝の中には川のながれと同じように、長く都人に記憶されていた名高いものも少くはなかった。菊屋橋のかけられた新堀の流れ。三枚橋のかけられていた御徒町の忍川の如き溝渠（こうきょ）である。

そのころ人の家をたずね歩むに当って、番地よりも橋の名をたよりにして行く方が、その処を知るには却て迷うおそれがなかった。然しこれ等市中の溝渠は大かた大正十二年癸亥の震災前後、街衢（がいく）の改造されるにつれて、或は埋められ、或は暗渠となって地中に隠され、旧観を存するものは殆どないようになった。

そのころ、わたくしはわが日誌にむかし在って後に埋められた市中溝川の所在を心覚に識して置いたことがある。即（すなわち）次の如くである。

京橋区内では○木挽町一二丁目辺の浅利河岸（震災前埋立）○新富町旧新富座裏を流れて築地川に入る溝渠○明石町旧居留地の中央を流れた溝渠。むかし見当橋のかかっていた川○八丁堀地蔵橋かかりし川、その他。

日本橋区内では○本柳橋かかりし薬研堀の溝渠（震災前埋立）

浅草下谷区内では○浅草新堀○御徒町忍川○天王橋かかりし鳥越川○白鬚橋瓦斯タンクの辺橋場のおもい川○千束町小松橋かかりし溝○吉原遊郭周囲の鉄漿溝（おはぐろどぶ）○下谷二長町竹町辺の溝○三味線堀。其他猶多し。

牛込区内では○市ヶ谷富久町饅頭谷より市ヶ谷八幡鳥居前を流れて外濠に入る溝川○辨天町の細流○早稲田鶴巻町山吹町辺を流れて江戸川に入る細流。

四谷新宿辺では○御苑外の上水堀○千駄ヶ谷水車ありし細流。

小石川区内では○植物園門前の小石川○柳町指ヶ谷町辺の溝○竹島町の人参川○音羽久世山崖下の細流○音羽町西側雑司ヶ谷より関口台町下を流れし弦巻川。

芝区内では○愛宕下の桜川また宇田川○芝橋かかりし入堀（これは震災前埋立）

赤坂区内では○溜池桐畠の溝渠。

本所深川区内では○御蔵橋かかりし埋堀○南北の割下水○黒江町黒江橋ありし辺の溝渠。

その他。

砂町では○元〆川○境川おんぼう堀。その他。

こんな事を識すのも今は落した財布の銭を数えるにも似ているであろう。

○

東京の郊外が田園の風趣を失い、市中に劣らぬ繁華熱閙（ねっとう）の巷となったのは重（おも）に大正十二年震災あってより後である。

田園調布の町も尾久三河島あたりの町々も震災のころにはまだ薄（すすき）の穂に西風のそよいでいた野原であった。

雑司ヶ谷、目黒、千駄ヶ谷あたりの開けたのは田園調布あたりよりもずっと時を早くしていた。そのころそのあたりに頻（しきり）と新築せられる洋室付の貸家の庭に、垣よりも高くのびたコスモスが見事に花をさかせているのと、下町の女のあまり着ないメレンス染の着物が、秋晴れの日向に干されたりしているのを見る時、何となく目あたらしく、いかにも郊外の生活らしい心持をさせたことを、わたくしは記憶している。
与謝野晶子さんがまだ鳳晶子といわれた頃、「やわはだの熱き血潮にふれもみで」の一首に世を驚したのは千駄ヶ谷の新居ではなかった歟。国木田独歩がその名篇武蔵野を著したのもたしか千駄ヶ谷に卜居された頃であったろう。共に明治三十年代のことで、人はまだ日露戦争を知らなかった時である。

　コスモスの花が東京の都人に称美され初めたのはいつ頃よりの事か、わたくしは其年代を審にしない。然し概して西洋種の草花の一般によろこび植えられるようになったのは、大正改元前後のころからではなかろうか。

　わたくしが小学生のころには草花といえばまず桜草くらいに止って、殆ど其他のものを知らなかった。荒川堤の南岸浮間ヶ原には野生の桜草が多くあったのを聞きつたえて、草鞋ばきで採集に出かけた。この浮間ヶ原も今は工場の多い板橋区内の陋巷となり、桜草のことを言う人もない。

　ダリヤは天竺牡丹といわれ稀に見るものとして珍重された。それはコスモスの流行よりも年代はずっと早かったであろう。チュリップ、ヒヤシンス、ペコニヤなどもダリヤと同じく珍奇なる異草として尊まれていたが、いつか普及せられてコスモスの流行るころには、西河岸の地蔵尊、虎ノ門の金毘羅などの縁日にも、アセチリンの悪臭鼻を突く燈火の下に陳列されるようになっていた。

わたくしは西洋種の草花の流行に関して、それは自然主義文学の勃興、ついで婦人雑誌の流行、女優の輩出などと、略年代を同じくしていたように考えている。入谷の朝顔と団子坂の菊人形の衰微は硯友社文学とこれ亦その運命を同じくしている。向島の百花園に紫苑や女郎花に交って西洋種の草花の植えられたのを、そのころに見て嘆く人のはなしを聞いたことがあった。

銀座通の繁華が京橋際から年と共に新橋辺に移り、遂に市中第一の賑いを誇るようになったのも明治の末、大正の初からである。ブラジルコーヒーが普及せられて、一般の人の口に味われるようになったのも、丁度その時分からで、南鍋町と浅草公園とにパウリスタという珈琲店が開かれた。それは明治天皇崩御の年の秋であった。

○

談話がゆくりなく目に見る花よりも口にする団子の方に転じた。東京の都人が食後に果物を食うことを覚え初めたのも、銀座の繁華と時を同じくしている。これは洋食の料理から、おのずと日本食の膳にも移って来たものであろう。それ故大正改元のころには、山谷の八百善、吉原の兼子、下谷の伊予紋、星ヶ岡の茶寮などいう会席茶屋では食後に果物を出すようなことはなかったが、いつともなく古式を棄てるようになった。

わたくしの若い時分、明治三十年頃にはわれわれはまだ林檎もバナナも桜の実も、口にしたことが稀であった。むかしから東京の人が口にし馴れた果物は、西瓜、真桑瓜（まくわうり）、柿、桃、葡萄、梨、栗、枇杷、蜜柑のたぐいに過ぎなかった。梨に二十世紀、桃に白桃水蜜桃ができ、葡萄や覆盆子（いちご）に見事な改良種の現れたのは、いずれも大正以後であろう。

大正の時代は今日よりして当時を回顧すれば、日本の生活の最豊富な時であった。一時の盛大はやがて風雲の気を醸し、遂に今日の衰亡を招ぐに終った。われわれが再びバナナやパインアップルを貪り食うことのできるのはいつの日であろう。この次の時代をつくるわれわれの子孫といえども、果してよく前の世のわれわれのように廉価を以て山海の美味に飽くことができるだろうか。

昭和廿二年十月

○

松杉椿のような冬樹（ふゆき）が林をなした小高い岡の麓に、葛飾という京成電車の静な停車場がある。

線路の片側は千葉街道までつづいているらしい畠。片側は人の歩むだけの小径を残して、農家の生垣（いけがき）が柾木や槙（まき）、また木槿（むくげ）や南天燭（なんてん）の茂りをつらねている。夏冬ともに人の声よりも小鳥の囀（さえず）る声が耳立つかと思われる。

生垣の間に荷車の通れる道がある。

道の片側は土地が高くなっていて、石段をひかえた寂しい寺や荒れ果てた神社があるが、数町にして道は二つに分れ、その一筋は岡の方へと昇る稍急な坂になり、他の一筋は低く水田の間を向に見える岡の方へと延長している。

この道の分れぎわに榎の大木が立っていて、その下に一片の石碑と、周囲に石を畳んだ一坪ほどの池がある。

今年の春、田家にさく梅花を探りに歩いていた時である。わたくしは古木と古碑との様子の何やらいわれがあるらしく、尋常の一里塚ではないような気がしたので、立寄って見ると、正面に「葛羅之井。」側面に「文化九年壬申三月建、本郷村中世話人惣四郎」と勒されていた。そしてその文字は楷書であるが何となく大田南畝の筆らしく思われたので、傍の溜り水にハンケチを濡し、石の面に選挙候補者の広告や何かの幾枚となく貼ってあるのを洗い落して見ると、案の定、蜀山人の筆で葛羅の井戸のいわれがしるされていた。

これは後に知ったことであるが、仮名垣魯文の門人であった野崎左文の地理書に委しく記載されているとおり。下総の国栗原郡勝鹿というところに瓊杵神という神が祀られ、その土地から甘酒のような泉が湧き、いかなる旱天にも涸れたことがないというのである。石を囲した一坪ほどの水溜りは碑文に言う醴泉の湧き出た井の名残であろう。然し今見れば散りつもる落葉の朽ち腐された汚水の溜りに過ぎない。

碑の立てられた文化九年には南畝は既に六十四歳になっていた。江戸から遠くここに来って親しく井の水を掬(く)んだか否か。文献の徴(ちょう)すべきものがあれば好事家の幸である。

わたくしは戦後人心の赴くところを観るにつけ、たまたま田舎の路傍に残された断碑を見て、その行末を思い、ここにこれを識した。時維(ときこれ)昭和廿二年歳次丁亥臘月(ていがいろうげつ)の某日である。

○

千葉街道の道端に茂っている八幡不知(やわたしらず)の藪の前をあるいて行くと、やがて道をよこぎる一条の細流に出会う。

両側の土手には草の中に野菊や露草がその時節には花をさかせている。流の幅(はば)は二間(けん)くらいはあるであろう。通る人に川の名をきいて見たがわからなかった。然し真間川(ままがわ)の流の末だということだけは知ることができた。

真間川はむかしの書物には継川ともしるされている。手児奈(てこな)という村の乙女の伝説から今もって其名は人から忘れられていない。

市川の町に来てから折々の散歩に、わたくしは図らず江戸川の水が国府台(こうのだい)の麓の水門から導かれて、深く町中に流込んでいるのを見た。それ以来、この流のいずこを過ぎて、いずこに行くものか、その道筋を見きわめたい心になっていた。

これは子供の時から覚え初めた奇癖である。何処(どこ)ということなく、道を歩いて不図(ふと)小流れに会えば、何のわけとも知らずその源委(げんい)がたずねて見たくなるのだ。来年は七十だというのにこの癖(へき)はまだ消え去らず、事に会えば忽ち再発するらしい。雀百まで躍るとかいう諺も思合されて笑うべきかぎりである。

曽て東京にいたころ、市内の細流溝渠について知るところの多かったのも、蓋(けだ)しこの習癖の為であろう。之を例すれば植物園門前の細流を見てその源を巣鴨に探(さぐ)り、関口の滝を見ては遠きをいとわず中野を過ぎて井の頭の池に至り、また王子音無川の流の末をたずねては、根岸の藍染川から浅草の山谷堀まで歩みつづけたような事である。然しそれはいずれも三十前後の時の戯れで、当時の記憶も今は覚束なく、ここに識(しる)す地名にも誤謬がなければ幸である。

真間川の水は堤の下を低く流れて、弘法寺の岡の麓、手児奈の宮の在るあたりに至ると、数町にわたって其堤の上に桜の樹が列植されている。その古幹と樹姿とを見て考えると、真間の桜の樹齢は明治三十年頃われわれが隅田堤に見た桜と同じくらいかと思われる。空襲の頻々たるころ、此の老桜が纔(わずか)に災を免れて、年々香雲靉靆(あいたい)として戦争中人を慰めていたことを思えば、亦無量の感に打れざるを得ない。然しこの桜も亦隅田堤のそれと同じく、やがては老い朽ちて薪となることを免れまい。戦敗の世は人挙(ひとこぞ)って米の価を議するにいそがしく、花を保護する暇(いとま)がないであろう。

真間の町は東に行くに従って人家は少く松林が多くなり、地勢は次第に卑湿となるにつれて田と畠とがつづきはじめる。丘阜に接するあたりの村は諏訪田とよばれ、町に近いあたりは菅野と呼ばれている。真間川の水は菅野から諏訪田につづく水田の間を流れるようになると、ここに初て夏は河骨、秋には蘆の花を見る全くの野川になっている。堤の上を歩むものも鍬か草籠をかついだ人ばかり。朽ちた丸木橋の下では手拭を冠った女達がその時々の野菜を洗って車に積んでいる。たまには人が釣をしている。稲の播かれるころには殊に多く白鷺が群をなして、耕された田の中を歩いている。

一時、わたくしの仮寓していた家の裏庭からは竹垣一重を隔て、松の林の間から諏訪田の水田を一目に見渡す。朝夕わたくしはその眺望をよろこび見るのみならず、時を定めず杖をひくことにしている。桃や梨を栽培した畠の藪垣、羊の草をはんでいる道のほとり。いずこもわたくしの腰を休めて、時には書を読む処にならざるはない。

真間川の水は絶えず東へ東へと流れ、八幡から宮久保という村へとつづく稍広い道路を貫くと、やがて中山の方から流れてくる水と合して、この辺では珍しいほど堅固に見える石づくりの堰に遮られて、雨の降って来るような水音を立てている。猶行くことしばらくにして川の流れは京成電車の線路をよこぎるに際して、橋と松林と小商いする人家との配置によって水彩画様の風景をつくっている。

或日試みた千葉街道の散策に、わたくしは偶然この水の流れに出会ってから、生来好奇の癖はまたしてもその行衛とその沿岸の風景を究めずにはいられないような心持にならせた。

流は千葉街道からしきりと東南の方へ迂回して、両岸とも貧しげな人家の散在した陋巷を過ぎ、省線電車の線路をよこぎると、ここに再び田と畠との間を流れる美しい野川になる。然しその眺望のひろびろしたことは、わたくしが朝夕その仮寓から見る諏訪田の景色のようなものではない。

水田は低く平に、雲の動く空のはずれまで遮るものなくひろがっている。遥に樹林と人家とが村の形をなして水田のはずれに横たわっているあたりに、灰色の塔の如きものの立っているのが見える。江戸川の水勢を軟らげ暴漲の虞なからしむる放水路の関門であることは、其傍まで行って見なくとも、其形が其事を知らせている。

水の流れは水田の唯中を殆ど省線の鉄路と方向を同じくして東へ東へと流れて行く。遠くに見えた放水路の関門は忽ち眼界を去り、農家の低い屋根と高からぬ樹林の途絶えようとしてはまた続いて行くさまは、やがて海辺に近く一条の道路の走っていることを知らせている。畦道をその方に歩いて行く人影のいつか豆ほどに小さくなり、折々飛立つ白鷺の忽ち見えなくなることから考えて、近いようでも海まではかなりの距離があるらしい。

これは堤防の上を歩みながら見る右側の眺望であるが、左側を見れば遠く小工場の建物と烟突のちらばらに立っている間々を、省線の列車が走り、松林と人家とは後方の空を限る高地と共に、船橋の方へとつづいている。高地の下の人家の或処は立て込んだり、或処は少しくまばらになったりしているのは、一ツの町が村になったり再び町になったりすることを知らしているのである。初に見た時、稍違く雲をついて高地の空に聳えていた無線電信の鉄柱が、わたくしの歩みを進めるにつれて次第に近く望まれるようになった。玩具のように小さく見える列車が突然駐って、また走り出すのと、そのあたりの人家の殊に込み合っている様子とで、それは中山の駅であろうと思われた。

水はこの辺に至って、また少しく曲り稍南らしい方向へと流れて行く。今まで掛けてある橋は三四ヶ処もあったらしいが、いずれも古びた木橋で、中には板一枚しかわたしてないものもあった。然るにわたくしは突然セメントで築き上げた、しかも欄干さえついているものに行き会ったので、驚いて見れば「やなぎばし」としてあった。真直に中山の町の方から来る道路があって、轍の跡が深く掘り込まれている。子供の手を引いて歩いてくる女連の着物の色と、子供の持っている赤い風船の色とが、冬枯した荒涼たる水田の中に著しく目立って綺麗に見える。小春の日和をよろこび法華経寺へお参りした人達が柳橋を目あてに、右手に近く見える村の方へと帰って行くのであろう。

流の幅は大分ひろく、田舟の朽ちたまま浮んでいるのも二三艘に及んでいる。一際こんもりと生茂った林の間から寺の大きな屋根と納骨堂らしい二層の塔が聳えている。水のながれはやがて西東に走る一条の道路に出てここに再び橋がかけられている。道の両側には生垣をめぐらし倉庫をかまえた農家が立並び、堤には桟橋が掛けられ、小舟が幾艘も繋がれている。

遥に水の行衛を眺めると、来路と同じく水田がひろがっているが、目を遮るものは空のはずれを行く雲より外には何物もない。卑湿の地も程なく尽きて泥海になるらしいことが、幹を斜にした樹木の姿や、吹きつける風の肌ざわりで推察せられる。たどりたどって尋ねて来た真間川の果ももう遠くはあるまい。

雞(にわとり)の歩いている村の道を、二三人物食いながら来かかる子供を見て、わたくしは土地の名と海の遠さとを尋ねた。

海まではまだなかなかあるそうである。そしてここは原木(バラキ)といい、あのお寺は妙行寺(みょうぎょうじ)と呼ばれることを教えられた。

寺の太鼓が鳴り出した。初冬の日はもう斜である。

わたくしは遂に海を見ず、その日は腑甲斐なく踵(きびす)をかえした。

昭和廿二年十二月

細雪妄評

小説の巧拙を論ずるには篇中の人物がよく躍如としているか否かを見て、之を言えば概して間違いはない。

人物の躍如としているものは必ず傑作である。人物が躍如としていれば、その作は読後長く読者の心に印象を留める力がある。作者はその人物を空想より得来ったか、或はモデルによろしきを得たか否かは、深く之を追究するに及ばない。

谷崎君の長篇小説細雪(ささめゆき)は未完ではあるが、既に公刊せられた上中の二巻を読んで、わたくしは其人物のさして重要でないものに至るまで其面目は皆活けるが如く躍如としているのに驚かされた。(篇中なにがしと云う下女の如き、或は隣家に住む独逸人の家族の如き、白系露国人の老婆の如き皆躍如としている。)

曽てわたくしは小説作法なるものを草して、小説をつくろうとする青年に示して、小説述作の基礎とすべきものは人物に対する観察と、全篇を構成すべき思想とである事を説いた。而して此の二事はその熟すべき時間を待たねばならない。速急には為し得べきものでない事を併せ論じた。

細雪を見るに、作者がこの一篇をなすに当って多数なる人物の観察と、つづいて其構想とに、かなり長い歳月を必要としたことが推察される。戦争中其の上巻の公表よりして今日に至るまでの歳月を数えても既に五年を閲している。

細雪の作風は純然として又整然として客観的の範囲を厳守している。明治以来わが現代の小説中、その作風のかくの如く整然として客観的なるものは未だ曽て見られなかった。田山花袋一派の作者が一時小説に客観的作風の重んずべきを説いたことがあったが、其の作例には却って之が證となすべきものを示すことが出来なかった。その傑作と称せられる「蒲団」の如きも、今日より之を観れば純然たる客観的作品となすには作者の態度に於て欠くるところが尠くなかった。之に反して、細雪は余の見るところ其客観的なることは蓋しフローベルのボワリイ夫人、また感情教育の二大作に比するも遜色なきものであろう。元来客観を主とした長篇小説は布局に変化が少いので、動もすれば読者を倦ましめ易い。これを救うものは深刻なる心理描写を試むるに、洗練の極地に達した文辞の妙を以てするより外に手段がない。非凡なる文章家にあらざる限り、客観的長篇の小説は作り得られるものでない。二葉亭鷗外二家の著作は能く之を證明している。

谷崎君が初めて文壇に現れたのは、明治四十三四年であった。歳月を閲すること四十余年である。その間に制作せられた諸名篇の中、その客観的手法を用いて目覚ましき成功を示したもの、この細雪に若くはない。

細雪の篇中、神戸市水害の状況と、嵐山看花の一日を述べた一節とは、言文一致を以てした描写の文の模範として、永遠に尊ばれべきものであろう。わたくしは鷗外先生の蘭軒伝の他に、其趣を異にした言文一致体の妙文を得たことを喜ばなければならない。

細雪は昭和年代の関西に於ける一旧家族の渾然たる歴史である。わたくしは今日まで東京以外の生活については全く知るところがない。篇中人物の行動と感情と、また風土気候に関しても、初めて知るを得たものが少くない。細雪閲読の興味は宛らダヌンチオの小説を読んで伊太利の風物を想い見るが如くである。

細雪上中の二巻を通読して、わたくしの得た印象を述べると、教養ある関西人の生活の裏面、その感情の根柢には今日も猶ゆるやかなる平安朝時代の気味合の湮滅せずに存在している事である。この一事は東京に成長して他郷を知らないわたくしには非常なる興味を催さしめた。篇中東京へ移住しなければならない若き婦人が、暫く関西を後にする名残りに、家族と共に嵐山に花を見に行く情味の如きは、蓋し其一例である。何となく平家物語に見るような情調が、今猶関西人の胸底には潜み隠れているのである。彼等が嵐山の看花はわれわれ東京の人が曽て年々隅田川に花を見た時の感情とは全く異るところがある。

作者の関西に於ける一般の観察は全く驚くべき境にまで到達している。一年二年の観察を以てしては到底能くすべきかぎりではない。小説の巧拙は、その観察と思想との如何を見て、之を論ぜよと、わたくしの言ったのは、恐らく大した間違いではあるまい。妄評多罪。

昭和廿二年十一月草

木犀の花

木犀の花がさくのは中秋十五夜の月を見るころである。甘いような、なつかしいような、そして又身に沁むような淋しい心持のする匂いである。

わたくしはこの花の香をかぐと、今だに尋常中学校を卒業したころの事を思出す。

わたくしの学んだ中学校はわたくしの卒業する前の年まで神田一ッ橋に在った。道路を隔てて高等商業学校の裏手に面していた。維新前には護持院ヶ原と言われたところで、商業学校の構内には昔を思わせる松の大木がところどころに立っていた。

わたくしがこの中学校に入って、黒い毛糸の総(ふさ)をつけた三角形の制帽をかぶり、小石川の家から通学しはじめたのは、後年まで人の記憶している神田の大火事のあった頃である。年代ははっきり覚えていないが、帝国議会が創設されてから二三年たった頃であろう。わたくしは神田錦町に在った私立英語学校から転校したのである。在学中、一度は数学ができなかった為、一度は病気で長く休んでいた為落第した。その後どうやら最上級に進んだ年の春、わたくしの中学はお茶ノ水に在った其本校なる高等師範学校の構内に移った。孔子を祀った大成殿と隣接したあたりに木犀の古木が多く茂っていたのである。

初に通った一ツ橋の旧校舎はもと体操練習場と称して、米国風の体操教師を養成する処であったそうである。師範学校附属の中学校になってから、大祭日や何かの時、われわれ全校の生徒が集合することになっていた広大な講堂は、体操練習場の在った頃の雨中体操場をそのまま修繕したものだと云う話であった。あまりに広過るので、平日は幾枚かの衝立で仕切られて、一方は食堂、一方は唱歌の教室、また別に倫理の教室に当てられていた。わたくしは此処で儒者南摩羽峯先生の論語講義を聴いた。羽峯先生は維新前には会津の藩儒として知られていた学者である。衝立を隔てた唱歌の教室では、後年東洋音楽学校を創立された鈴木米次郎先生から楽譜をよむ事を教えられた。今日世に流布している「四百余州を挙る」とかいう元寇の歌は、その頃鈴木先生が洋楽の原譜から作り替えられたものだと云う事で、われわれは印刷された曲譜を買った。

わたくしが病気の為再度落第をした頃、羽峯先生の論語講義は廃せられ、その教室には突然畳が敷詰められて柔道の練習場にされてしまった。中学生に柔道を習わせるようになったのは恐らく此時が始めであろう。これには理由があった。

われわれの中学は後年文理科大学と改称された高等師範学校の附属であって、久しく本校師範学校の校長であった高峰先生が引退されて、新に嘉納先生という柔術家が熊本の高等中学校長から転任して来られた。初てその挨拶のある日、われわれ全校の生徒は各級受持の教師に引率せられて講堂に集ったのであるが、見れば、その時新任の校長は今までわれわれがこういう時いつも式場で見馴れたフロックコートの洋装ではなく、黒羽二重か何かの紋服に袴をはき、三人の若い門弟らしい男を従え悠然として講壇に上った。三人の弟子も皆木綿の紋服に白袴という出立（いでたち）で、いずれも肱を張り股を開いて壇の上の椅子に腰をかけた。そして袖口や襟元の様子から師弟ともに西洋風のシャツなんどは着ていないように見られた。

この風采と態度とは、その頃東京に生れ育ったわれわれ少年の目には一度も見馴れた事がなかったものなので、一見直に全校を威圧する力があった。愚図々々すればすぐに投出されるか、咽喉でも絞められはせぬかと思われたのだ。然し程なく卒業しようというわたくし達上級の生徒の中には威圧されながらも、却って漠然とした反感を抱くものが無いでもなかった。わたくしが凡そ反感という心持の何であるかを知ったのも、或はこれがそもその始めであったのかも知れない。

校長更迭の行れてから一週日を出でずして、われわれは稽古着を買いととのえる事を命ぜられ、学課の終った後、毎日一時間ずつ、かの白袴を穿って来た若い弟子達から柔術をならわせられることになった。然しわたくしは一時休校した程の病気を幸、これを口実にして欠席届を出した。之に倣って他にも二三人体好く逃げた生徒もあった。その中の二人はわたくしが後年まで長く交を続けた井上と島田と云う少年、もう一人は平素優れて成績が好かったにも係らず、卒業間際に突然病死した森島正造と云う少年であった。

　柔道が始ってから生徒の間にそれまで曽て聞かれた事のない男色の噂が言伝えられ、「賤(しず)の小田巻(おだまき)」と云う男色の伝奇などが読まれるようになった。わざわざ上野の図書館へ行って男色大鑑をよんで来たというものもあった。それよりも猶一層われわれを驚したのは今まで居た古い教師の大半が他校に転任し、いずれも嘉納先生の講道館と云う私塾に関係のある人々に替えられた事であった。其時代には世間に薩長藩閥の語がまだ盛に言伝えられていたので、わたくしは其例證を教育界にも見ることを得たような思をなした。旧校長の高峰先生は会津の出身であったので、同郷の学者南摩先生の引退されたのも故ある事のように思いなされた。

　中学校の教場が一ツ橋からお茶ノ水なる本校の構内に移されたのも、校長更迭後程もない時であった。一ツ橋の校舎は制帽に赤い総(ふさ)また白い総を下げた小学校の生徒の年々増加する為悉(ことごと)くその教室に当てられたのだ。わたくしの記憶に誤がなければ、お茶ノ水に、後年まで世の噂に残ったおこの殺しの凶変があったのも確かその頃であろう。

　われわれの中学が本校の構内に移された当時、その運動場は二ヶ所に分れていた。一は河岸通の正門を入り、正面に本校の赤煉瓦建の高楼を仰ぎながら、左側へと奥深く行った処、他の一ヶ処は右側の坂道を登り、古びた練塀の彼方に聖廟の屋根を見るあたりで、木馬、鉄棒、棚などの設備がしてあって、その遥か後方の塀外は神田明神鳥居前の道路になるのである。聖廟の周囲から神田明神前の塀際には年経た椎の木に交って木犀の古樹が林をなしていた。これほど多く木犀の大木を仰見るところは、東京市中上野や芝の公園にもなかったであろう。惜しいかな、大正十二年の震災に孔子廟の建物と共に、木犀の林もまた焼き尽され、その跡の一部は駿河台に通ずる道路となり、二十年の後更にまた空襲の災に罹った。

少年の頃、わたくしが或年の秋、その花香に酔うことを得た聖堂裏の木犀は、江戸時代に在って、元禄以降湯島学問所に学んだ代々の学者達の同じく仰ぎ見た其樹木である。寛政年間、大田南畝も亦ここに来って孝義録の編纂をしながら、其梢を仰ぎ其の花の香を賞したのだ。構内の官舎に住んでいた塩谷宕蔭がその花香をよろこび、其書斎を名づけて千里香館と云ったことは其文集に見えている。

わたくしが中学就業中、落第すること前後二度に及んだことは既に述べた。それが為、わたくしは滞りなく無事に早く卒業した人達よりも、一年ずつ同級生として机を並べた人を多く知っているわけである。それ等同学生の中には後年世に名を知られた秀才も少くはない。

一時軍閥政治の行れたころ、屢新聞にも其名を掲げられた寺内大将はわたくしが卒業する時の同級生であった。既に世を去った男爵岩崎小弥太氏兄弟はわたくしが落第しない時分、同級であった事がある。二人の兄弟は父の本邸には居ず、或時は駿河台鈴木町、或時は牛込佐土原町崖上の別邸から通学していたので、折々遊びに行ったこともあった。

わたくしが米国に遊んで市俄古を過ぎた時、偶然大学の運動場で巡り会った岩崎秀弥氏も亦竹馬の友であった。

むかし互に君僕で話し合った人達の中で、今猶記憶に存するものを挙げると、その第一は文学博士深田康算である。博士は中学に在った頃から儕輩（せいはい）に推された秀才で、外国語の成績は殊に優れていた。その頃は大川端新大橋の近くに家があった。大学に進んでから、ケーベル先生の家に寄寓して親しくその教を受けたことは学者の間に知られている話である。この人も既に生きてはいない。

大学を出ると直に、その頃は専門学校と称した早稲田大学に招聘せられて哲学を講じた文学博士波多野精一氏もまたわたくしとは中学を同じくした人である。

折々政界に波瀾の起る時大臣になられる松本烝治氏とも、わたくしは爾汝（じじょ）の友として巴（パ）里（リー）に再会し、帰朝後は慶応義塾の教員室で三たび邂逅して、偶然の会談に興を催したことがあった。

八田嘉明氏の名も、わたくしは満洲事変の際新聞紙上にこれを見て、お茶ノ水のむかしを思返したのである。

一ッ橋とお茶ノ水の学校で、わたくしが机を並べた人達は、成業の後、皆と云ってもよいほど各志す道の要処に立ち、国家と社会とに貢献するところがあった。所謂竹帛に名を垂るる人々である。これに反して、若しその然らざるものの誰なるかを挙げたなら、それは文藝の邪道に走った深川夜烏とわたくしの二人があるのみであろう。夜烏子は江湖に落魄し毎夕新聞社の校正係となって震災の未起らざる其年の夏病んで陋巷に死した。わたくしは老後兵火に家を失い、今猶人に笑われながらも、文を売って纔に口を糊している。

読者はわたくしが一夜木犀の花香に酔い、突然幾十年の昔を思返し、竹馬の友として妄にえらい人達の名を列記したのを怪しむかも知れない。わたくしを以て虎威を借る狐にあらずば晏子の車を駆る御者となすかも知れない。わたくしは寧欣然として此の嘲を受けるであろう。

昭和廿二年九月

東京風俗ばなし

第一

東京に生れてこの年までお蔭さまでこうして長生をしているんですから、東京の生活についての事なら外の事よりも割合に知っている筈です。若い時分五六年西洋に居たことがあるだけで、その他はいつも東京に住んでいました。地方に住んでいたことはありません。東京の風俗については平出鏗二郎（ひらでこうじろう）氏の東京風俗志という本もあります。駿河台紅梅町にあった東陽堂から新撰東京名所図会と云う雑誌が明治二十年頃から四十年頃まで出ていました。明治時代の東京を知るには一番必要な資料です。東京の風俗は大体明治十年までを第一の時代、それから議会創設の頃までを第二の時代、日清戦争から日露戦争頃までを第三の時代と云うように区切ることができます。然しわたくしが実際に見覚えているのは第二の時代から後のことです。市内に初めて電車の敷かれたのは日露戦争の初まる前の年でした。

自動車がそろそろ目につきだしたのは明治の終り頃からです。然しその時分には華族とか紳商とか云う人達が馬車をよして自動車にしたので、吾々普通の人が自動車に乗れるようになったのは大正も五六年になってからです。数寄屋橋の近所にガレージがあって電話で呼びよせるのですが賃銀は市内で五円でしたから滅多には乗れませんでした。ですから一般の人はやはり人力車に乗っていたのです。どこの町々にも車宿と云うものがあって、少し余裕のある家では御出入の車宿から車を呼ぶのです。自動車がだんだんはやり出してこの車宿が全くなくなったのは大正十二年の震災からです。わたくしの永く住んでいた麻布市兵衛町の話をすれば、わたくしの家へ出入の車宿も震災後の翌年に自動車屋に変りました。歌舞伎役者が抱えの人力車をよして自動車を買い運転手を抱えるようになったのも震災前後の頃です。初は座頭株の役者だけでしたが一二年の中には名題役者の重なものは無理をしても見栄に自動車を買わなければ気まりが悪くなってきたのです。故人市川左団次も昭和二年頃にはとうとう一万円で車を買いました。尾上松助は一代の名人と言われた役者ですが死ぬまで自動車には乗らなかった人です。第一次欧洲戦争後は日本にも金があったと見えて、文学者でも収入のある人は自動車を買いました。丹下左膳で売出した大衆作家牧逸馬は鎌倉から自家用の自動車を飛ばして東京へ来るのだと云う話でした。邦枝完二さんも一時赤塗の自動車を自分で運転して歩いていたと云う噂がありました。自家用自動車の運転手が主家の奥様や令嬢と関係したような艶聞は折々世のかたり草になったものですが、人力車の車夫の艶聞も明治時代には随分あったものです。明治時代に抱車夫の給金はわたくしの家の例から推察すると十円から十五円位でした。これは明治三十年頃のはなしです。十五円の給金で車夫は女房を持ち借家に住んで晩酌の一二合はしていられたのです。

東京の生活が次第に豊になって来たのは日露戦争からのように思われます。わたくしは明治四十一年に西洋から帰って来たんですが、人を訪問する時羽織をきないと気まりが悪いような気がしました。洋行前、戦争前には夏なぞは黒い薩摩絣（さつまかすり）の一重物でどこへでも行けたのですが、戦争後の世の中を見ると、鉄無地の絽の羽織を着ている人が多くなっていました。着物の片地も明治三十年代には、わたくしだけの話をすれば普段着は瓦斯双子（ガスふたこ）に小倉織の角帯。余所行（よそゆき）には節糸織か銘仙を着たのですが、明治四十年代になると以前の外出向が普段着の程度に変ったのです。夏羽織も初夏の頃には変り地の一重羽織、暑くなると絽の羽織、土用中は紗の羽織を着るような始末でした。

男も女もその頃着たものは皆縞物です。藝者も普段家にいる時は大抵銘仙でした。毎朝稽古に行く時も銘仙の着物に縮緬（ちりめん）やお召の前掛をしめていました。女の着物には黒繻子（くろじゅす）の襟をかけるのが普通です。お座敷へ出る時もお召縞のきものには大抵襟をかけます。良家でも女の着物は大抵襟付でした。わたくしの祖母の写真を見ると邪蘇の教会へ行くような時にも襟付の着物をきています。下町の若い女が襟付の袷（あわせ）に柄のいい前掛をしめた姿は実にいいものでしたが、大正四五年頃から前掛をしめて外出することはいつかすたれて見られなくなりました。

その頃女の髪は下町も山の手も上下を通じて一般に結っていたのは銀杏返しでした。わたくしの母なども丸髷ばかりでなく時々は銀杏返しに結って居たことを覚えています。藝者も少し年増になったものは儀式ばらないお座敷へは銀杏返しで来ました。その時分の女は藝者でも自分で髪を結うことを知っていました。島田はひとりでは結えませんが銀杏返しなら誰でもひとりで結うことを知っていました。現代の女のように鬢を撫で付けるのも髪結の手を煩わすようなものは一人もいませんでした。わたくしの家などでは女中は髪結などへは行かず大抵四五日目に女中同士で銀杏返しに結ってやったり貰ったりしていました。母の髪は五六日目位に女髪結が結いに来ました。山の手の屋敷では奥様が髪結の家へ出かけることはまずありません。町家のおかみさんは髪結の家に結いに行きました。藝者家では髪結の家へ結いに行くものもあり、また結いに来てもらうものもあり、めいめい勝手のいいようにしていました。良家のお嬢さんも芝居へ行く時とか、また結婚の見合をするような時には藝者家町の髪結を呼んで結わせるような話をきいていました。藝者家町の髪結は他の町よりも上手だからです。その頃新橋で名高い髪結はお虎、お愛、お千代などでした。柳橋の事は忘れました。下谷池之端のお秋と云うのも有名でした。芝居などで女の髪を見れば誰が結ったのかすぐに見分けがつくのです。髪の結いようであの藝者は新橋か柳橋か、それもすぐに分ったものです。大正二三年頃までは藝者の髪は立派に藝術品でした。明治三十年代は前髪が大きく鬢も髱もつまっていましたが、四十年代には左右の鬢を大きく張出すように結うのが流行した。横を見ても見えないだろうと云うので馬車馬だと悪評をする人もありました。大正の初頃には髱が非常に長くなったようです。当時の風俗は古い文藝倶楽部に毎号掲載せられた藝者の写真を見ればわかります。

洋髪はその時分には束髪と言うのです。女学校の先生や看護婦などが結っていたのです。若い女の中には前髪を切って額の上に垂らしているのもありました。入毛をして周囲を大きくしたり前髪を馬鹿に大きく張出すようにしたのは日露戦争の前後から流行しだしたのでしょう。二百三高地と云う悪評がありました。花月巻と云う結い方は三十年代に流行したのです。大正五六年頃から震災時分まで耳かくしと云うのが流行した。天平時代の画像から思いついたのだと云う話ですが真偽は存じません。七三に分けてまわりを縮らせるのもその頃から見掛けるようになりました。女学校の生徒が髪を切るようになったのも震災時分にはもう珍らしくはありませんでした。パーマネントの事は能く知りませんから誰か外の人にきいて下さい。虎ノ門近くにあった大場とかいう店は有名でした。其時分パーマネントは一度十円以上でしたから金のある女でなければ行かなかったのですが、次第にやすくなったのです。丸ビルの洋髪屋島田きみ子とか云う女の艶聞が新聞紙上を賑したのはたしか昭和二三年時分だったと思います。丸ビルには其時分いろいろな噂がありました。ビル内の女事務員には秘密の稼ぎをするものもある。その取持をするのは入口にいる靴磨の爺さんだと云う噂もありました。日本橋の白木屋と浅草の松屋の女店員にも怪しいのがいて、その紹介をするものがお客にその女の胸につけている番号を知らせると云うような話もありました。昭和時代には藝者がすたれてカフェーの女給が全盛を極めるようになったのです。

時勢と共に藝者もだんだん屑ばかりになって来たのですが、明治の末頃まではまだどうやら品格を持っていたようです。わたくしの子供の時分には家庭にも藝者が出入りをしていました。大勢お客をする時に出入の藝者を呼んで酌をさせるのです。わたくしの家では毎月詩会があったので其時には二三人藝者が来てお酌ばかりではない、墨をすったり唐紙を展べたりして書画揮毫の用をするのでした。これは江戸時代からの習慣が残っていたのですが、時勢と共にいつかなくなりました。東京下町の旧家では盆暮に藝者が御機嫌伺いに来ると其家の執事が家の紋を染めた反物をやるような話を聞いたこともあります。芝居茶屋からも狂言の変目には贔屓のお屋敷へ番附を持って行く習慣がありました。その時も屋敷からは祝儀をやります。相撲茶屋も同様でした。そう云う有様ですから芝居や相撲を見るには馴染の茶屋がなければ好い場所へ這入れなかったわけです。芝居茶屋のなくなったのも明治の末大正の初でした。相撲茶屋は其後まで残っていたようです。

明治時代には呉服屋小間物屋菓子屋のような商人も中流以上の屋敷へは品物を持って来ました。買手の方から店へ行くことは特別の場合の外はなかったようです。わたくしの家へは下谷上野町の大橋屋と云う呉服屋の多年馴染の店員が時節々々に品物を持って来たのです。母が下谷の実家にいた時分から出入した呉服屋だそうで、つまり嫁入先まで引つづいて出入をするようになったのです。わたくしが独居生活をするようになった後まで、この呉服屋の同じ店員は品物を持って来ました。年月を数えるとわたくしの生れない前からの出入ですから三四十年間引きつづいていたわけです。わたくしが洋服ばかりにして日本服を着ないようになってから用がないので来なくなりましたが、見るから実直そうな其風采は今だに忘れません。小間物屋で母の許へ品物を持って来たのは、名を忘れましたが浅草三筋町辺の老舗の手代と、それから下谷池の端中町の玉宝堂という貴金属屋の店の者でした。菓子屋では芝の壺屋の支店で新橋に在った店の者が時々西洋菓子を持って来たのを覚えています。子供の時分の事ですから明治二十年代のことです。

第二

東京風俗五十年だなぞと大袈裟な題をつけて話をしだしたが、知っていることは大抵これまで書いたものの中に出ているから今更繰返してもつまりません。東京に初て電話や水道の出来たことも「冬の蝿」の中に書いてあります。吉原や洲崎の遊郭の事もたびたび書いたから、もう種なしです。洲崎の遊郭はもと根津に在ったのだが大学が近い処にあると云うようなわけから明治廿一二年頃に深川洲崎の埋立地に追いやられたのです。僕自身の生活に直接関係のあった女の話をしろと言われるが、それも「桑中喜語」と題した雑文に書いてあるから、あの位のところで勘辨していただきたい。女の盛りほど短いものはない。五年たつと何処へ行ったのかわからなくなってしまいます。この頃浅草公園がまた賑になったと云うので、人に誘われて行って見たが、戦争時分まで見知っていた踊子や藝人の名前はどの劇場にも見られません。吉原の焼跡にはバラックの喫茶店がまばらに立っていてむかしの玉の井のような遣方に変っています。仲の町には引手茶屋というものは一軒もなくなりました。水道尻の巡査派出所と共同便所とだけは其儘残っていますが、むかし見覚えた加藤と云う写真屋もありません。十年程前、わたくしが「濹東綺譚」を書いた時分、つづいて当時の吉原を見て置きたいと思って毎晩出かけたことがありました。毎晩十二時頃に家の戸じまりをして泊りに行ったのです。引手茶屋の中にはむかしから見覚えた店がまだ随分残っていました。一文字屋文嘉なんていう名は古いものです。為永春水の人情本春告鳥にも出てくる名前です。山口巴は其店の人が芝居の方の人と親類の関係があるので、わたくしも知っているのですが、これも江戸時代からの古い名前です。明治三十二三年頃、わたくしの遊び初めの頃に上った引手茶屋に浪花家というのがありました。もと大門外の五十軒に在ったのですが、いつか引移って揚屋町へ曲るあたりに行燈をかけていました。仲の町の様子はどうやら昔を思出させる処も残っていたのですが、女郎屋の方はすっかり変って全く新しくなっていました。名前だけは角海老、品川、大文字、稲本など昔のままのものもありましたが、震災後の建築で、障子襖、それから女郎の部屋の家具まで吉原特種のものは一ツも見られなくなっていました。明治の末頃までは錦絵に見るような部屋の様子も想像することができたのです。その時分には夜具にシーツを敷くようなことはなかったと思います。天鵞絨（ビロード）の縁を取った敷布団を三枚重ね、掻巻の襟には金糸で紋が縫ってあったりして、枕元には行燈が置いてあると云うような有様でした。

見得を張るお客は女に新しい夜具をつくってやると、女は定紋を縫った新調の夜具を暫（しばら）くの間店口に飾って置きます。これを積夜具（つみやぐ）と云うのです。夜具を拵えてやった其のお客が来て寝ると、其後女は自分の一番好きなお客に来て貰って寝かす。これは最上の好遇なので、若いお客は誰しも「積夜具へ寝るようにならなければ話せない」と言って自慢にしたもので、今から見ると正気の沙汰ではありません。明治三十年代に学生でよく吉原へ行ったのは慶応義塾の生徒と済生学舎と云う医学校の生徒、後に法学院と改称された英吉利法律学校の生徒などでしょう。慶応の書生の中には商売人になるには袴は無用だと云って着流しで通学したものもありました。済生学舎の生徒の中には女の長襦袢を下に着ていたものもあったと云うはなしです。学生の中で吉原遊びなどするものは重に地方から来ているもので、東京に家があって両親の膝下に勉学しているものは概して品行がよかったのです。これは私の実地に見たところで、かく云う私などは全く例外の放蕩児でありました。私と同年の学生で高等学校や大学にいたもので、其頃吉原へ入びたりするようなものはまず一人もありませんでした。わたくしが初て吉原へ行った時の経験は其後「祝盃」と題した短篇の中に書き込んであります。

明治四十三年八月の洪水の時、吉原では日本堤に砂を入れた土俵を置いて浸水を防いでいました。たしか其翌年の春だったかと思います。市川段四郎が木挽町歌舞伎座で勧進帳をやっている時です。吉原から出た火事で、千束町も公園近くまで焼けた事があります。当時世間では浅草の大火事と言っていたのですが、震災や空襲のことを思えばボヤ見たようなものです。

その時分（明治三十年代）の遊蕩費は一晩五円とはかかりません。それも引手茶屋から角海老や大文字のような一番好い店へ登楼した勘定です。商店の主人や何かなら勘定は半年越しと云う習慣でした。引手茶屋では其晩すぐに勘定はしません。大抵月末の勘定です。吉原の風俗や遊びの有様を仔細に説明した書物は英文の Nightless City（不夜城）と云うのに越したものはありません。風俗画報の浅草の部も好事家の一読すべきものです。昭和二年頃に吉原郭内の好事家が洞房語園とかいう雑誌を出していました。一葉女史の「たけくらべ」に出ている人物のモデルや何かを調べたものが載っているのを見たことがありますが、惜しいことに間もなく廃刊したようでした。

明治時代には遊びに行く人は皆和服の着流しで、会社員などでも洋服をきては行かないようでした。学生が制服制帽のままで遊郭や浅草公園を徘徊するようなことは見たくも見られなかった。袴をはいたのも滅多に見られませんでした。それが昭和時代になると学生が待合で忘年会をしたり、学校の帰りに喫茶店やカフェーに出入をするようになったのです。明治時代に吉原などで目立つような遊びをするものは重に株屋でした。株屋と云っても仲買ではありません。仲買の店の外交員くらいの者でしょう。株屋の店に勤めるものは其時代は皆和服で黒八丈か何かの前掛をしめ紙入や煙草入の凝ったものを持っていました。株屋が会社銀行員と同じように洋服をきだしたのは大正も半頃になってからだと思います。世の中の変遷する跡を顧るにつけて、其の中でも一番変ったと思うのは正月の光景です。わたくしの子供の時分には毎日朝から年始廻りに出かけたものです。役所や会社に勤めている人達は五人も十人も隊をなして先輩の家へ年礼に行きます。これは江戸時代からの習慣で、むかしの人の日記などを見ると毎日々々よくあんなに歩けたと思うほど年始まわりをしています。日本橋辺では昔から商家の格式がきまっていて、一番の旧家から二番三番と順序を追って年礼に廻るのだそうです。山の手では別にむずかしい事はありません。わたくしの家では玄関に執事か書生が紋服で控えていて挨拶をするくらいのことでした。それもいつか廃されて年礼に来る人の名刺を受け入れる三方を玄関に出して置くようになったのです。正月にはどこの家にも骨牌の会があったことは紅葉先生の「金色夜叉」に描かれているので想像されます。但しその時分は骨牌の文字は百人一首のことですから皆変体仮名です。活版で見るような堅い字でかいたものはありません。学校へ行ったことのない女の子でも変体仮名を読むことのできたのは百人一首のおかげかも知れません。

女にかぎらず男も手紙をかくには皆候文でした。そして字も楷書ではなくて行書か草書です。百人一首にかいてある字を見馴れていましたから行書も草書もそれほどむずかしくはありません。女などは行書のくずしは知っていても楷書の方は却て書けないものが多かったのです。女学校へでも行かないとむずかしい字は楷書ではかけなかったのです。今の人は新聞や雑誌から字をおぼえるのですが以前は新聞雑誌は一般には読まれていなかったから字をおぼえるには手習いをしなければならなかったのです。御家流でかいた商売往来のようなものを手本にしたのです。女学生の字は一般に小野鵞堂の書風ですが然しそれは明治の末頃からだと思います。その以前は東京では橘千蔭の書風が流行したようです。男子用の習字の手本は千字文が多かった。書風はいろいろですが私の子供の時分には巻菱湖とその後をついだ菱潭が一番重ぜられていたようです。然しこれは昔から東京にいた人の家庭の話で、その他に有名な書家は沢山ありました。巌谷一六、日下部鳴鶴、神波即山。長三洲、岡三橋、梧竹などの書はいろいろな処で見馴れていました。商店の屋根に出してある招牌（かんばん）も明治時代には競って有名な書家に揮毫してもらったものです。永坂石埭の書で雪月花という罎詰の日本酒があったのを記憶しています。吉原の角海老と云う女郎屋の店に一六先生の書で紅鬚楼という大きな額がかけてあったのも覚えています。御伽噺で有名な巌谷小波先生は一六先生の次男ですが、その晩年にこんな話を私にされたことがあります。地方へ講演などに行くと宿屋の座敷にかかっている額を見て一六居士というのはどういう人かときかれたことがあるが人の忘れられるのは早いものだと話をされたことがあります。その小波先生の名も時勢と共にだんだん忘れられて行くようです。世の中の移り変りはいつもそうしたものでしょう。

日常話をする言葉も三四十年前の事を思うと今はすっかり変りました。私のわかい時分には東京の人は男でも堅苦しい漢語を使うのを角立つからと云っていやがったものです。例えば「憤慨した」とか「愚劣だ」とかいうような言葉は使わないように避けていました。「憤慨」は今まで言馴れた「業腹（ごうはら）」というような言葉ですます。「愚劣」は「馬鹿々しい」ですませたものです。そういう漢語を使うと何となく学問を鼻にかけるようでもあるし、又田舎から出て来た法学生のように思われやしないかと云う気がしたからです。然し時勢と共にだんだん昔の言葉も忘れられてしまいますから、脚本をかいたり何かする時の用意に、わたしはヘボンやサトウなど云う人の作った英和辞典を買って置きました。銀行の支配人や頭取の事を「肝煎（きもいり）」と訳してあります。「先入思想（プレジャッジメント）」と云う事をサトウの辞書には「片意地」と訳してありました。明治時代には男でもなりたけ漢語を使わないように心掛けていたのに今では女のはなしも堅苦しくゴツゴツするようになりました。これは新聞や雑誌に出ている言葉またラジオで聞く言葉を用捨なく日常のはなしに用いるからだろうと思います。現代の人は巻舌の下等の言葉を江戸ッ子の使った言葉のように思って居ます。「知らネエ」とか「しょうがネエ」とか「馬鹿にしていやアがる。」などと云うのを江戸ッ子の言葉だと思っているようですがそれは車夫馬丁のような人達の言葉でむかしの侍の言葉ではありません。私の子供の時分にはまだチョン髷に結っていた人はいくらもいました。むかし旗本や御家人であった人達もいました。そう云う人達の言葉がまず正しい江戸の言葉だったと思います。子供の時分私の目についたのはチョン髷と、それから時々車曳や職人で鼻のない男がいる事でした。其時分花柳病にかかると鼻が落ちる話はよく聞きました。江戸ではむかしから伊勢参宮に行くと鼻の落ちる病気に罹るとか、また上方の病気を背負って来たら一生抜けないと言ったものだそうで、成島柳北先生の航薇日誌を見ると、大坂や室の津あたりで藝者と同衾しても病気をおそれて遊ばないように用心する事が書いてありますから心ある人は余程注意したものと見えます。吉原遊郭に検梅病院ができたのはいつからだか能く知りません。写真などで見ると初は角町の稲本屋の向いあたりにでき後に現在の処に移ったもののようです。私の子供の時分には本郷の向富坂上にも梅毒病院がありましたが何処へか引移って其後は長く空地になっていました。その時分はどこへ行っても能く狂人のはなしをききました。誰々の家には座敷牢があるなどと云う話です。私の家にいた書生の中にも狂人になって故郷へ返された者が二人もいました。其一人は外へ出ると女に惚れられてこわいと云って家にばかり引込んでいたのが発病のはじまりだそうです。明治二十年頃のはなしでしょう。その時分の事を思うと今日では衛生思想も大に発達したものです。六〇六号の事をはじめて聞いたのはたしか明治四十二年頃だと思います。

明治二十年代には首くくりや身投が多くありました。其原因の一はやはり花柳病かも知れませんが、又一の原因は人心が善良であった為だろうと思います。毎朝私が小石川から神田一ッ橋の学校へ通う道で、神田三崎町が原であった時分土手の松の木には折々首くくりがあると云うのでそこは通らない事にしていました。九段の牛ヶ淵も縊首人のよくあるところでした。大川端の水練場に通っている時分、水死人の流れて来るのを見るのは一夏に二三人ではききませんでした。女の死体は仰向きで男はうつ臥(ぶし)になっていると云うのはほんとうのようです。其時分には情死の噂も珍しくはありません。事業に失敗したり借りた金が返せなかったりすると其時分の人は申訳がないとか世間に顔が出せないとか言ってじきに自殺をしたものですが、今日では時勢と共に人心も変りました。借りた金を返さないのは人民どころか政府が其の親玉ですから金の為に死ぬような人のなくなったのは当前の事です。

（談話筆記）

裸体談義

戦争後に流行しだしたものの中には、わたくしの曽て予想していなかったものが少くはない。殺人姦淫等の事件を、拙劣下賤な文字で主として記載する小新聞の流行、またジャズ舞踊の劇場で婦女の裸体を展覧させる事なども、わたくしの予想していなかったものである。殺人姦淫事件は戦争前平和な世の中にも常に在った事であるから、この事だけでは特種な新聞を発行する資料にはなるまいと思われていたからである。およそ世の読者に興味のあるような残忍の事件はそう毎日毎日、紙上を埋めるほど頻々として連続するものではない。例えば、日大の学生が其母と妹とに殺された事件、玉の井の溝からばらばらに切り放された死人の腕や脚が出た事などは今だに人の記憶しているくらいで、そう毎日起る事件ではない。目下いずこの停車場の新聞売場にも並べられている小新聞を見ると、拙劣鄙褻な挿絵と其表題とが、読者の目を牽くだけで買って読んで見ると案外つまらない事ばかりである。わたくしは時代の流行として、そう云う時代にはそうした物が流行したという事を記憶して置きたいと思っている。そのためには「実話新聞」だの何だのと云う印刷物も一通りは風俗資料として保存して置きたいと心掛けている。

戦争前、カフェー汁粉屋其他の飲食店で、広告がわりに各店で各意匠を凝(こら)したマッチを配布したことがある。これを取り集めて丁寧に画帖に貼り込んだものを見たことがあった。当時の世の中を回顧するにはよい材料である。戦後文学また娯楽雑誌が挿絵といえば女の裸体でなければならないように一様に歩調を揃えているのも、後の世になったら寧(むし)ろ滑稽に思われるであろう。

舞台で女の裸体を見せるようになった事をわたくしが初めて人から聞伝えたのは、一昨年（昭和廿二年）の秋頃、利根川汎濫(はんらん)の噂のあった頃である。新宿の帝都座で、モデルの女を雇い大きな額ぶちの後に立ったり臥たりさせ、予(あらかじ)め別の女が西洋名画の筆者と画題とを書いたものを看客に見せた後幕を明けるのだと云う話であった。然(しか)しわたくしが事実目撃したのは去年（昭和廿三年）になってからであった。

戦争前からわたくしは浅草公園の興行界には知合の人が少くなかった。浅草の興行街は幸に空襲の災難を免(まぬが)れていたので映画の外に芝居やレビューも追々(おいおい)興行されるようになったから、是非にも遊びに来るようにと手紙をもらうことも度々になったので、去年の正月も七草を過ぎたころ、見物に出かけた、その時木馬館の後あたりに小屋掛をして、裸体の女の大勢足をあげて踊っている看板と、エロス祭と大書した札を出しているのがあった。

入場料は拾円で、蓄音機にしかけた口上が立止る人々の好奇心を挑発させていた。然し入口からぽつぽつ出て来る人達の評判を立聞きすると、「腰巻なんぞ締めていやがる。面白くもねえ。」と云うのである。小屋掛の様子からどうしてもむかし縁日に出たロクロ首の見世物も同じらしく思われたので、わたくしは入らずにしまった。このエロス祭とよく似ていたのは日本館の隣の空地でやっていた見世物である。黒眼鏡をかけた女がその首だけを台の上に載せ、其身体は見えないようにしてある。呼込みの男が医学と衛生に関する講演をやって好加減入場者が集まる頃合を見計い表の幕を下す。入場料はたしか五拾円であった。これも、わたくしは入って見てもいいと思いながら講演が長たらしいのに閉口して、這入らずにしまった。エロス祭と女の首の見世物とは半歳近くつづいて、その年の秋にはなくなっていた。

ジャズ舞踊と演劇とを見せる劇場は公園の興行街には常盤座、ロック座、大都劇場の三座である。踊子の大勢出るレヴューを此土地ではショーとかヴァライエチーとか呼んでいる。西洋の名画にちなんだ姿態を取らせて、モデルの裸体を見せるのはジャズ舞踊の間にはさんでやるのである。見てしまえば別に何処が面白かったと言えないくらいなもので、洗湯へ行って女湯の透見をするのと大差はない。興味は表看板の極端な絵を見て好奇心に駆られている間だけだと言えばいいのであろう。われわれ傍観者には戦争前には無くて戦敗後に現れて一代の人気に投じたと云う処に観察の興味があるのだ。

ジャズを踊る踊子は戦争前には腰と乳房とを隠していたのであるが、モデルが出るようになってから、それも出来得るかぎり隠す部分の少いように仕立てたものを附けるので、後や横を向いた時には真裸体(まっぱだか)のように見えることがある。昨年正月から二月を過ぎ三四月頃まで、この裸体と裸体に近い女達の舞踊は全盛を極めた。入場料は其時分から六拾円であるが、日曜日でない平日でも看客は札売場の前に長い列をなし一時間近くたって入替りになるのを我慢よく待っていたものだ。然し四五月頃から浅草ではモデルの名画振りは禁止となり、踊子の腰のまわりには薄物や何かが次第に多く附けまとわれるようになった。そして時節もだんだん暑くなるにつれ看客の木戸前に行列するような事も少くなって来た。一座の中で裸体になる女の給金は、そうでない女達よりも多額である。それなら誰も彼も裸体になると云いそうなものであるが、そんな競争は見られない。普通の踊子が裸体を勤める女に対して影口をきくこともなく、各(おのおの)其分を守っているとでも云うように、両者の間には何の反目もない。楽屋はいつも平穏無事のようである。

踊子の踊の間々に楽屋の人達がスケッチとか称している短い滑稽な対話が挿入される。その中には人の意表に出たものが時々見られるのだ。靴磨が女の靴をみがきながら、片足を揚げた短いスカートの下から女の股間を窺く為に、足台をだんだん高くさせたり、また、男と女とがカルタの勝負を試み、負ける度びに着ているものを一枚ずつぬいで行き、負けつづけた女が裸体になって、遂に危く腰のものまで取る段になって、舞台は突然暗転して別の場面になる。此等は其一例に過ぎない。いずれも戦争前のレヴューには無くて、戦敗後の今日に於て初て見られるものである。世の諺にも話が下掛ってくるともう御仕舞いだと云う。十返舎一九の膝栗毛も篇を重ねて行くに従い、滑稽の趣向も人まちがいや、夜這いが多くなり、遂に土瓶の中に垂れ流した小便を出がらしの茶とまちがえて飲むような事になる。戦後の演藝が下がかってくるのも是非がない。

浅草の劇場では以上述べたようなジャズ舞踊の外に必ず一幕物が演ぜられている。

戦争後に流行した茶番じみた滑稽物は漸くすたって、闇の女の葛藤、脱走した犯罪者の末路、女を中心とする無頼漢の闘争と云うが如きメロドラマが流行し、いずこの舞台にもピストルの発射されないことはないようになった。

戦争前の茶番がかった芝居には、それでも浅草という特種な雰囲気が漂っているものもたまには見られない事もなかったが、今ではそういう写実風の妙味は次第に失われて、脚色の波瀾と人物の活動とを主とする傾が早くも一つの類型をなしているようになった。劇場前に掲げ出される絵看板は、舞台の技藝よりも更に一層奇怪、残忍、淫褻になった。絵看板と同じく脚本の名題も亦それに劣らぬ文字が案出されている。レヴューの名題には肉体とか絢爛とか誘惑とか云う文字が羅列され、演劇には姦淫、豺狼、貪乱と云ったような文字が選び出されている。

浅草の興行街には久しく剣劇と云いチャンバラと云われた闘争の劇の流行していたこと

は人の記憶している所である。博徒無頼漢の喧嘩を主とした芝居で、その絵看板の殺伐残忍なことは、往々顔を外向けたいくらいなものがあった。チャンバラ芝居は戦争後殆どその跡を断ったので殺伐残忍の画風は転じて現代劇に移ったものとも見られるであろう。

西洋近代の演劇は写実の藝風を専一にしているが、人が殺されたり撲たれたりするところは決して写実風ではない。また女を殺す場面は避けて用いないようにしてある。然るに戦後に流行する浅草のメロドラマを見ると、女の虐待される場面のないものは甚少いらしい。立廻の間に帯が解け襦袢一枚になった女を押えつけてナイフで乳をえぐったり、咽喉を絞めたりするところは最も必要な見世場とされているらしい。歌舞伎劇にも女の殺される処は珍しくないがその洗練された藝風と伴奏の音楽とが、巧みに実感を起させないようにしている。ここに藝術の妙味が認められる。

然しわたくしは浅草の芝居の絵看板また其舞台を見て、戦争後の人心の残忍になった反映だとは考えていない。西洋の芝居で見るように西洋人は決して女を撲らないとも考えていない。わたくしは戦争後に現れた世間的事相に対する興味からこんな事を論述するのに過ぎない。流行演劇の残忍は娯楽雑誌に満載せられる大衆小説家の小説と、またその挿絵とに関係している事は勿論である。もし藝術上これを非とするならば其の罪は大衆小説家の負うべき所だと云っても差閊はないであろう。

女の裸体ダンスを見せる事について思出したことがあるから、ここに補って置く。それは大正十年頃、東京市中にダンス場ができ始めた頃である。新橋赤坂辺の茶屋の座敷で、レコードの伴奏で裸体ダンスを見せる女があった。一時評判になって前の日から口を掛けて置かなければ呼んでも来られないと云うほどの景気であった。裸体を見せる女は藝者ではないが、商売上名義だけ藝者と云うことになっていたので、見たいと思うお客は馴染の茶屋から口をかけて呼んでもらうのである。一座敷時間は十分間ぐらいで、報酬は拾五円が普通、それ以上御好みのきわどい藝をさせるには二三十円であった。その当時、最初は此の女一人であったが程なく新橋南地の新布袋家という藝者家からも、同じようなダンスを見せる女が現れた。間もなく震災があって、東京の市街は大方焼けてしまったので、裸体ダンスの噂もなくなったが、昭和になってから向島、平井町、五反田あたり新開町の花柳界には以前新橋赤坂で流行したようなダンスを見せる藝者が続々として現れるようになったと云う話をきいた。浅草の興行街で西洋風のレヴューがはやり初めたのも昭和になってからの事で、震災頃までは安来節の踊や泥鰌すくいが人気を集めていたのであるが、一変して今見るような西洋風のダンスになったのである。（震災前後金龍館で興行していたオペラがあったが其一座はレヴューの流行する前に解散された。）

裸体の流行は以上の如く戦争後に始めて起った事であるが、西洋ではむかしから在ったものであろう。私が西洋にいたのは今から四十年前の事だが、裸体なぞはどこへ行っても見られるから別に珍しいとも思わなかった。女郎屋へ上って広い応接間に案内されると、二三十人裸体になった女が一列になって出て来る。シャンパンを抜いてチップをやると、女達は足を揃えて踊って見せるのだ。巴里のムーランルージュと云う劇場は廊下で食事もできる。酒も飲める。食事をしながら舞台の踊を見ることができるようになっていた。また廊下から地下室へ下りて行くと、狭い舞台があって、ここでは裸体の女の藝を見せる。然しこういう場所の話は公然人前ではしないことになっている。下宿屋の食堂なんぞでもそんな話をするものはない。オペラやクラシック音楽の話はするけれども、普通のレヴューや寄席の話さえ食事のテーブルなどで、殊に婦人の前などでは口にしてはならない。これが西洋の習慣なのである。日本ではあること無いこと何でも構わずに素ッ破ぬく事は悪いことでも恥ずべき事でもないとされている。私はこれも習慣の相違として軽い興味を持って之を見ている。舞台で裸体を見せる事も、西洋文化の模倣とも感化とも見て差閊はないであろう。八十年むかしに日本の政治や学術は突如として西洋化したのだ。それに後れること殆ど一世紀にして裸体の見世物が戦敗後の世人の興味を引きのばしたのだ。時代と風俗の変遷を観察するほど興味の深いものはない。

昭和廿四年正月

宮城環景を観る

戦争前から在留して居られる仏蘭西（フランス）の詩人ノエル、ヌエー氏の宮城環景（きゅうじょうかんけい）と題する画集が去年の暮に出版せられた。兵火を免れた宮城外郭の風景を写生した版画集で、巻頭に江戸築城の沿革を略述した文と、この古蹟に対して愛惜の思を寄せた一篇の詩とが載せてある。その訳文と並にその訳詩とは山内義雄氏の筆に成るもの。わたくしは同氏から此の画集の贈与を忝くしたのである。

ヌエー氏が宮城外郭の風景とまた東京市内街衢（がいく）の状況とに興味を催し、初めて此れを写生せられたのは既に十余年以前であった。最初写生の成るに従って一片一片これを絵葉書に印行し、後に集めて三巻の画集となした。今新にこの度の集を得て、氏の東京写生帖は全部で四巻となった。氏がいかに宮城外郭の溝渠（こうきょ）と市街の光景とに興味を催されていたかは蓋（けだ）し言うを俟（ま）たぬであろう。

その頃わたくしは日々銀座通を散歩の際、ふと尾張町に近い絵葉書屋の店頭で、わたくしの住んでいた麻布六本木附近、また赤坂氷川町辺の街路を写生した絵葉書を見、且はその制作者の仏蘭西人であることを知って、喜んで購い集めたことがあった。当時わたくしは明治年代に出版された東京市街の地図及び風景版画、並に写真の蒐集に従事していたので、これに次ぐにヌエー氏の絵葉書を以て、大正十二年震災の後に建直された東京市街の紀念となす心であった。

或日の夕、わたくしは銀座街頭で偶然高橋邦太郎氏と堀口大学氏とに出会い、ヌエー氏の絵葉書のことを話したが、幸にもまた偶然その人の歩み過るに会い、堀口氏を介して、わたくしは初めてヌエー氏を知る光栄を得た。それはたしか昭和十一年の夏ころであった。われわれは西銀座に在った浩一路とかいうカフェーの別室に入り仏蘭西現代の文学に関する氏の談話を聞いた。氏はサマンとジャムの詩を愛誦せられることを語られた。またわたくしは「水蠟樹(いぼた)の花香」と題する氏の詩集を借覧する機会を得た。日ならずしてわたくしは之を一読し、その措辞と思想との優婉温雅なることジャムの詩よりもむしろサマンが「王女の庭」を思わせるような心持がした。わたくしはヌエー氏が戦争中も日本に留って居られたことを山内氏の手紙によって初て知ったのである。その夜の会談を思返すと、歳月は匆々(そうそう)としていつか十余年を過ぎ、氏の筆に写生せられた風景は殆ど破壊されて跡なきものとなった。その纔(わずか)に存在するものは宮城外郭の溝渠と樹木とである。残されたものには限りなき悲壮の夢が宿されている。今これを形に現して、われわれに示されたのは仏蘭西詩人の巧妙なる余技の賜物である。

戦災以後われわれの目に触れる出版物は頗（すこぶる）多い。然しわたくしの知る範囲では東京戦災の跡を紀念すべき一枚の絵葉書すら出版せられていない。元来東京に居住する人々は、何故か東京市街の光景には極めて冷淡である。時勢と共に日々変って行く市街の光景に対して何等愛惜の心をも持っていない。子供のころ、通学の際に往復した街路、また遊び馴れた神社や仏寺の庭が取払われようが、破壊されようが、或はまた依然として其儘に存在していようが、それ等については全く無関心である。わたくしは東京居住者の心持にはいつも不可解の思をなしていた。

ノエル、ヌエー氏の近業に対して、わたくしは感謝の情を傾注せずには居られない。

昭和廿三年一月草

付録

久保田万太郎
石川　淳

映画のための構成

葛飾土産（永井荷風作品より）

久保田万太郎

一

……昭和二十年三月十日早暁の空襲に、いのちからがら火の中を葛西橋まで逃げのびたものの、途中で、三つになる子供をおぶった女房のすがたをみ失い、その行方をさがす術さえなく、やッとのおもいで自分だけ市川の知合のところまでたどりついた深川古石場（ふかがわふるいしば）の荒物商佐藤由造は、その後、ずッとその知合のところに厄介になりつづけ、たまたまそこが、笊（ざる）や籠、箒（ほうき）のたぐいの卸しやだったので、その店の手伝いをしたり、そこで出来る製品を仕入れて、東京に売りにでたりした。……勿論、その都度、もと住んでいた町の町会へも寄り、女房、子供の生死のほどをしらべたが、ついに、何んの手がかりもえられなかった。

一年、経った。

三月十日がまためぐって来た。

そして、そのときはもう戦争は了っていたが、たまたまその日……かれにとって、おそらく、一生わすれられないであろうその日、由造は、いつものように笊を背負い、箒をかついで、葛西橋のうえに立った。

海につづく荒川放水路のひろびろした眺め。……橋の下には釣舟が幾艘となく枯蘆のあいだにつながれ、しずかに晴れた空をうつした水をへだてて、向う岸にこんもりした樹木の立っているのが、いい知れずおだやかにみえる。

去年の今日との、ああ、何んというちがいだろう。

——夢ってもない……

かれは、おもわず、溜息をついた。

やがて、かれは、橋をわたり切り、土手を下りた……のは、そこで弁当づつみをひらき、時間外れのひるめしにしようと思ったのである。

かれは、水際まで下り、適当な場所をえらんで腰を下ろした。そして、途端に、そこから四五間ほどはなれたところに、一人の女の、矢っ張、弁当をひらいているのをみつけた。

——おや？

と思ったつぎの瞬間、

——あッ、おかみさん……

と、かれは、自分でも驚くような大きな声をだした。

勿論、その女も、驚いてふり返った。

が、

——あら？

と、ふり返ると同時にいった女の顔には、驚きとともによろこびのかげがさしていた。

——あのせつはいろいろお世話になりました。

と、女はしかし、すぐにその表情を消し、つつましく頭を下げた。

年は二十二三、頬かぶりをしたタオルの下から縮し髪のたれかかる細面は、色も白く、口もとにはこぼれるような愛嬌があり、まだ結婚しない女ともみればみられる若々しさをそなえていた。……これが、あの、泥まぶれのモンペを穿き、風呂敷をかぶり、頭巾をかぶせた四五歳の女の子と、大きな風呂敷づつみとを抱え、おろおろ途方にくれていたあの女だろうか？……と、かれは、うそもかくしもなく、かれの目を疑った。

——どうしました、おかみさん、その後？……

と、かれは、改めていった。

——有難うございます、おかげさまで……

と、女は、もう一度、頭を下げた。

——おかみさんは、たしか、平井町においでのように……あのときのお話だと……

――いいえ、あれッきり、平井町へは帰りません。

――と？……

――ずッと、まだ、あれから、行徳の親類のところにおります。

――と、じゃァ、あれッきり、お宅の方？……

――ええ、わかりませんの、どうなったか、まるッきり。……でも、いッそ、わからないほうがいいかも知れません、警察で大ぜいの死骸を一しょにみんな焼いてしまったなんてはなしもある位ですから……

――運命ですよ。……仕方がないとあきらめるより外はありませんよ。……わたしのほうにしたって、いまだに、あなた……

――たしか、お宅も、おかみさんと赤ちゃんとを？……

――そうなんです。……あれで、家の奴、小さいのを引ッ背負っていなかったら、何んとかアガキもついたんでしょうけれど、何んとしてもあの人なだれの中じゃァ。……それには、あの、夜通し目もあけられないように吹いてた風……

――そうでしたわねえ。

――どうにもしようがありませんや、あれじゃァ。……一たい、どこをどう逃げまわったのか、それさえ見当がつかなかったんだから。……それを思うと、おたがいに、よく助かったもので。……こういうのをいうんでしょうね、命拾いをしたってことは……

と、かれは、ことさら声をあげてわらった。

——ほんとに……

と、さそわれて、女もわらった。が、所詮は寂しいわらいだった。なぜなら、そのとき、女の目に、あのおそろしい一ト夜のしだいに明けて行ったときの光景が……そこら中、夜具といわず、箪笥（たんす）といわず、風呂敷づつみといわず、ただもうでたらめに、投げ出され、積み上げられた間々（あいだあいだ）に、砂ほこりを浴びた男や女や子供がよりあつまり、あるいは怪我人の介抱をしているもの、あるいは死んだようにころがっているもの、あるいは、平気で、馬鹿のように口をあけてものを喰べているもの。……とてもこの世のさまとは思えない光景がいまさらのように目のまえにうかんだから。……で、橋の彼方からは、巡査だの看護婦だのを一ぱい載せたトラックが、何台も、何台もつづいて、焼跡のほうへ走って行った。夜があけてもなお止まなかった風は、道の上の砂をふきまくったり、土手の下に立っている焼け残りの木を、焦げた柱ばかりの小家をふき倒そうとした。しかも、その中で、大ぜいの人間のやかましく呼び立てたり叫んだりする声にまじって、子供のヒイヒイ泣く声のかすれて行くのがたまらなく胸にこたえた……

——でも、よかったわ、この人にくらべれば、子供だけでも助かったんだから……

女は、ひそかにそう思って、水のうえに目を遣った。

——すみませんでした、これァ、折角（せっかく）お食事中を……

と、かれは、そのとき、もう一度わらってみせた。

——ええ。……いいえ……

と、女は、いそいで弁当づつみをしまいかけた。

——ああ、どうぞ、御遠慮なく。……わたしも、ここで、御相伴しますから……

と、かれは、できるだけ気がるにいって、すぐにかれの弁当のつつみをひらいた。それをみて、女も安心したように、しまいかけた弁当のつつみをまたひろげた。ともに、どッちも、竹の皮につつんだにぎりめしだった。

——でも、不思議な御縁ですね。……こうして、また、この土手で、御一緒にむすびを齧（かじ）るとは……

と、かれはわらった。

——ほんとに……

と、女もわらった。

——しかし、去年のあの町会でくれた炊出（たきだ）しのむすび。……おぼえていますか、あれ？……玄米の生炊（なまだき）で、おまけにじゃりじゃり砂は入っている。……驚きましたね……

——それよりも、あの配給のおむすびを町会の人からもらったとき、胸が一ぱいになりましたわ、わたくし、なさけなくって……

——御尤も。

と、かれはわが事のようにうなずいて、

——あのときは、全く、このまんま乞食にでもなってしまうんじゃァないだろうか？

……そう思いましたものね、男のわたしにしても……

——夢のようです、おもいだすと……

——いいえ、わたしも、いま、橋のうえから川のながれをみて、そう思ったんで。……全くそうですよ、夢ですよ……

そのまま、二人のあいだに、しばらく沈黙がつづいた。

□

……このうち、この二人にかかわりなく、橋のうえには、いろんな通行人の行き交い（ゆかい）が、断（た）えたりつづいたりした。

その行き交いのうえに、あくまでしずかに澄んだ春さきの日ざし……

一つには、それは、その季節にめずらしく、風のない日だったからである。

と、一人の通行人が……四十恰好の、鳥打帽に、ジャンパー、半ズボンといういでたちの男が、東京のほうから来て、橋の中ほどで立留った。そして、あたりのけしきをみまわしたり、川の中をのぞいたりした。……いえば、その前かた、由造がそうしたように……

――おもいだすなァ……

と、その男は、……すなわち〝鳩の街〟の喫茶店〝藤村〟の主人伝吉は、つぶやくようにいった。

――何を、さ？

と、連れの、青いマフラで頬かぶりをした女はいった。

――何をって、お前（めえ）、去年の今日をよ。

――何があったの、去年の今日？……

――何があった？……忘れたのか、この後生楽（ごしょうらく）が……

――何んだッけ？

――空襲だよ。……おかげで、おれは、平井を焼けだされ、お前は玉の井を焼けだされたんじゃァねえか？

――何んだ、つまらない……

と、女はいい捨て、さッさとあるきだした。

男は、み返り、ふりかえりつつ、そのあとに従った。……が、すぐにまた、ギクリとしたように立留った。

なぜか？

そのとき、火葬場がえりの葬儀自動車が、勢いよくかれを追い抜いて行ったからである。

かれは……伝吉は、その葬儀自動車のかげのみえなくなるまでみ送った。

□

……ところで、土手で、ともども弁当を喰べにかかった二人だが、

——いかがです、こんなものですけれど、……もし、よろしかったら……

と、女のほうから、自分のにぎりめしの菜にそえた佃煮を、やがて、あいそに、由造に分配するにいたったほど、いつか、うちとけて来たものである。

——ほう、これァ、小女子魚じゃァありませんか？

——ええ。

——これァ、有難い……

——お好きですか？

——ええ、もう、大の好物、……遠慮なくいただきます。

と、由造は、女のさしだした竹の皮に、適当に箸をかよわせた。

——いまいるところ、浦安がすぐですから、こういうものには不自由しませんでね。

——なるほどねえ、あのへんだったら。……浦安といったら、何んといっても、小ざかなの本場ですからねえ。

と、すぐに一トロ、試みて、

――うん、これァうまい、結構だ……

と、女は、世辞とは思っても、そういわれると、矢っ張、うれしいらしかった。

――よろしかったら、どうぞ、たくさん……

と、由造は、いそいで嚥みこんで、

――それよりも、おかみさん……

――どうです、わたしのほうのこの豆。……どうせわたしが自分で煮たんですから、うまかァありませんけれど、おうつりに、一つ、さし上げたいナ。

――ええ、いただきますわ。

――喰べてみてくれますか？

――わたくし、大好きですの、お豆……

――丁度よかった、それァ。……是非、じゃァ、喰べてみて下さい。

と、今度は、由造のほうから、竹の皮づつみをさしだした。

――あら、すみません、いただきます……

と、女は、べつにあわてた風も、こまった様子もなく、その竹の皮の中から、たんねんに、十粒ほどの豆を自分の箸でひろい上げた。

――いいお味ですこと……

と、口に入れ、ニッコリわらった。

——しかしね、おかみさんのまえですけれど、まさかにわたしも、自分で豆を煮て、弁当のお菜(かず)にしようとは思いませんでしたよ。……これでも、以前(もと)は、たとえ小さな荒物屋でも、ちゃんと一けん、表店(おもてだな)を張っていたんで……

と、由造は、手拭をだして、口のまわりを拭き拭きいった。

——それァ、わたくしにしたって、まさかこんな、思ってもない恰好をして、こんな荷物を背負(しょ)って、飴だの何んだのを売ってあるこうとは思いませんでした。……このさき、こんなことをしていて、一たい、どうなるんでしょうと思って。……男の方なら働きしだいってこともあるでしょうけど、女一人で、それも子供を抱えちゃァ……

——もと、お宅は、何んの御稼業(ごしょうばい)を？……

——洗濯屋をしておりました。

——洗濯屋さん？……それァ、いい御稼業を……

——戦争になるまでは、おかげさまと、随分お得意もあったんですけれど……

といいかけて、ふッと何かおもいだしたように、

——あのゥ……

——えェ？

と、由造は、透かさず女の顔をみた。

──つかないことを伺いますけど……

──ええ。

──洲崎まえの郵便局に、すこしばかりお金があずけてあるんですけれど。……とれないもんでしょうか、もう、こうなっちゃァ？……

──そんなこたァありません、とれますよ。……罹災者だもの、あなた。……その郵便局でなくっても、どこの郵便局でもとれるはずです。……勿論、もっておいでなんでしょう、通帳は？……

──いいえ、それが、判はもってるんですけれど、通帳は家の人がもって出たもんで……

──それァ不味いナ。

──ですから……

──何、よござんす、聞いてみましょう、洲崎のほうへは始終行きますから。……郵便局へ行って聞けば、きッと何か、方法があるにちがいありません、通帳をなくした人はもうザラでしょうから……

──おついでがありましたら、おねがいいたしますわ。

──ええ、ええ、ひきうけました。……分ったら、早速、御返事しますが、行徳のいまおいでのところの番地は？……

――南行徳町の藤田っていう家です。……八幡ゆきのバスがありますから、それに乗って、相川ッていう停留場で下りて、お聞きになればすぐに分ります。百姓をしている家ですから……

――南行徳町の藤田さん。……八幡ゆきのバスに乗って……

と、由造は、手帖をだして書きとめかけたが、

――いけない、いけない、おかみさん……

と、急に顔を上げて、わらった。

――あら、何がでしょう?……

と、女も、あわてて顔を上げた。

――何がッて、おかみさん、かんじんのおかみさんの名前を、まだ、わたし……

――あら、いやだ……

女はおもわず蓮っ葉にいって、

――どうしましょう。わたくし……

――そういうわたしだって、まだ、名告っちゃァいない……

と、由造は、もう一度……といっても、今度は、幾分ギゴチなくわらって、

――佐藤由造っていいます。……よろしく……

――千代子です。……吉田千代子。……どうぞよろしく……

と、女は、しおらしく……ということは、かの女自身、テレ臭さを救うように目をふせた。

——しかし、わたしも、おかみさん……

と、由造は、手帖をしまいかけて、

——いつまで箒をかついであるいてるつもりはありません。何んか、そのうちに、やるつもりです。……うまい儲け口がさがせたら、一人占めにはしません、これを御縁に、おかみさんにも半口のせますからね。

——ええ、おねがい申しますわ。

——ところで、今日は、これから、どッちのほうをおまわりなさる？……

——浅草から上野のほうへ行ってみようかと思ってますけれど……

——じゃァ、一つ、わたしもそッちのほうを一トまわりしてみますかナ。……下谷も上野よりのほうは焼けてないと聞いています。

と、由造は、弁当の殼をしまつしながら、

——しかし、今日は、有難かった、といったらいいか、うれしかった、といったらいいか？……あなたにお礼をいいますよ、おかみさん……

——あら、どうしてでしょう？

——去年、女房をなくしてからこッちというもの、こんなにおもしろ可笑（おか）しく話をしながら、ものを喰べたッてことありません。……なるほど、ものッてものは、ボソボソ、一人で喰ったんじゃァうまくないってことが、今日という今日、なるほどなるほど、おかげで分りました。……いや、怖いもんで……

□

……それから三十分ほどあとである、夫婦ともみえ、また、兄妹ともみえるこの二人のすがたの、すでにそこは完全な東京の、小松川橋のにぎやかな人通りの中にみいだせたのは……

しかも、二人は、

――それァ、あなたも苦労なすったろう、旦那がそんなに酒がよくなかったんじゃァ……

――いいえ、お酒を飲んでうるさい位はまだいいんです。そうなると、自然、わるい友だちはできる、よくない遊びはする……

――むかしッから、それ、よくいう口でしょう、飲む、打つ、買う。……酒と、勝負事と、女と、この三つは附きものですからね。……よッぽど気をつけないと……

――そうなんです。……じたい、それに、場所柄もよくなかったんです、さかり場が目と鼻のさきにあったんですから……

――なおさらだ、それじゃァ……

――いまさら、こんな話をしたってはじまりませんけれど、ほんとに、もう、子供がなかったらと、そう思ったこともたびたびでした。

――お察ししますね。……いいえ、わたしの親類うちにも、一人、酒で到頭、身をもち崩したのがいましてね。……これは、相当、教育もある男でしたが……

――あなたは、お酒は？……

――酒も煙草もやりませんよ。

――結構ですわね。

――結構かどうか分らないが、人さまに迷惑をかけないことだけは、ね……

人めをわすれたかのように、しだいに夢中になりつつ、こうしたことを話しつづけた。……勿論、男は箒をかつぎ、女は、飴だの饅頭だのを入れた大きな荷物を背負ったまんまの恰好でである……

二

三月の下旬、しッとりと晴れた朝……といってもすでに十時すぎだったが、〝鳩の街〟

の喫茶店〝藤村〟のマダムおしげは、洋服、男ズボン、無精ッたらしく手拭で髪をつつみ、店のそとの往来にコンロをもちだして、しきりに煉炭を熾していた。

――お早うございます。

と、うしろから声をかけたのは、車を曳いた花売のじいさんだった。

――おや、おじいさん、早いね、けさは……

と、おしげは、そういいながらも、焚きつけをもやし、渋団扇をばたばたさせつづけた。

――牡丹ざくら、いかがです、一ト枝?……

――あら、桜が咲いたの、もう?……

――へえ。

――驚くねえ、いつそんな陽気になったろう?……でも、店の花はまだ取ッかえたばかしだから、今日はまだいいにして置くわ。

――姉さん方のお部屋はどうでしょう?

――まだ起きやァしないよ。家の子は、みんな寝坊だから。……一トまわりして来て、帰りにまたよってみるといいわ。

――そうですか、じゃァ……

と、花売の去ったあと、さしかわって、大島紬の一枚小袖、金紗の兵児帯これみよがしの伝吉が、

——おい、おい、けむいじゃァないか、そこでそうバタバタやっちゃァ……

といいながら、帳場のほうからでて来て立った。

——窓をあけて下さいよ、風でふッこむんだから。……今度の煉炭は湿ってるせいか、なかなか燃えつかないで……

と、おしげは、カサにかかって、団扇の音をさせた。

——一寸（ちょっと）、事務所まで行って来るからナ。

——また会議ですか？

——しょうがねえやナ、役員を押ッつけられた以上は……

——御苦労さまなはなしね、朝ッぱらから……

と、おしげの吐き出すようにいうのをうしろに聞き流し、さッさと伝吉は表通りのほうへ……

□

……このとき、店の中では、抱えの栄子の、いま起きたばかりの恰好のシュミーズ一枚、ハナウタをうたいながら階子段を下りて来、そのまま障子のかげにすがたを消すと、そのあとから、おなじく抱えの種子、長襦袢のまえを引き合せながら、客を送って下りて来る。

――じゃァしょうがないが、どッちへしかし行けばいいんだ、電車通りへでるには？

――いけないわよ、そんなこと……

――いいだろうが、ごまかして穿いて行っても……

――あら、これは民江さんのお客さまのよ。

――違う、そッちんだ。

――あなたの靴、これだったわね？

……

――右のほうへ曲って、まッすぐに行くと、広い通りへでるわ。……そこからすこし行くと、すぐに向島の都電の終点だわ。……バスの停留場もあるわ……

――そうか、有難う。

――また来てね、待ってるわよ。

と、種子の、帰って行くその会社員風の客にキッスを投げるとき、栄子、タオルで手を拭きながらでて来て、すぐにまた階子段を上って行く。……入れちがいに、民江、ジャンパー、鳥打帽、闇屋らしい客と話しながら、二階から下りて来る……

――ねえ、明日か明後日来てくれない？

――明日は土曜日だナ？

――土曜日じゃァだめ？

――だめなこともないが……

――じゃぁ、来てよ。……来るって約束してよ。じつは、今日、おっ母さんがあとで来るのよ。……だから、おねがい。……来ることにして、明日の分のお金、今日貸してよ。

……いけない？……みんなでなくってもいいの、半分でも……

――と、つまり、今日それを貸せば、今度来るときには半分でいいってわけだナ？

――ええ、そうなの。

――よし、貸してやろう。

と、客は、鞄の中から、百円札を五枚つまみだして、

――いいか、きッとだぞ。……今度のときは、間違いなく、半分達引くんだぞ、お前が……

――すみません、わがままいって……

そのまま、客は、不機嫌に出て行った。……それをぼんやりみ送って立った民江に、

――大へんだわねえ、民江さんは、責任があるから……

といったのは、壁にかかった鏡のまえで化粧を直していた種子だった。

――そうよ、子供と年寄があっちゃァ、いくら稼いでも追ッつかないわよ。

――でも、いいおっ母さんだからいいわ。

――そうでもないのよ、あれで。……昨日も来て、来月からいよいよ子供も学校だから

と、うるさくそれをいって、何んでも今日中に千円都合しろというのよ。

——あら、もう、そんなになるの、子供さん？

——親はなくとも子は育つっていうけど、ほんとね。

——いつ亡ったの、その子供さんのお父さん？……

——戦死よ。……兵隊に行って死んだのよ。

——あら、そうなの。

——うらやましいわ、だから、あたし、種子さんでも、栄子さんでも……

——どうして？

——好い人さえできれば、いつでもやめたいとき止められるんだものね。

といった民江の泪ぐんだ目は、あきらかに、種子を避けていた。

——できないのよ、その好い人ってのが、なかなか。……むずかしいもんね。

と、種子は、けど、それには気がつかず、話をそのまま自分のほうに引きよせた。

——だって、武田さんという人があるじゃァないの、ちゃんと……

——それなのよ、民江さん。……どう思って、あなた、あの人を？……ほんとに、あの人、あたしのことを心配してくれてるかしら？

——だって、今度大阪から帰って来ると、すぐに一しょになるというんじゃないの？

……そのために、武田さん、わざわざ大阪まで行ったんでしょう？

——そうなんだけど、それッきりハガキ一枚来ないのよ。……あたしのほうからは、そうね、あれで三四本だしたわ。……でも、あッちからは、ウンともスンとも。……あたし、だまされたんじゃァないかと思って……

——だって、あなた、あの人には、何んのかの、随分と立替えてるんでしょう？

——ええ、立石の喫茶店にまだいた時分からだから。……今度、大阪へ行くんでも、あたし、貯金したお金、一万五千円、ありッたけ渡したわ。

——あなたのほうで、それだけ実をつくしていれば、男の人だってアダやおろそかに思うわけはないわ。……そう思うわ、あたしは。……だから、大丈夫よ……

——もしか、これッきり逢えなかったら、あたし……一トおもいに死んでしまうわよ、民江さん……

——まァ、大へん……

と、民江は、おもわずわらった。

——わらわないでよ、民江さん。……ほんとなんだから、あたし。……あたしだって、いままで、何度、男に、だまされたり裏切られたりしたか知れないわ。……だから、男ってものがどんなものだか位、ちッとは知ってるつもりよ。……でも、あたし、あの人ばかりは、どうしてもあきらめられないの。

と、種子は、両手に顔を伏せた。

——どうしたの、お前さんたち、何をぐずぐずしてるの？

と、このとき、やッとのこと火の熾(おこ)ったコンロを運んで、おしげが外から入って来た。

——えェ？

——みんな、もう、病院へ行くじゃァないか。……早く仕度して、おでかけよ、お前さんたちも……

不意にそういわれて、民江は、けげんな顔をした。

——ああそうだ、診療日だったわ……

と、民江のおもいだしたのにかぶせて、

——わすれていたわ、すッかり……

と、種子は、寂しくわらった。

□

……このとき、また、二階の栄子の部屋では、栄子の、すでに化粧をすまし、外出の仕度にかかっているのを、客の、寺田という時計工が、火鉢のまえにキチンとすわり、哀しい目つきで、じッとみていた。……その客は、年はまだ二十四五、色白の、みるから音無しやかな顔立、新しい作業服が、一層、かれを初心にみせた……

――何いってんのよ。……だめよ、そんなことといったって……

と、栄子は、突然、じゃけんに、面倒臭そうにいった。

――だって、ぼくァ、帰りたくないんだ。……ほんとに帰りたくないんだ……

――それだって、しょうがないじゃァありませんか。……病院へ行くんだもの、あたし、これから……

――だから、ぼく、帰るまで待ってる……

――そんなことといわないでさ、お帰んなさいよ、今日は。……どうしてそう分らないことをいうの、あんたって人は？……

――じゃァ、ちゃんとした返事を聞かしてくれよ、そうしたら帰る……

――何よ、ちゃんとした返事って？

――ぼくの安心できるような、ちゃんとした……

――知らないわ、もう。あたし。……昨夜（ゆうべ）、あんなによく、くわしく話したのに、あなたって人は、まだ、そんなことをいってるの？……一たい、じゃァ、どうすればいいの？

――また怒る。……どうして、ぼくのこの気もち、栄ちゃんに分らないんだろうナ？……

――分ってるわよ。……分ってるからそういうんじゃァありませんか？……ムダなお金つかうの、もッたいないからお帰んなさいというんじゃありませんか？……あなたのためを思っていうのに、どうしてそれが分らないの？……ほんとにあたしのことを思ってくれるのなら、毎日遊んでないで、ちッとは働いてよ。

と、栄子は、口からでまかせをいいいい、洋服を着了り、もう一度、鏡台のまえにすわる。

——ちゃんと、だから、約束してくれれば、いくらでも働くよ。……もともと、ぼくは、働くのが好きなんだから。……それこそ、もし栄ちゃんが、来ちゃァいけないといえば、一ト月でも、ふた月でも来ないで、工場の仕事に精をだすよ。……だから……だから、栄ちゃん、たのむから、きッと一しょになると、一ト言、はッきりいってくれよ。……ねえ。……もし、それとも、何かわけがあって、どうしてもぼくと一しょになれないというなら、そのわけを、かくさず話してくれよ。……もし、だれか、外に約束した人でもあるんなら、それならそうと、はッきり、ほんとのことを……

——そんな人なんかないわよ。

と、栄子は、ニべもなく寺田のいうことを一蹴して、

——そんな人があったら、こんな稼業してられやしないわよ。

ひそかに、かの女は、鏡の中でわらった。

——それじゃァ、ぼくは、あきらめなくってもいいんだね？……ぼくの望みは聞いてもらえるんだね？

──ですからさ、もう暫く待ってくれればと、そういったじゃァありませんか、昨夜も、あたしのほうから……

──その暫くというのが、一たい、いつのことか、それが分らないから、ぼくは不安なんだ。……いつになっても、もうすこし、もう暫く。……それからそれ、のびのびになるばかりだものね。……ほんとなら、去年の暮にこの店を止めて、いまごろは一しょに家庭をもってるはずだったんじゃァないか？……それが正月になり、二月になり、じきにもう今年も桜が……

──だから、あたし、それはすまないと、いつもあやまってるじゃァありませんか？……でも、この夏までには、今度こそ、きッと、あなたのいう通りになるわ。そのときになって、あなたのほうで待ってくれといってもだめよ。……承知しないわよ、あたし……

──そんなことってあるわけがない。

──とにかく、一しょに、そこまで出ましょうよ。……きッと、もう、民江さんも、種子さんも、さきへ行っちゃったわよ。

と、栄子、さッさと立上り、唐紙をあけ、廊下に出る。……寺田、止むなく、あとに従う……

□

……民江、種子、栄子、みんな出て行ってしまったあと、椅子、テーブルを片寄せ、土間の掃除にかかったおしげのうしろに、ヌッと、また、さッきの花売が立った。

――だめだよ、おじいさん……

と、おしげは、ふり向いて、

――今日は検査日で、みんな病院へ行ってしまったよ。

――これ、残りものだから、安くして置きます。

じいさんは、それにはこたえないで、バラの花の一トつかねを、おしげの目のまえにだした。

――安くして置くって、いくらさ？

――いくらでも結構です、おぼしめしで……

――そうかい、じゃァ五十円……

――結構で……

おしげは、箒を捨て、ズボンのかくしから皺くちゃの札をつかみだした。

――けど、おじいさんとも、おもえば古いおなじみだね。

——へえ、玉の井時分からですから……

——そうだものね。

——でも、空襲で焼かれた晩のことを思うと、いま又、こうしてお話ができようとは……

——全くだよ、よくおたがいに無事だったとしか思えないよ。……いまでも何かい、玉の井は原ッぱになったまんまかい？

——ちらほら家は建ちはじめましたがね、みんな堅気の家のようでね。

——じゃァ、この稼業も、いよいよここにおちつくことになるのかね。

——何んにしても、ここは浅草から都電がきくからね、せんのところより、よッぽど足都合はいいし……

——うれしいよ、だんだん東京の真ん中に近くなって……

——その代り、だんだん商いがしにくくなる……

——それァ、仕方がないわよ、何んでも二ついいことはないんだから……

と、おしげのそれにこたえたとき、

——何が二ついいことはないんだ？……

と、いつ事務所から帰って来たのか、伝吉がそこに立っていた。

——何んでもない、こッちの話。……ねえ、おじいさん……

と、おしげは、ふたたび箒をとり上げた。……が、伝吉はしかし、かまわず椅子に腰を下ろし、ふところから煙草をだした。

——どうだ、おじいさん、一服……

——これは、どうも、……いただきます。

花売のじいさんは、あわてて頭を下げた。

——おい、おしげ、おもいがけねえ女に逢ったぜ、いま、そこで……

と、伝吉は、マッチをすりかけていった。

——誰に？

と、おしげは、険しい目つきをした。

——鈴代。……以前、それ、玉の井のお前の家にいた……

——ああ、あの子……

おしげは、おもわず大きな声をだして、

——へェえ、あの子、生きてましたか？

——生きてたから逢ったんじゃァねえか。

——それァそうだけど。……で、いま、どこに？……矢っ張、稼業してるような？……

——それがよ、かわってるじゃァねえか、艶歌師の仲間に入ってるんだそうだ、いま

……

――艶歌師の？

――それ、ギタだのアッコーデオンだのを弾いて、唄をうたってあるく門附の藝人があるだろう？

――ええ、ええ……

――あの仲間に入って、男と一しょに、唄をうたってあるいてるんだ。

――まァ、どうしてそんなものの仲間に。……あれだけの器量をもちながら、もったいないじゃァないの。

――だって、しょうがねえやナ、当人の好きなものなら……

――そういやァ、あの子、むかしッから声のいいのが自慢で、ヒマさえあれば唄をうたってたわ。

――ときどきはこッちのほうへも来るとみえて、おれたちのこともよく知ってて、旦那、到頭〝藤村〟の姉さんと一しょにおなりになったのね、なんていってやァがった……

――あら、そんなことを？……生意気いってるわ……

――旦那、御馳走になりました。

と、花売のじいさん、このとき、三分の一ほど吸った煙草の火を消して、立上った。

――おかみさん、有難うございました。……じゃァ、ここへ置いて参りますから……

――二三日したら、また、寄ってみるといい。

——へえ。

と、車を曳いて去る花売……

——何んだ、バラを買ったのか?

——残りものだといって売りつけられたのよ。……チャッカリしてるのよ、あのじいさん……

——丁度いいや、仏さまの花に……

——親切ね、あなたは、仏さまに。……死んだおかみさんのことが、そうも忘れられないの?……

——嫉くナ、嫉くナ……

と、伝吉は、バラの束をもって土間から上り、奥へ入る。……と、それを待ってでもいたように、寺田が……先刻、栄子と一しょにでて行った時計工が、ヒョックリ外から入って来る……

——おかみさん、忘れものをしたんですが……

——あら、何を?

——風呂敷づつみです。……鏡台のそばに置いてあると思うんですが……

——みて来ましょう。……まァ、おかけになって……

と、おしげ、すぐに土間から上って、二階へ行く。……寺田は、椅子にかけ、手もち不沙汰に、テーブルの上の映画雑誌をとり上げ、空にページをめくった。

間もなく、おしげは、下りて来ていった。

――ない？……そんなことは……

と、寺田は、狼狽てた。

――どッか外へ置いてらしたんじゃァないんですか？

――いいえ、たしかに昨夜、ここへ来るときもっていたんですから……

――じゃァ、栄ちゃんが、どッかへ仕舞ったのかも知れませんわ。……鏡台のそばには、何んにもそういうもの……

――じゃァ、そうです、きッと。……仕舞ってくれたんです。栄子が……

と、寺田は、急に勇気をえたように、

――おかみさん、待っててもいいですか、栄子の帰るまで？……

――ええ、ええ、かまいませんけど、病院からきッと髪結さんへまわるでしょうから、ちッとやそッとでは帰らないかも……

――いいです、待ちます。……待ちきれなくなったら帰りますから……

というと、今度は、急にモジモジして、

――それより、おかみさん。……いま、あなた、お忙しいですか？

――いいえ、べつに……

――だったら、すこしの間……聞いてくれませんか、ぼくの話を？……

――あら、何んでしょう？

――栄子のことなんですが……

――どうかしましたか、あの子が？……

――栄子……ぼくと一しょになるつもりがあるでしょうか、おかみさん？

と、寺田は、いきなりおしげの胸倉をとった。

――さァね、こまりましたわね。……でも、栄子がもしそういったのなら……

と、おしげは、勿論、わらってその手を外そうとした。

――そういったんです。……たしかに一度はそういったんです……

と、寺田はしかし、呼吸をはずませて、

――聞いたんです、たしかに、この耳で、そういったのを……

――けど、寺田さん……

と、おしげは、おもわず遮った。

――栄子にかぎらず、お客商売をしている女のいうことは、あんまりムキになって聞かないほうが。……まして、あなたのような、まだ、お若い、出世まえの体の方は……

――それは、ぼくだって、その位は。……でも、ぼくは、どうしても、このまんまじゃァあきらめ切れないんです。……一ト月でも、ふた月でも、一しょにくらしたいんです。
……だめでしょうか？……

――あの子のことは、あたしよりあなたのほうがよく知っておいでのわけですけど、あの子は、根は気立のいい、わるぎのない子ですわ。……ただ、疵（きず）は、生れつき、すこし浮気ッぽい性（たち）でね。……でなくっても、自分から好きこのんでこんな稼業（しょうばい）をしている位ですから、堅気のおかみさんだの奥さんだのには、まァ、向かない人と思ったほうが。……だから、そんな将来（さき）のことなんぞむずかしく考えないで、気が向いたら遊びに来て、そのときだけのわがままをいったりいわれたりするのが無事でいいんじゃァないでしょうか？
……いいえ、そのほうが、あの子にしても嬉しいんじゃァないでしょうか？

――そうですかなァ。

――あなたの外に、これといったお馴染さんがあるとは思えませんし、もし一しょになるにしても、大丈夫ですよ、ムリにそういそがなくっても。……もしか、ですから、あの子に外にお客でも出来、あなたのいうことを聞かないようにでもなったら、そのときは、あたしも小言をいえば、あなたにも内々（ないない）でお知らせしますわ。……ですから、まァ、時節の来るのを待って、それまでは、月に二度でも三度でも、細く、長く、通うようになすったほうがいいと思いますけどね……

――有難う。……わかりました……

と、寺田は、わずかにうなずくと、

——帰ります、もう、今日は……

と、帽子をつかんで、急に立上った。

——そうなさいまし。……風呂敷づつみのことは、あたしから栄子にそういいますから……

——ああ、それは……

寺田はいそいで打消すように、

——それは、また、今度来たとき、ぼくから聞きますから。……ぼくの思いちがえでどッか外へ置いて来たのかも知れませんから……

——じゃァ、だまってましょうね、あなたのまたもどってみえたこと……

——ええ、そうして下さい、おねがいします……

寺田は逃げるように出て行った。おしげは、門まで出て、ほッとしたようにみ送った。

——おい、気でもちがってるんじゃァないか、あの客？……

いつかまた、伝吉が、手に読みかけの新聞をもって、うしろに来て立っていた。

——ああ夢中にさせてしまっちゃァ手がつけられないわ。

と、おしげは、み送ったままで、

——栄子も、いい加減、相手をみてサービスすればいいのに……

――男でも、女でも、このごろの若いもののすることとは、全くおれたちには分らねえ。

と、伝吉は、カブリをふって、

――しかし、栄子も栄子だが、おれには、泣虫の種子のほうが心配だ。……大分、あいつ、男に入揚げているようだが、相手のあの武田っていう客、何ものだい、あれ？……どうも、おれは、臭いとにらんでるんだが、そう思わねえか、お前？……

――そうなのよ、あたしも、あのお客、何か筋のよくない、おたずねものででもあるんじゃないかと心配してるのよ。……それだったら可哀想だからね、種子が……

――さぐってみることだナ、それとなく……

――ええ、そうするわ。

このとき、外に、〝配給がありまァす〟と触れる肴屋の頓驚な声……

――びッくりさせるよ。

といって、おしげは、耳を傾けた。

――何んだ、配給？……

――鯖と、ひらめと、ほうぼうだとさ。

――また鯖とひらめか……

――ほうぼうッてどんなさかな？

――知らねえのか、ほうぼうを？

——知らないわ。

——むかしッから、ほうぼうの骨ッ齧りというじゃァねえか？

——うまいの？

——不味かァねえ。……塩焼にするんだ……

——じゃァ、とって来るわ。

やがて、買物籠を下げて出て行くおしげ。……そのまま、上り口に腰をかけて、読みかけの新聞をひろげる伝吉……

配給を触れる声、しだいに遠ざかる……

三

北千住の外れ。……そのあたり、蓮の枯れた水のところどころに光り、まだまだ冬のけしきから抜けきらない田圃の中に、ポツンと一けん、みすぼらしく、つぎ剝ぎだらけに建っているアパート。……そのアパートをめざして、裏みちづたいに、大きなリュックを背負った上、手にもカナリなつつみを下げて、せッせとあるいて来る鈴代だった。

途中で、かの女の伝吉に逢ったのは、あれは、十一時ごろだった。……だから、いまは、それから一時間あまり経っている……

――村井さァん。……松田の兄さァん……

と、やがて、かの女は、アパートの下に来て、その一部の、とある二階の窓をみ上げて、大きな声をだした。

すぐに、その二階の窓があいて、二十四五の男が顔をだした。

――ただいまァ……

と、かの女は、駄々ッ子のようにいった。

――お帰りィ……

と、それにこたえて、その男は手を振った。

途端に、

――や、やァ、御苦労……

と、窓に、もう一つの顔……三十一二の男の顔がヒョイとまた出た……

□

その二階の一室は、畳敷きの、ガランとした、やぶれブスマをたてた押入だのをもった日本座敷だったが、出入口は、洋室まがいのドアになっていた。……そのドアをあけて、ギター弾きの松田……あとから顔をだしたほうの男の待つほどに、廊下から、アッコーデオンの村井が、階下で鈴代から早速うけとったリュックを両手でもち、そのあとから鈴代がつつみだけ下げて入って来た。

——よく、まァ、背負って来たもんだナ、これを……

と、村井は、ドサリとその重いリュックを座敷の真ん中に下ろした。

——えらいもんだなァ、矢っ張、いざとなると、女は……

——えらいんじゃァない、欲ばりなんだ、女は。……どッちがいいといわれて、重い葛籠のほうがいいといった〝舌切雀〟のばァさんをみたって分るじゃァないか？……なァ、そうだろう、鈴坊？……

と、松田は、まぜッ返した。

——ええ、そうよ、欲ばりよ。……それでそれで、いつも、結局損をするのよ、女は……

と、鈴代は、すました顔でいった。

——どうして？

と、村井は、正直に目を光らした。

——もッと欲ばりだからよ、男ってものが女よりも……

——いったナ、チョンマゲに……

鈴代は、それにこたえて、元気よく、声を立ててわらった。

――しかし、戯談退けて、疲れたろう、君？……あんなに、朝、早く出て行って、さ……

と、村井はいった。

――一たい、どこまで行ったんだ？

と、松田はいった。

――行徳……

と、鈴代はこたえて、

――いいえ、もッとユックリあるいてくればよかったのよ。……でも、途中で、何んだかお天気がヘンになって来たでしょう？……ふられたら大へんだと思って、トットコ、トットコ、ムリをしていそいだもんだから……

――湯に行って来たらどうだ、湯に？……

と突然、村井は、どんなことでも思いついたように、

――さッぱりするぜ。……疲れがぬけるぜ……

――そうだ、それがいい、それが……

と、松田も、ともどもいった。

――村井、シャボンと手拭。……早くだせよ……

――オッ、ケー……

と、村井は、すぐに立って鏡台の上からセルロイドの石鹼入と、柱の釘に引ッかけたタオルとを、鈴代のまえにもって来た。

――さァ……

――すみません。

と、鈴代は、ペコンと頭を下げて、

――でも、何時かしら？

村井は腕時計をみて、

――一時だ。

――まだ、そんなもの？……じゃァ、大丈夫ね？

――何が？

――帰って来て、それから仕度しても……

――何いってるんだナ、そんなこと……

と、松田は、吐出すようにいった。

――あら、だって、稼業（しょうばい）ですわ、大切（だいじ）な……

――いいから、心配しないで、早く行って来なよ。

――じゃァ、行って来ます、早いとこ……

と、鈴代は、結局、素直に立上って、

――村井さん、あけといてよ、それ、その間に……
――何を？……ああ、リュックをか？
――リュックばかりでなく、つつみのほうも……
――オッ、ケー……
――鈴坊（すうぼう）、これァ、用心に傘をもってったほうがいいぜ。
と、松田は、窓をあけて、
――ざァっと来るぜ、これァ、どうしても……
――しめたナ。……本日休業か、じゃァ、今夜は……
村井は、すぐに、その尾についた。
――怠ける算段ばかりしてるんだナ、この男は。……ちッと鈴坊をみ習えよ……
――さァ、傘……
と、村井は、毛繻子の古ぼけた、勿論、男ものの蝙蝠傘を鈴代のまえに突きだして、
――早く行ってくれよ。……お前がいると、ぼくァ、カスばかり喰う……
鈴代は、わらって、その傘をうけとり、ドアの外に出て行った。

□

……やがて、村井の、鈴代にいわれた通り、リュックをあけ、その中に一ぱいつまったものを側（そば）から一ッずつだして行ったとき、たちまち、畳の上に、白米を入れた袋、小豆を入れた袋、ウドン粉を入れた袋、砂糖の袋、焼酎の瓶、その他のものがかずかず並んだ。……勿論、それを並べるにあたって、村井は、いろいろ、喜びの声、あるいは、驚きの声をあげるのを忘れなかった。

リュックを了って、つぎに、風呂敷づつみのほうをあけた。

このほうからは、肉、玉子、干魚（ほしうお）、佃煮、飴、饅頭……といったようなものがゾロゾロ出て来た。

——凄（すげ）えなァ……

と、村井は、首をふり、腕をこまぬき、溜息をついた。

——成程、あるところにはあるんだなァ、何んでも欲しいものが……

——卸して来いよ、どッかへ行って……

と、松田はアゴをしゃくった。……松田は、はじめから、わざと手伝わず、窓に腰をかけて、面白そうにただ眺めるだけだった。

――全く。……これだけのもの、もッたいないよ、自家用だけには……

と、村井は、もう一度、首をふって、

――しかし……しかし……何んだ？

と、松田はいった。

――どうして知ってるんだろう、鈴公、こんな穴を？……

――聞いてみたらいい。

――誰に？

――当人にさ。

――いうかしら？

――お前がサツのまわしものでもないかぎりはナ。

――よし、じゃァ、白状させてやる……

――白状させて、どうする？

――一しょに連れて行けといってやる、今度行くとき……

――馬鹿！

と、松田は、大喝した。

――お前にはわからないのか、あの子の心づくしが？……

——心づくし……って？

——何んで、あの子が、今日、買出しに行ったのか？……いいえ、そのまえに、行徳くんだりまで、わざわざ、そんな重い荷物を背負いに行く気になったのか？……

——それは、昨日、ぼくが、一ぺんゆで小豆が喰いたいナ、舌のとろけるような甘いゆで小豆が……といったのがキッカケになったんだ。……ぼくのそういったのを聞いて、鈴公、わけはないわ、そんなこと。……いつでも喰べさして上げるわ、喰べたければ。……といったから、売言葉に買言葉、じゃァ、明日喰わせろ、喰わしてみろ。……そういうと、ええ、いいわ、喰べさせるわ、あるところへ行けばあるんだから、何んだって……

——だからよ、いつでも喰べさして上げるわ、喰べたければ……といったその気もち。

……何が、あの子を、そんな気にさせたか、だ……

——それァ、兄貴、あれでなかなか負けない気だから、あの女……

——そうじゃァない、あの子は、おれたちに礼がしたくってしょうがなかったんだ。

……それがあの子のかねてからのねがいだったんだ……

——礼って、何んの？……

——おれたちが、あの子を、おれたちの仲間に入れてやった……その礼だ……

——でも、それなら……礼なら、逆に、こッちからあッちへしなくっちゃァならないわけだがナ。……だって、そうだろう？……鈴公が仲間に入ってくれてからってもの、毎晩、どこを流してあるいても、あぶれるってことがなくなり、収入だって、以前の、ならし倍になったんだものね。……われわれにとっちゃァ、だから、とんだ福の神の、怖いよ、全く、女ってものは……

——しかし、あの子にすれば、そうした結果の問題じゃァなく、われわれの仲間に入ったことによって、パンスケの足のきれいサッパリ洗えたってことが、何んとしてもうれしいんだ。……救われた……と位に、しん底、しみじみそう思ってるんだ。……その喜びを、何んとかしてカタチにしてみせたい、カタチにしておれたちにつたえたいと、絶えずそれを……その機会を機会をとねらっていたんだ。……と、お前が、たまたま食意地の張ったことをいった。……途端に、かの女のカンは働いた。……そうだ、これだ、これで一つ行ってやれと、すぐにお前を利用したってわけだ……

——純情なんだなァ。

——すくなくも、こうと自分で思ったら、それをはッきりさせなくっちゃァ気のすまない性分だってことだけはたしかだ。

——それにしても、これだけのものを右からひだり。……これじゃァ、下手な闇屋はだしじゃァないか……

——そこんとこが、一寸、おれにもじつは判断がつかないんだが……

と、松田のいいかけたとき、

——松田さん、雨がふって来ましたよォ……
という、アパートのかみさんの声が、窓の下に聞えた。
——有難う……
と、松田は、すぐに呶鳴り返して、
——おい、村井、何んにも出ていまいナ、物干に？……
——あッ、出ていた、毛布が……
と、村井は、弾かれたように飛上り、あわてて廊下へ……
窓から吹ッこむ矢のような雨のしぶき。……松田は、いそいで、ガラス戸を閉めた……

□

——で、その男と女？……
——結婚することになったのよ。
——どうかと思うナ。
——でしょう？……縁は異なものッてこれだナ、と思ったわ。
——一たい、どんな男だ、そんな素早いことをした男？……
——それが、色の真っ黒な、ヤボな。……どッからみても、トリエのない……

――で、その行徳の女の人ってほうは？……

――細面の、色の白い、口もとに愛嬌のある……

――大へんな違いじゃァないか？

――そうなのよ。

――いくら縁は異なものでも、どうしてそんな人が？……そんなものなのかナ、女ッて？……

――親切にほだされたらしいのよ、そのお千代さんという人にすると。……だって、とれないものとあきらめてた郵便局の貯金を、何度も何度も足を運んで、到頭とって来てくれたりしたっていうんですものね、その佐藤さんという人。……それには、子供を抱えているところ、矢っ張……

――子供があるのか、その人？

――五つになる女の子があるのよ。

――それにしても、二度や三度逢っただけで、そんな簡単に……

――もッとも、もう一つの理由があるのよ、女のほうにすると。……空襲で死んだもとの御亭主というのが、大へんな道楽もので、よそに女をこしらえて、まるッきし家（うち）へ寄ッつかなかったというのよ。……それで、もう、いい男の御亭主には懲りたらしいのね……

――とまでいわれても、なおかつ嚥（の）みこめないなァ、ぼくには……

と、村井の首をふったとき、

――何んの、嚥みこめないことがあるものか。

と、突然、松田が口をだした。

――えェ？

と、鈴代との話の腰を折られて、村井はおもわず松田のほうへ顔を向けた。

――一しょに、にぎりめしを喰い合ったのが、そもそもの事の起りだとすれば、さ。

――ええ。

と、鈴代も松田の顔をみた。

――ノドにつかえるまでも、嚥みこめないってことはないじゃァないか、にぎりめしなら……

――にぎりめしなら？

と、一瞬、キョトンとして、

――ああ、そうか……

村井は、すぐに、大きな声をだした。

――ノドにサカナの骨を立てましたから、と、横町の師匠のところへ象牙のバチを借りに行ったの、お前じゃァなかったか？

と、松田はわらって、

——さァ、鈴坊、鍋、そろそろいいぜ。……煮えて来たぜ……

……これよりさき、このアパートの三人は、ふりだした雨をもッけの幸いに、稼業を休み、その晩、鈴代の心づくしによる豪華な晩餐会をひらいたのである。

勿論、村井は、かれの望んだ以上の、胃の腑でさえとろけるであろうほどの甘いゆで小豆にたんのうした。

松田は、ノドをならして、焼酎を呷った。

肉の煮える匂が湯気を伴って、その部屋の、暗い、貧しい灯を、飽くまであかるくつつんだ。

——いい雨だナ。

と、村井は、心からの感謝をささげた。

——うん、いい雨だ。……これで、この雨があがってみろ、ぐッと、もう、何もかも春めくから……

と、松田はつけ足して、

——鈴坊、どうだ、もう一杯……

——ええ、有難う、いくらでもいただくわ……

と、鈴代はさされたコップをうけとって、

——もッと陽気がよくなったら、今度はみんなで一しょに行きましょうよ……

――どこへ？

――行徳へ……

――買出しにか？

――いいえ、ピクニックに……

――賛成。……ピクニック、賛成……

と、村井は、勢いよく手を上げた。

――いいわよ、村井さん、行徳から浦安のほうにかけてのけしき……

――うん、おれも、むかし、鏑木清方（かぶらぎきよかた）という人の書いた文章を読んで、一ぺん行ってみたいと思ってたところだ。……とにかく、そういういいところの、空襲を助かったッてことは大したこった……

と、村井の代りに、満足そうに松田がこたえた。

――しかし、鈴（すう）ちゃん……

と、村井は村井でいった。

――どうして君は知ってるんだい、行徳なんてところ？

――買出しでおぼえたのよ。

――いつ、買出しはおぼえたんだ？

――戦争がはじまって間もなくよ。

――じゃァ、君は？……

――あたしのイトコが闇屋のボスだったのよ。……だもんだから、あたし、のいい（玉の井）をよしてから、ずッとそのイトコの手さきになっていたのよ。……キマリがわるいから、いままで、そんな前歴、だれにもいわなかったけれど……

四

四月のはじめのある日、正午に近い刻限、伝吉は、ふところ手をして土間に立ち、ぼんやり外をながめていた。

と、栄子が、火をつけない煙草をくわえて、二階から下りて来ていった。

――とうさん、マッチ、もってません？

――マッチ？

と、伝吉は、ふり返って、

――何んだ、栄子、お前、二階にいたのか？

――ええ。

――おれは、また、お前もでかけたものとばかり思っていた。

――あら、どうして？

——だって、さッきから、コトリともしなかったからよ。

といいながら、伝吉は、袂をさぐってマッチをだした。

——一度、起きたんだけれど、眠いからまた寝てしまったのよ。

と、栄子はうけとって、煙草に火をつけながら、

——かァさんは？

——けさ、種子と一しょに警察へ行って、まだ帰って来ねえ。

——あら、何しに？

——呼びだしが来たんだ。

——何んの？

——何んのか分らねえんだ。種子と一しょに出頭しろと、だしぬけにいって来たんだ。

——いやだわねえ。

と、栄子は眉をひそめて、

——何んでしょう？

——武田という客があるだろう、種子んとこへ来る？……

——ええ。

——あの客に関係したこっちゃァねえかと思うんだが……

と、伝吉は、声を落した。

――そうだわ、きッと……

――と、お前、何んか思いあたることでも？……

――そうじゃァないけど、とにかく妻いらしいから……

――だから、おれも、かねがねおしげに注意はしていたんだ……

――だけど、もしかそうだったら、大へんだわよ、種子さん。……それこそ家ん中が、泪で洪水になるわよ。

と、無責任にわらって、

――で、民江さんは、とうさん？……

――民江は、いま、おふくろが来て、一しょにどッかへでて行った。

――ああ、じゃァ、逢いに行ったんだわ。

――逢いに？……

と、伝吉は、途端に目を据えて、

――だれに？

――豊ちゃんによ。

――何ものだ、それ？

――知らないの、とうさん？……民江さんの子よ、ことし七つになる……

――何んだ、逢いにって、子供にか？

——そうよ。……月に一度ずつ、おっ母さんが連れて逢いに来るのよ、どッか近所まで。……と、民江さん、うるさいねえ、とか、面倒臭いねえ、とか、口じゃァさもいやそうにいいながら、ほんとはうれしそうにいつも出て行きますわ。……そんなにも可愛いいもんかしら、子供って？……

——それァ、可愛いいさ。

と、伝吉は、おもわずいった。

——ああ、そうだったわね、とうさんには子供さんがあったのね、まえに？……

——うん……

——戦災で亡したんですって？……

——うん。……とくべつ大きな空襲があったろう、去年の三月十日の明けがた……

——ええ、知ってますわ。……本所も、深川も、浅草も、下谷も、一度にみんな焼けてしまったときでしょう？

——そうなんだ。……おれも深川の平井町から火に追われて逃げたんだ。……といって、どこをどう逃げたか分らねえ、気がついたら葛西橋のうえだった。……のはいい、みると、うしろから附いて来ているとばかり思ったかみさんの……四つになる女の子を引ッ背負っ(ひ)(ちょ)たかみさんのすがたがみえねえ。……〝お千代、お千代〟と、おれは、夢中になって呶鳴った。……呶鳴ったってきこえやしねえ、あッちでも、こッちでも、そうやって、声をからして呶鳴り合っているんだから……

——どうしてハグれたんでしょうねえ、おかみさんも、そんなときに？……

——どうしてハグれたって、お前、それァ。……ムリはねえんだ、ハグれたって。……そのくせ、だって、人の波に揉まれて、あとへも返れなければ、さきへも行かれねえ……そのくせ、外の、べつの波は波で、どんどん押して来る。……葛西橋で、そうやって呶鳴りながらも、それこそ足が宙に浮いて、体の自由がまるできかねえんだ……

——そうね、それだったらおかみさんのほうでも、とうさんのすがたをみ失っても……

——それこそ、かみさんのほうでも、気ちがいのようになって呶鳴ったにちげえねえんだ。……でも、男でもそれだったんだから、まして女は。……それもカラ身なら知らず、子供というよけいものを引ッ背負ってるんだから、おそらく人に押しつぶされたか、でなければ風にふかれて来た煙にでも巻かれて。……それだったら、もう、一トたまりもねえ……

と、伝吉の目は、そのとき、じッと一トところをみつめた。

——と、それッきり、おかみさん？……

と、栄子はしかし、それには気がつかなかった。

——うん、それッきり。……いやァ、それッきり、どこで死んだかも……

——死んだってことは、けど、たしかなんですか？

――たしかにも、たしかでないにも、そう思うより外はないじゃァないか……

――そうねえ、それッきり行方知れずになったとしたら……

――だから、おれは、すぐにあきらめた。……あきらめて、すぐに、生れかわった気になった……

――で、早速、かァさんと一しょになって、この稼業(しょうばい)をはじめたってわけ?

と、栄子は、虚をつくようにわらった。

――うん、まァ、それァ……

と、伝吉は、言葉をにごした。

――いくら生れかわった気になっても、でも、とうさん、ときどきはおもいだすでしょう、まえのおかみさんのことを?……まして、そんなあたりまえでない別れかたをしたんじゃァ……

――かみさんよりも子供だよ。……おもいだすまいとしても夢にみる。……それが、夢にでて来る子供は、いまだにちゃんと達者で生きてるんだ……

――じゃァ、きッと、ほんとに生きてるんだわ、まだ、おかみさんと一しょに、どッかに……

――戯談(じょうだん)だろう。……戯談だろう、そんな……

と、伝吉は、あわてて打消した。と同時にいそいで話をわきへ外(そ)らした。

——それよりも、栄子、おれはすこし聞きたいことがあるんだ、お前に……

——なァに？

——お前のところへ来るあの若い客ナ、……寺田とかいう……

——ええ。

——あの人、みるから音無しい、純情な青年らしいじゃァないか？

——ええ、そうよ。……めずらしいわ、あんな人、いまどき？……

——お前、あの人と夫婦になる気か？

——いやよ、とうさん、からかっちゃァ……

——いいえ、まじめに聞くんだよ、おれは。……それについちゃァ、おしげも気にしてるんだ。……ちょうど、いま、誰もいないから、いい機会（おり）だから聞くんだが……

——よしてよ、つまらない……

——でも、お前、あの客、きらいじゃァなかろう？

——きらいじゃァないわ。……好きよ、あたし、あの人。……けど、あたし、いまから世帯の苦労なんかしたくないわ。……あたし、とうさん、まだ二十二になったばかりよ。

——しかし、女は男とちがって、じきに年をとってしまうからナ。そのいい見本が、うちのおしげだ。……そう思わねえか、お前、あの女のこのごろのつまらなくなり方を？

……だから、お前も、いい加減なところで見切をつけて、ちッとは、もう、将来（さきゆき）のことも考えないことには……
と、おもしろおかしく暮してみたいわ。……着物だって、もッと、こしらえたいし、さ
……
――いやよ、まだ、あたし、そんなこと考えるの。……いまのまんまで、もッと、もッ
というかと思うと、栄子は、
――もッと猟奇的な、いろんなことがしてみたいのよォ……
と、いきなり伝吉の手をつかんだ。
――お前ッて女は……
と、伝吉は、驚いた……というか、呆れたというか、つかまれた手はそのまま、じッと
栄子の顔をみた。
――とうさん、あたしの気性知ってるくせに、そんな。……とうさんは、かァさん位の
年の女でなくっちゃァ、おもしろくないんでしょう？……あたしみたいなものは、いいも、
わるいも、てんで何んにもわからない子供だと思ってるんでしょう？……
――栄子、そんな。……おれは、いま、まじめな話を……
と、伝吉は、あわてて遮った。……が、栄子は、それにかぶせて、
――とうさん、かァさんのような三十女の愛欲って、一たい、どんななの？……ねえ、
とうさん、一度でいいから、あたし、とうさんと仲よくしたいわ。

というや否や、栄子の腕は、伝吉の首に巻きついた。

――栄子、お前、ほん気か？

――ほん気だか、戯談だかは、とうさんしだい。……すべてかァさんの帰って来ないうちよ。

と、栄子は、伝吉の頰に唇を押しつけるとひとしく、たちまち身を飜し、階子段を馳け上った。……伝吉は、かの女の唇が残した頰の紅をふきながら、ぼんやり二階をみ上げた。

五

京成電車〝曳舟駅〟附近のとある横町に、終戦後、いち早く店をあけた葭簀っ張の一ぱい飲みやなりおでんやなりがあったが、最近、いままでのもの馴れた老人夫婦でない、みるから素人々々した中年ものの夫婦がその営業主になった。

営業主はかわっても、客はかわらなかった。……というのも、その店、通りすがりの、フリの客は三分で、あとの七分は定連のおなじみさんばかりだったから。……そして、その定連の中には、かの北千住のアパートの三人もいた。……ということは、はじめてその営業主の細君の顔をみたとき、鈴代は、

――まァ、千代子さん、あなた……

と、不思議なそのめぐりあいに驚いたのである。……すなわち、その新しい営業主たる、ついに結婚した佐藤由造と吉田千代子に外ならなかったのである。

――へえ、そうか、おじさんだったのか、鈴ちゃんから聞いたお安くない話の主人公は？……

と、そのとき、村井は、しげしげと由造の顔をみまもった。

――そ、そんな……冷かしちゃァいけません。

と、由造は、いきなり、はッきり……あまりにはッきりそういわれ、さすがに顔を赤くした。

――しかし、世の中は広いようで狭いっていうけど、ほんとだね。……この間、鈴ちゃんに話を聞いたばかりの人が、われわれの以前から知ってるこの店のあとつぎになろうとは……

――ですから、わるいことは出来ません。

――そうだよ、全く。……しかし、いい塩梅だナ、いそがしくって……

――へえ、おかげさまで。……はじめは、素人にできるかどうかと思って心配したんですが、この分なら、何んとかやって行けそうで……

――どうして止したの、せんのおじさんは？……

と、鈴代が口をはさんだ。

――市川に、ちゃんとした店をもったんで……

――ちゃんとしたって？……

――こんな葭簀っ張の屋台でない……

――へえ、そんなに残したのかい、あのじいさん？……

と、村井はいった。

――ですから、この店は、縁起がいいんでして……

――とにかく、喰いものだよ、喰いものや稼業（しょうばい）だよ、一番いま強いのは……

と、たまたま側（そば）に居合わせた、鉄道のほうにでも、でているらしい客が口をだした。

――第一、日銭があがるってことが大したこった。……むかしだと、此奴（こいつ）、貸倒れッてこともあったが、いまは何んでも現金でなくっちゃァ通らないんだから、それがなくなった。……そうだろう？……

――へえ、有難いことに……

――それだけ、一方からみれば、世の中がみみッちく、潤いに欠けて来たことにもなるが……

――だから、今年は、サクラの色だって、パサパサにしらッちゃけています。

と、村井のいうのを引取って、

――ほんとよ、配給のお米みたいだわ。

と、鈴代のいったとき、

――鈴代さん、一寸……

と、千代子が暖簾のかげから呼んだ。

――ええ？……

と、鈴代はふり向いた。

――ええ、一寸……

鈴代は立上って、

――なァに？……

と、暖簾のそとに出た。

――あすこにいる男の人が、何んか用があるんですって、あなたに……

――だれだろう？

と、鈴代は、闇を透かして、千代子の指すほうに目を遣った。

――色の白い、いい男の人よ。

と、千代子はつけ加えた。

――行ってみるわ。

と、鈴代は、平気で千代子の側をはなれた。

□

――俺だよ。

と、物蔭から出て、鈴代のまえに立った男……

――あら、武田さん……

と、鈴代は、おもわず懐しそうに、

――まァ、どうなすって？……

――随分、逢わなかったナ。

と、男は、低いが、おちついた声でいった。

――ほんとに。……もッとも、あたしが、商売替をしたりしたこともあるけれど……

――うん、商売替をしたってことは、うわさに聞いたよ。……いまの世の中、唄をうたってくらせれば、こんな仕合なことはない。

――いやよ、冷かしちゃァ……

――冷かすんじゃァない、ほんとのことをいってるんだ。……それには、お前は、生れつき声はいいし……

――いいえね、もとの商売をしてる分には、お金にはこまりませんわよ。……けど、体も心配だし、長くやってられることじゃァありませんわ。……そうかといって、女給やダンサーになるには衣裳がいるでしょう。だから、おもい切って……

——何もそんな風にいうことはないよ。……立派だよ、立派な世渡りだよ。……おれのように、いつまで経っても足が洗えず、いまじゃァ、もう、身の置きどころにこまってる始末よ。……じつは、さッきも後をつけられて、すんでのことにくらいこむところだった。

——だめよ、気をつけなくっちゃァ……

——この間中、ちッとみかけたヤマがあって大阪へ行ってたんだが、そのヤマがすッかり外れてね。……すごすご、じつは帰って来たんだが、こう東京がうるさくッちゃァ、何んとかしなくっちゃァいけねえ。……できたら、北海道へでも飛びたいと思ってるんだ。……それについて、じつは、お前にたのみがあるんだ……

——あたしにできること？

——お前でなくっちゃァできないことなんだ。……お前が、いま、あのおでんやにいるのをチラッとみて、しめた、おれにはまだ運が残ってたゾと、おもわず思った位なもんだ。……それで、こうして、お前の顔を借りたんだ……

——どんなことをするのよ。

——〝鳩の街〟に〝藤村〟って店のあるのを知らねえかしら？

——知ってるわ。……玉の井時分に、あたしのいた家ですもの。

――そうか、其奴ァなお都合がいい。……じつはそこに、種子って女がいるんだ。……その女に、この手紙と、この金をとどけてもらいたいんだ。

と、男はジャンパーのふところから、分厚な封筒をだして、鈴代にわたした。

――これを、ただ、その人にとどければいいんですか？

――そうなんだ。……勿論、如才はないだろうが、コッそり、直接、その女に……

――ええ、わかりました。

――さ、じゃァ、これはホンの使い賃だ。

と、男は、何枚かの紙幣を、鈴代のかくしに押しこんだ。

――あら、そんな……

――いいから、とってお置き……

と、鈴代は、手を振った。

――だって、あんたは、これから遠いところへ……

――だから、ちゃんと、それだけの用意はしてるんだ。……だから、心配しなくってもいい。

――じゃァ、遠慮なしにいただくわ。

――そうしてくれ。

□

——ねえ、村井さん、あなた、どう思う、松田の兄さんの体？……

——どう思うって？……

——あたし、酷くわりぃんじゃァないかと思うわ、兄さんはかくしてるけれど……

——あの人が、三日も稼業にでないッてことは、よくよくタイギなんだとは、ぼくも思ってるけれど……

——一ト月でも、ふた月でも、どッか、しずかな、空気のいいとこへ行ったほうがいいんじゃァないかしら？

——それァ、それに越したことはないけれど。……でも、そうするには、何んといってもさきだつものだ。……そうだろう？……

——いくら入るでしょう？

——さァねえ……

——さしあたり五千円あったらどうでしょう？

——五千円？……五千円あれば、君……と胸を反らしていいたいところだけど、五千円はおろか、千円だって、いまのわれわれには……

──出来なかったわよ、先刻までは。……でも、いまは、ちゃんとそれだけ出来たんだから不思議でしょう？

──ど、どうして？

──くれたのよ、イトコが、お小遣を……

──えッ、何んだって……

……その晩、村井と鈴代とは、こうした話をしながらアパートに帰ったのだが……

六

浅草駒形のどじょうやの、鉤の手に折れた広い土間。……そこをあがった店さきが座敷の、それがそのまま膳になるわけの、畳の上に細長い板がわたしてある。……土間には土間で、いくつかのテーブルが置いてある。

四月の半ばの午後。……時間外れだから、女づれの客、一ト組しか見世の中にみいだされない。……その客にしても、すでに帰り仕度の、

──さ、行こうか……

と、早くも男は下足札をもって立上った。

──待ってよ、いま、これを吸ってしまうまで……

と、女は、ゆッくり、鍋を下ろしたコンロの中に、洋モクの灰を落した。この二人、外ならぬ、男は伝吉、女は栄子。……栄子は、すでに、完全におしげから、伝吉をうばったわけである。

——どうするの、これから、とうさんは？……

と、栄子は、伝吉の顔をみ上げた。

——とにかく、民江の家へ行かないことには。……おしげの手前、そういって出て来たんだから……

と、伝吉はモソモソした感じにこたえた。

——どこなの、民江さんの家？……

——小松川だ。

——一寸、あるわね、ここからじゃァ？

——うん。

——行かなくッちゃァいけないの？

——おれは行きたくねえんだ。……だって、行ったって、駄目ッてことはわかってるんだから。……わざわざ行くだけ無駄なんだ。……でも、おしげの奴ァ、もう一度、行って、話してみろといって聞かねえんだ……

——あたしも駄目だとおもうナ、あの人がはッきりそういったんじゃァ。……あの民江さんという人、ああみえて、しんは、それァ、しっかりしてるんだから……

——おれも、それを知ってるから。……それにもう年も年だ。……子供のためばかりでなく、自分のためにだって、足の洗いどきだ。……おれは、もッともだと思うんだ、民江のいうこと……

——でも、民江さん、稼業（しょうばい）をよして。……どうするんだろうね、さしあたってお嫁にでも行くつもりかしら？……

——ゆくゆくはそうしたいらしい。……でも、当分は、一文商（いちもんあきな）いをしてなり、内職をしてなり、おふくろと子供と三人で、地道にくらしたいといってるんだ。

——世の中って、意地のわるいものね。

——どうして？

——あの人にさ、寺田さんのような人があれば、さ……

——寺田？……ああ、あの、お前の？……

——そうよ。……ああいう人があれば、円満に、何もかも……

——なるほど、そのわけだナ。

——でしょう？

——しかし、あの寺田ッて男、たしかにおかしいぜ、あれ。……いくら、そういっても、……いくら、栄子はもう店にはいないといっても、どうしてもほんとにしないんだ。……

そんなことをいわないで逢わしてくれろの一てんばりなんだ。……おしげも、ほとほと、手を焼いている……

――おねがいだから、とうさん、あたしの居所、おしえないでね……

――誰がおしえるものか。第一、お前がどこにいるか、おれだって知ってないわけじゃァねえか？

――かァさんの手まえ、ね？

――そうさ。

――わりいわね。あたし、かァさんに。……わかったら、あたし、殺されるかも知れないわねえ。

――寺田にか？

――いいえ、かァさんによ。

といって、栄子は、ニヤリとわらった。煙草を捨てて立上った。二人は土間に下りた。と、そのとき、女づれの客が一ト組また入って来た。

そして伝吉が、何んの気なしにその女の顔をみたとき、……同時に、その女のほうでも、ヒョイとその伝吉の顔をみたときの、双方の間に、イナズマのように閃いた驚愕と怪訝の感情……

つぎの瞬間、伝吉は、あわてて外へ出て行った。

――どうしたのよ、とうさん。……そんなにいそいで
……といいながら、栄子は、そのあとを追った。
そのとき、
――ここでいいだろう、ここで……
と、入って来た客の男は、土間のテーブルの一つをえらんで腰を下ろした。
――ええ。
と、女は、口の中でこたえた。
……この二人の客、じつに、佐藤由造と、おなじく千代子だったのである。

□

――どうしましょう、あなた？……

――どうしましょうッて、此奴。……おれにはほんとと思えないんだ。……他人の空似（そらに）ってこともあるからな。

――いいえ、そうじゃァありません、たしかに生きてるんです……ちゃんと生きていたんです……

――けど、生きてたとしたら……

――だから、それだったら、どうしたらいいでしょう?

――こうなったらお前の心一ッだよ。……お前、もと通りになれといわれたら、なる気か?

――なる気なら心配しませんわ。……なれッていわれたって、もう、知ってるじゃァありませんか、あなた?

――何を?

――あたしの体のことよ。……先月から、もう、ただじゃァないんじゃァありませんか?

――わかってるよ。……わかってるから、おれは。……いいえ、お前がそういうなら、おれだって考えがある。……おれだって男だ。ちゃんと立派に話をつける……

――おとなしく承知してくれるかしら?

――承知しなかったらいってやる。……第一、お前とは、子供までちゃんと出来てるのに、せんの亭主、籍を入れなかったじゃァないか?……それはどういうわけだ?……誠意のない証拠じゃァないか?

――それはそうですけど……

――そんな誠意のない奴……

……その日、曳舟の貸間へ帰るみちみち、二人はこうした話を交したのである。

□

――栄子、こまったことができた。

――どんなこと？

――死んだと思ってばかりいたもとの女房が生きていた……

――あら、どこに？

――いま、どじょうやを出るとき、出合頭（であいがしら）に入って来た女づれの客があったろう？。

――ええ。

――あの女だ、……あの女が空襲のときハグれたまえのかみさんだ……

――きッと、とうさんの性悪（しょうわる）を懲（こ）らしに、あの世から迷って来たのよ。

――そんな馬鹿ナ。……いいえ、たしかにそうだ、たしかに生きてたんだ……

――生きてたとしたら、どうなの？

――生きてたとしたら、おれは……おれは……

――こまるの？

――こまる。……いいえ、こまるだけじゃァすまないんだ。

――申訳ないことでもあるの？

――そうなんだ。……もし、あの女に、へんな奴でも附いてたら、おれは、あんかんと東京にはいられないかも知れないんだ。

――だッたら、どっか遠くへ行きましょうよ。二人で。……ちょうどいいじゃァないの、かァさんからも逃げられることになって……

――お前、ほんとにそういってくれるか？

――ほんともウソもないじゃァないの？

――お前がそういってくれるなら……そういってくれるなら……

――考える？

――うん、考える……

……その日、伝吉と栄子のほうでは、またそのあと、こうした話を交したのである。

七

夜、十二時すぎ。……〝藤村〟の二階の、種子の部屋の窓のそとにあたる屋根の上。

……そこに人がひとりうずくまっていた。

□

……その種子の部屋では、いま、種子が夜具の上に倒れ、枕の上に顔を押しあてて泣いている。

遠く、支那蕎麦屋のチャルメラの音。

やがて、種子は、身を起し、用箋のうえにたどたどしくエンピツを運ぶ。……書き了って、それを封筒に入れるとき、かなりの額の金を一しょに入れる。……説明するまでもなく、それは、鈴代を経て、武田からとどいたものである。……そして、封をして、

――民江さま、おんもとへ。

と、宛名にそうしるした。……その金が民江の子供のために役に立てば、これに越したつかいみちはないかとかの女は考えたのである。

そのあと、種子は、鏡台の抽斗をあけ、小さなビンに入った薬をもって来る。簪のさきで、その粉薬を飲みのこしの茶碗に入れ、じッとそれを眺める。

このとき、突然、

――いけない。……いけない、種子さん……

という声と一しょに窓を押しあけ、とびこむように入って来た男。

——あ、あなた、寺田さん……

と、種子の驚きの声をあげるのにかぶせて、

——短気をだしちゃァいけない、短気を……

と、寺田は種子の手から茶碗をもぎとった。

——あら、それ、何んでもないのよ。風邪の薬よ。……

と種子は、寂しくわらった。

——いいえ、駄目、ぼくはみていたんだから。……君がさめざめ、泣いていたんでも、何か書いて封筒に入れたんでも……

——いいえ、あたし、そんな……

——駄目、駄目、かくしても。……ぼくァね。種子さん、はずかしい話だけれど、今夜、この二階に忍びこむつもりで、この窓のそとの屋根に、一時間もまえから……

——何んだって、あなた、そんな……

——だって、この家(うち)で、いくらいっても栄子に逢わせてくれないんだもの……

——あら、御存じないの、あなた？……

——何を？

——この家で逢わせないんじゃァなく、栄子さん、ほんとにいないのよ、もう、この家に……

――ど、どうして？……

と、寺田はあわてて、

――い、いつから？……いつから？……

――さァ、半月？……いいえ、もッとになるかも知れませんわ。いなくなって……

――どこへ行ったんです？……住みかえでもしたんですか、どッかへ？……

――それが分らないの。……あたしたちにも、だまって、急に……

――だまって、急に？……

――そうですの。……だから、そこに、何かわけが？……

寺田は、それを聞くと、放心したように目を伏せた。

――寺田さん、わかりますわ、よく分りますわ、あたしには、あなたがどんなに苦しいか……

種子は言葉をつづけて、

――これをみて下さい、この手紙を……

と、武田からの最後の手紙を、寺田の膝のうえに置いた。

――捨てられた女の心もちも、男の心もちも、おんなじですわ、つまるところは……

寺田は、いきなり種子からうばった茶碗を口に運んだ。

――あッ、駄目、寺田さん……

と、種子、あわててその手にすがりついた。

――あなた、自分だけ勝手に死ねば、それでいいんですか？

――種子さん、おたがいに知らないふりをして、べつべつに二人でこれを飲もう。……ねえ、そうしよう……

――でも、人がみたら心中と思うでしょうね？

――そう思われてもかまわない。……ぼくは、よろこんで、そう思われる……

――ああ、あなたがあたしのあの人だったら？……

と、種子は、半ば自分にいうようにいった。

――種子さんが、もし、ぼくの栄子だったら？……

と、寺田もまた、半ば自分にいうようにいった。

――でも、種子さん、死ぬなら、もっとしずかな、もっと人ざとはなれたところへ行って死のうじゃァないか？……ここで死んでは、ここの家にも気の毒だ……

――そうね。そうしましょう。……かァさんの帰って来ないうちに、逃げましょう、ここを……

――いないの、おかみさん？

――ええ、昼間ッからいないの、かァさんも、とうさんも……

――と、今夜、この家に？……

――栄子さんのいなくなったところへ、民江さんも家へ帰ってしまったでしょう？……
だから、とうさんもかァさんもいないと、わたし一人ッきり……
――どうりで、ヘンに家ん中がしんとしてると思った。
と、寺田、いまさらのようにあたりをみまわした。
このうち、種子、袋戸棚から懐中用ウィスキーをだして来る。
――飲まない？
――ウィスキーか？
――ええ、この間、お客がわすれて行ったのよ。
……二人、ウィスキーを飲む。

□

それから一、二時間あと、二人は、死場所をもとめて、堀切橋のうえに立っていた。

□

それから二、三日あとの午後。……よく晴れた、風のない、雲のたたずまいの春の深さをおもわせる午後。葛西橋の袂に、一方に風よけの葭簀を立てただけの饅頭屋の店をだした民江の耳に、葛西橋の向う岸に、心中したとおぼしい男と女の水死体の引きあげられたというはなしがつたわった。

——あら……

と、民江は、それを聞いて、おもわず眉をひそめた。

——なァに、母ァちゃん？……

と、かたわらにあった女の子が聞いた。

——何んでもないのよ。

と、民江は、ことさらその話に触れようとしなかった。

□

それだけに、やがて、民江にあてた種子の書置（かきおき）が警察からとどいたときのかの女の、驚き、嘆き……

八

佐藤由造と千代子のおでんやは引きつづき繁昌した。

その繁昌は、由造にも、千代子にも、まえの亭主の生きているということについての不安をおのずからうすれさせた。

——矢っ張、他人の空似だったのね。

と、千代子は、でも、幾分は半信半疑にいった。

——あたりまえさ。

と、由造は、気（け）もなくこたえて、

——そんなことよりも、どうだ、だんだんと体の工合は？

——ええ、大丈夫です。

……かくて、ついに、二人は幸福だった。……いいえ、幸福なのはこの二人ばかりでなく、村井と鈴代も松田の仲立でついに結婚した。……松田は、二人の喜ぶ顔をうしろに、故郷の土佐に帰った。……かれの生家は土佐の古い寺だった。

□

……その後、〝藤村〟の代のかわったことだけは分っているが、おしげについても、伝吉についても何んら聞くところがない……

『中央公論』昭和二十八年七月夏季臨時増刊号

敗荷落日

石川　淳

一箇の老人が死んだ。通念上の詩人らしくもなく、小説家らしくもなく、一般に芸術的らしいと錯覚されるようなすべての雰囲気を絶ちきったところに、老人はただひとり、身近に書きちらしの反故もとどめず、そういっても貯金通帳をこの世の一大事とにぎりしめて、深夜の古畳の上に血を吐いて死んでいたという。このことはとくに奇とするにたりない。小金をためこんだ陋巷(ろうこう)の乞食坊主の野たれじにならば、江戸の随筆なんぞにもその例を見るだろう。しかし、これがただの乞食坊主ではなくて、かくれもない詩文の家として、名あり財あり、はなはだ芸術的らしい錯覚の雲につつまれて来たところの、明治このかたの荷風散人の最期(さいご)とすれば、その文学上の意味はどういうことになるか。

おもえば、葛飾土産までの荷風散人であった。戦後はただこの一篇、さすがに風雅なお亡びず、高興もっともよろこぶべし。しかし、それ以後は……何といおう、どうもいけない。荷風の生活の実状については、わたしはうわさばなしのほかにはなにも知らないが、その書くものはときに目にふれる。いや、そのまれに書くところの文章はわたしの目をそむけさせた。小説と称する愚劣な断片、座談速記なんぞにあらわれる無意味な饒舌、すべて読むに堪えぬもの、聞くに値しないものであった。わずかに日記の文があって、いささか見るべしとしても、年ふれば所詮これまた強弩（きょうど）の末のみ。書くものがダメ。文章の家にとって、そうごきのとれぬキメ手である。どうしてこうなのか。荷風さんほどのひとが、いかに老いたとはいえ、まだ八十歳にも手のとどかぬうちに、どうすればこうまで力おとろえたのか。わたしは年少のむかし好んで荷風文学を読んだおぼえがあるので、その晩年の衰退をののしるにしのびない。すくなくとも、詩人の死の直後にそのキズをとがめることはわたしの趣味でない。それにも係らず、わたしの口ぶりはおのずから苛烈のほうにかたむく。というのは、晩年の荷風に於て、わたしの目を打つものは、肉体の衰弱ではなくて、精神の脱落だからである。老荷風は曠野の哲人のように脈絡の無いことばを発したのではなかった。言行に脈絡があることはある。ただ、そのことがじつに小市民の痴愚であった。

葛飾土産以後、晩年の荷風には随筆のすさびは見あたらぬようである。もともと、随筆こそ荷風文学の骨法ではなかったか。ただし、エセエという散文様式を精神の乗物としたところの西欧の発明とは、もとからおもむきがちがう。荷風の随筆は紅毛舶載の流儀に依るものと考えるよりも、やっぱり前代の江戸随筆の筋を引くこと多きに居るものと見たほうが妥当だろう。一般に、随筆の家には欠くべからざる基本的条件が二つある。一は本を読むという習性があること、また一は食うにこまらぬという保証をもっていることである。本のはなしを書かなくても、根柢に書巻をひそめないような随筆はあさはかなものと踏みたおしてよい。また貧苦に迫ったやつが書く随筆はどうも料簡がオシャレでない。その例。奇妙なことに、荷風のしきりに珍重する為永春水が書いた随筆のごときは、あきらかにその無学と貧窮とのゆえをもって、目もあてられぬ泥くさいものになっている。すなわち、和朝ぶりの随筆といえども、右の二つの基本的条件に依って支えられているかぎりでは、ともかくそこに精神上の位置のエネルギーを保つことをえたのだろう。むかしは、荷風は集書の癖あり、またちとの家産を恃んでもいたようだから、まさに随筆家たるに適していたとおもわれる。

しかるに、わたしが遠くから観測するところ、戦後の荷風はどうやら書を読むことを廃している。もとの偏奇館に蔵した書目はなになにであったか知らないが、その蔵書を焼かれたのち、荷風がふたたび本をあつめようとした形迹は見えない。戦後ほどなく諸家の蔵書放出ということがあって、あちこちから古刊本古写本の晦れていたものがながれ出して来て、市場に一時のにぎわいを呈したおりにも、荷風がなにか買ったといううわさはついぞ聞かなかった。それよりすこしのち、フランスの本のことでいえば、パリの新刊書が堰を切ってどっと押し寄せて来たころ、荷風はたしか座談の中で「ちかごろは向うの本が来ないので読まない」という意味のことをしゃべっていた。来ないどころか、来すぎていたくらいである。サルトル、カミュ、エリュアール、ミショオ、メルロー・ポンティなんぞの著作は、すくなくともそれが輸入された当時には、荷風はおそらく読んでいない。荷風の死後、枕もとにフランスの本がいくらかころがっていたとつたえられるが、まちがう危険をかえりみずにいえば、それがどれほどの本であったか。どこにでもざらにころがっているような古本ではなかったのか。念のためにことわっておくが、わたしはひとが本を読まないことをいけないなんぞといっているのではない。反対に、荷風が書を廃したけはいを遠望したとき、わたしはひいき目の買いかぶりに、これは一段と役者があがったかと錯覚しかけた。古書にも新刊にも、本がどうした。そんなものが何だ。くそを食らえ。こういう見識には、わたしも賛成しないことはない。ただし、そのくそを食らえというところから、精神が別の方向に運動をおこして行くのでなければ、せっかくのタンカのきりばえがしないだろう。わたしはひそかに小説家荷風に於て晩年またあらたなる運動のはじまるべきことを待った。どうも、わたしは待ちぼうけを食わされたようである。小説といおうにも、随筆といおうにも、荷風晩年の愚にもつかぬ断章には、ついに何の著眼も光らない。事実として、老来ようやく書に倦んだということは、精神がことばから解放されたということではなくて、単に随筆家荷風の怠惰と見るほかないだろう。

本のことはともかく、随筆家のもう一つの条件、食うにこまらぬという保証のほうは、荷風は終生これをうしなわず、またうしなうまいとすることに勤勉のようであった。ところで、この保証とはなにか。生活上避けがたい出費にいつでも応ずることができるだけの元金。それを保有するということになるだろう。すなわち、rentier（金利生活者）の生活である。財産の利子で食う。戦前の荷風は幸運なランティエであった。このひとにとって、むかしのパリというものはたしかに気に入った世界であったにちがいない。今は知らず、むかしのパリの市民は、勤労者の小市民ならばなおさら、その生活上の夢をおしなべてランティエたることに懸けていたように見える。荷風はアンリ・ド・レニエの書いた物語を好んでいるが、このレニエの著作こそ、すべてのランティエの、もしくはそうなることを念願し憧憬する小市民の、ささやかな哀愁趣味をゆすぶってくれるような小ぎれいな読物であった。ランティエの人生に処する態度は、その基本に於て、元金には手をつけないという監戒からはじまる。一定の利子の効力に依ってまかなわれるべき生活。元金がへこまないかぎり、ランティエの身柄は生活のワクの中に一応は安全であり、行動はまたそこに一応は自由であり、ワクの外にむかってする発言はときに気のきいた批評ですらありえた。ランティエの、いや、荷風の倫理上の自慢はただ一つ。金銭上他人に迷惑はかけない。ということは、自分が他人から金銭上の迷惑をこうむることをいかに恐怖していたかという事情を告げるにひとしいものだろう。もしかすると、他人の所有をおびやかさないような迷惑ならば、もしそれがあったとしても、決して恐怖に値するほどの迷惑ではないという見識なのかも知れない。戦中の荷風は堅く自分の生活のワクを守ることに依って、すなわちランティエの本分をつらぬくことに於て、よく荷風なりに抵抗の姿勢をとりつづけることができた。ランティエ荷風の生活上の抵抗は、他の何の役にも立たなかったにせよ、すくなくとも荷風文学をして災禍の時間に堪えさせ、これを戦後に発現させるためには十分な効果を示している。精神もまたどこかの金庫の中につつがなく、財産とともに保管されて、そこに他人の手がふれることを拒否していたふぜいである。わるくない成行であった。しかし、時は移って、戦後の世の中になると……

戦前の大金は戦後の小銭、むかしの逸民は今の窮民である。ぶらぶらあそんでくらす横町の隠居というものを、今日に考えることができるだろうか。ランティエということばは観念上にもすでにほろびて、そのことばに該当するような人間はもはや実在しえない。事態は明瞭である。一生がかりの退職金でも老後は食えないという市井の事実は、個人生活に於ける元金の魔の失権を告げている。しかし、今日の小市民の中にも、なおむかしとおなじく、ランティエの夢は懐古的にのこっているかも知れない。ただむかしとちがって、今日の小市民はそれがついに実現すべからざる夢だということを、そして食うにこまらない明日の、いや、昨日の夢に足をさらわれては今日たちどころに食うにこまるということを、痛切におもい知っているだろう。小市民というものは存外ぬけめのないやつらなのだから、よっぽど足腰の立たない律気者でないかぎり、あらゆる念願にも係らず、自分の人生観を自分で信ずるなんぞというドジは踏まない。自分の人生観。いや、人生観は出来合の見本がずらりとならんでいる中から、当人の都合に依って、任意に取捨したほうが便利にきまっている。その見本の山の底に、とうに無効になったランティエの夢がうっかりまぎれこんでいたとしても、たれも手を出すはずがない。これは戦争という歴史の断絶が市井に吹きこんだ生活上の智慧だろう。このとき、市井の片隅にあって、荷風がいつも手からはなさなかったというボストンバッグとは、いったいなにか。

ひとの語るところに依れば、荷風はこの有名なボストンバッグに秘めたものをみずから「守本尊」といっていたそうである。そのごとくならば、これは死んでも手をつけてはならぬものにちがいない。もしボストンバッグの中に詰めこんだものがすでにほろびた小市民の人生観であったとすれば、戦後の荷風はまさに窮民ということになるだろう。「守本尊」は枕もとに置いたまま、当人は古畳の上にもだえながら死ぬ。陋巷に窮死。貯金通帳の数字の魔に今日どれほどの実力があろうと無かろうと、窮死であることには変りがない。当人の宿願が叶ったというか。じつは、このような死に方こそ、荷風がもっとも恐怖していたものではなかったか。しかし、すべてこういう心配は週刊雑誌の商売にまかせておけばよいことだろう。われわれが問うのは数字の実力でもなく、また死体の姿勢でもない。

態度として、「守本尊」の塁に拠るところの荷風というものは、前後を通じて一貫したもののようである。戦中には、この態度をもって、荷風がよく自分の身柄を守り、文学を守り、またしたがって精神を守ったことはすでに見えている。しかし、このおなじ態度をもって、晩年の荷風はなにを守ったか、なにを守るつもりであったか、目に見えない。いや、目に見えるかぎりでは意味が無い。ひとはこれを奇人という。しかし、この謂うところの奇人が晩年に書いた断片には、何の奇なるものも見ない。ただ愚なるものを見るのみである。怠惰な小市民がそこに居すわって、うごくけはいが無い。まだ八十歳にみたぬ若さにしては、早老であった。怠惰な文学というものがあるだろうか。当人の身柄よりも早く、なげくべし、荷風文学は死滅したようである。また、うごかない精神というものがあるだろうか。当人の死体よりもさきに、あわれむべし、精神は硬直したようである。晩年の荷風はどうもオシャレでなさすぎる。歯が抜けたらば、これを写真にうつして見せるまえに、さっさと歯医者に行くべし。その歯の抜けた口で「郭沫若は神田の書生」とうすっぺらな放言をするよりも、金石学の権威である郭さんの文集をだまって読んでいたほうが立派だろう。また胃潰瘍ということならば、行くさきは駅前のカツドン屋ではなくて、まさに病院のベッドの上ときまっている。これを常識というか。非ず。わたしは変り身の妙のことをいっている。暮春すでに春服とは、こういう気合のものである。この変り身というものが、晩年の荷風にはさっぱりうかがわれない。精神の柔軟性をうしなったしるしだろう。もしかすると、荷風の精神は戦争に依る断絶の時間を突っ切るには堪えなかったのかも知れない。かくのごとくにして、明治以来の、系譜的には江戸以来の、随筆の家はがっくりつぶれた。これも、もしかすると、和朝流の随筆というものは今日の文学の場に運動するに適格でないのかも知れない。
むかし、荷風散人が妾宅に配置した孤独はまさにそこから運動をおこすべき性質のものであった。これを芸術家の孤独という。はるかに年をへて、とうに運動がおわったあとに、市川の僑居にのこった老人のひとりぐらしには、芸術的な意味はなにも無い。したがって、その最期にはなにも悲劇的な事件は無い。今日なおわたしの目中にあるのは、かつての妾宅、日和下駄、下谷叢話、葛飾土産なんぞに於ける荷風散人の運動である。日はすでに落ちた。もはや太陽のエネルギーと縁が切れたところの、一箇の怠惰な老人の末路のごときには、わたしは一燈をささげるゆかりも無い。

『新潮』昭和三十四年七月号

巻末エッセイ

川散歩と時節の花

石川美子

パリに留学していたとき、日本語を勉強しているレジーヌという友人がいた。ある日、レジーヌが「いま、日本の推理小説を読んでいるのよ」と言った。だれの小説なの、とたずねると、「エドガワサンポ」だという。一瞬、何のことかわからなかったが、すぐにレジーヌはRの字をSの字にまちがえて言ったのだと気づいた。たった一字ちがっただけで、おそろしげな江戸川乱歩はさわやかな江戸川散歩に変わってしまった。思わず笑いだしたが、ふと静かでなつかしいような感覚にとらわれた。草ぶかい土手を背広姿でひとり歩く老人の姿が目にうかんできたのである。

永井荷風は、昭和二十四（一九四九）年八月六日の『断腸亭日乗』にこう書いていた。「夜江戸川散歩。月よし」。ほかの日にも「江戸川堤を歩す」、「午前江戸川堤を歩む」などとある。このころの荷風は、疎開のために岡山や熱海を転々としたあと、市川市菅野の借家に移り住み、あたりの村道や川べりをよく散策していた。江戸川にかかる行徳橋の下に背広姿でたたずむ荷風の写真がのこされている。

川のほとりを歩くよろこびを荷風がはじめて記したのは、明治四十一（一九〇八）年にフランスのリヨンに滞在していたときだった。リヨンはローヌ川とソーヌ川の二つの川が流れる美しい町である。『西遊日誌稿』に収められている一月十八日の日記には、ローヌ川の景色は足をとめてながめるほど美しいと書かれており、その二日後にはこう記されている。「空青く晴れて、日の光已に春の如し。ローン河畔の光景笑めるが如し」。さらに二日後には、「朝霧にこめられたるローン河を眺めんとて河岸通を歩む」とある。

この日の日記は、十一年後に『西遊日誌抄』として発表されたとき、つぎのように書きかえられた。「朝霧立迷ふロオン河の景色を見んとて河岸通を歩みつゝ遠く郊外に至る」。情景がありありと浮かぶ文章だ。日記では、霧の立ちこめる川を見ながら歩いただけだったが、十一年後には、朝霧に人を惑わせるような動きが見られる。その霧にさそわれて歩くうちに、気がつくと郊外まで来てしまっていた。見知らぬ風景のなかに立ちつくす荷風のすがたが見えるようだ。「歩む」を「歩みつゝ遠く郊外に至る」と書きかえたとき、散歩人としての文体が確立したと言えるかもしれない。

『西遊日誌稿』のなかには、こんな文章もあった。「天気は連日、日本の梅雨の時期の如し」。その九年後の大正六（一九一七）年に、『断腸亭日乗』を起筆した九月十六日、荷風は一行めにこう書いた。「秋雨連日さながら梅雨の如し」。リヨンでおぼえた感覚と文章とが『断腸亭日乗』のなかに息づいているかのようだ。

そして『西遊日誌稿』の「ローン河畔の光景笑めるが如し」という文は、ずっとのちの昭和二十年になって『断腸亭日乗』のなかにあらわれることになる。「十一月初六、西風吹きすさめども空晴れ日光のうららかなる事陽春の如し、山も海も微笑めるが如し」。このときの荷風は、熱海に滞在していた。リヨンにいたときと同じように寒い季節だった。同じように、自分の身がどうなるかわからない不安のなかにあった。そんなとき、おだやかな陽光のもとで風景が荷風に微笑みかけて、不安な心を暖めてくれたのだろう。

このときの日記では、つづけて、熱海に花が見られないことが不満げに語られている。家々の庭を見ても、石蕗が咲いているところは少なく、菊はまだ咲いていない。山茶花もほとんど見られないし、ヤツデもめったにない。ヤツデや山茶花は、東京山の手だけのものだろうか、と残念がる。荷風はいつも花々を愛していた。彼が住んだ偏奇館には、いろいろな花木が植えられていた。『断腸亭日乗』にはしばしば庭の花々のことが記された。沈丁花、椎の花、石榴、紫陽花、夾竹桃、菊、山茶花、河原撫子、石蕗など。それらは華やかな花でもめずらしい花でもなく、日常的でつつましい日本的な花だった。年ごとに咲いて、季節のおとずれや歳月の経過をおしえてくれる花だった。花をながめながら荷風はときおり「わが身は一年一年に老ひおとろへ」とか「わたくしの身は徒に老い朽ちて」と口にするのだが、それは自分の老いを嘆くというよりは、時の流れを一身に感じての言葉だったのだろう。日常的な花は、季節や歳月をはかり、きざんでゆくのである。

そのことをあざやかに語っているのが、みじかい随筆「枇杷（びわ）の花」である。大正九年に偏奇館に引っ越してきたとき、荷風は台所の窓の下にちいさな植物の芽を見つけた。それを「わけもなく可憐」に思って、人の歩かない日当りのよさそうなところにそっと植えかえてやった。やがてそれは枇杷の木だとわかる。以前この家に住んでいた人が枇杷を食べて、たねを窓から捨てたのだろうかと想像しつつ、いつしか木のことは忘れてしまった。そして昭和九年になってふと黄色い実がなっていることに気づき、その年の秋にはじめて枇杷の花をじっとながめたのだった。偏奇館に住むようになって十四年がすぎていた。引っ越してきたときは小さな芽にすぎなかったものが、実をつけ、目立たない白い花を咲かせていた。荷風は翌年の実を待ちわびるようになる。歳月がめぐり、経過していることをしみじみと思いながら。

その偏奇館も東京大空襲で焼けおち、庭の花々も樹木もすべて失われてしまった。そして荷風は、一年間の流浪のあとに昭和二十一年一月十六日に市川市菅野にたどりついた。どこまでも静かで緑のひろがる風景のなかに身をおいたとき、どれほどほっとしたことだろう。引っ越して来た六日後にはさっそく散歩に出かけている。松や竹のうっそうとした道をすすみ、人家のほとんどない田園を歩き、一本の木の下に腰を下ろす。風はなく、日の光は暖かだ。鳥のさえずりを聞きながら、みかんを食べた。戦火をくぐりぬけたあと、ようやく心静かに農村の風景をながめるようになったのだ。それからの荷風はあちこちへ散策を広げてゆく。

一か月後の二月十七日の『断腸亭日乗』に「晴、梅花開く」と記されている。三月七日には、近所で梅が満開になっていると書きとめ、農家の庭先で老梅を見つけて、東京にはないものだとよろこぶ。三月末ともなると市中いたるところに梅花が咲きほこり、荷風は句を詠んでみる。「葛飾に越して間もなし梅の花」。梅をいつくしむように日記になんども書きとめる荷風であるが、以前には梅の花を素直に愛でることのできない屈託のようなものがあった。たとえば随筆「日本の庭」では、梅の花を見ると東洋の古典文学の知識をためされるような気分になると書いていた。漢詩と和歌と俳句とが梅の花の香りを吸いつくしたので、自分には香りも風情も感じられないとまで言っていた。だからだろうか、偏奇館の庭には梅の木はなかった。

だが市川に来て、家々の庭に梅が咲いているのを見つけたとき、荷風はうれしくなった。戦火にまみれず、梅の木があちこちに残っていることが予想外のよろこびだった。だから随筆「葛飾土産」のなかで書かずにいられなかった。「茅葺屋根の軒端に梅の花の咲いてゐたのを見て、覚えず立ち止まり、花のみならず枝や幹の形をも眺めやつたのである」と。はじめて屈託のない気持ちで梅花をながめ、美しいと思ったのだろう。それからは毎年、梅の蕾がほころびるのを心待ちにするようになる。

とはいえ、古典文学としての梅のことを忘れたわけではなかった。昭和二十二年一月二十六日に近隣を散歩していたとき、大田南畝の筆による古碑を発見するというできごとがあった。古碑にきざまれた字がよく見えなかったので、井戸水に浸したハンカチでぬぐってみると南畝の字があらわれた。南畝は荷風がふかく敬愛する江戸の文人であり、その古碑を見つけたことは大きな幸せであった。このできごとについて、荷風は『断腸亭日乗』と「葛飾土産」とのなかで語っている。『断腸亭日乗』によると、それは友人とふたりで村道を散歩していたときのことだったという。

　ところが十か月後に書かれた「葛飾土産」のなかでは、「田家にさく梅花を探りに歩いてゐた時」に古碑を見つけたとされている。荷風による虚構であろう。そもそも一月二十六日に梅をさがして散歩するはずがなかった。だが荷風はあえてその虚構を書いた。大田南畝は向島百花園に梅を植えたことで有名な人だから、洒落で書いてみたのかもしれない。とにかく荷風は、梅の花にさそわれて南畝の古碑に出会ったことになった。それは、散歩という日常と、梅のもつ古典文学のちからとが結びついた瞬間だったと言えるだろう。そのふたつを自分のなかで融合したとき、荷風は素直に梅の花をながめられるようになったのではないか。そうして梅もまた季節や時をきざむ花となったのである。

　四月七日になると、梅花は落ちて、桃の花がひらいた。杏や梨の花はまだであるが、桜は三分ほど咲いている。季節がめぐっている。四月十六日には、真間川をさかのぼって桜を見に行ってみる。満開をすぎて雪のような花ふぶきになっていた。四月から六月にかけての荷風の散歩には花々があふれている。藤、牡丹、菖蒲（しょうぶ）、河骨（こうほね）、金ぽうげなど。この季節の『断腸亭日乗』を読んでいると、花々の香りに胸がいっぱいになってくる。

「葛飾土産」では、はじめて山牛蒡の葉と茎と実を目にして、「霜に染められた臙脂（えんじ）の色のうつくしさ」に見とれたと書かれている。野生の萩や撫子の花もうつくしい。農家の庭には、梨、柿、枇杷などの果樹の花が咲いている。どれも荷風の好きな白くて目立たない花だ。老いて死の近づいた荷風にとって、それらのつつましい花々がどれほどいとおしく目にしみたことだろう。花だけでなく、芽や葉をみても、世界はうつくしいと目をほそめたのではないだろうか。

ある日、いつものように散歩をしていたとき、荷風はふと小川を見つけた。江戸川支流の真間川の細流であった。土手の野菊やつゆくさの花にさそわれて歩き、桃や梨の畑をすぎ、松林や田畑のあいだをすすみ、「水彩画様の風景」を楽しんでいると、海の近くまで来てしまっていた。夕方になったので、しかたなく海を見ずに「踵をかへした」という。四十年前のリヨンで、ローン河畔を歩いて郊外まで行ってしまったときも、そんなふうに「踵をかへした」のだろうと、二十九歳の荷風と六十八歳の荷風のすがたが重なってくる。

散歩で荷風が目にした風景は、戦後に書かれた小説のなかで鮮やかに描きだされている。「畦道」や「羊羹」や「買出し」は市川あたりの田園風景や松林が舞台になっているし、「にぎり飯」には真間川の桜が出てくる。つつましい登場人物たちが風景のなかで自然に生きている。かつて荷風は、『濹東綺譚』のなかで、「小説をつくる時、わたくしの最も興を催すのは、作中人物の生活及び事件が開展する場所の選択と、その描写である」と書いた。描写をするためには、まず荷風自身がその風景のなかに身をおいて生きる必要があったのだろう。戦後の彼の小説を読んでいると、荷風は市川の風景のなかを幸せに歩きまわり、つつましいものをそっと愛して生きていたのだろうという気がする。

だが七十二歳をすぎたころから、散歩はめっきり減る。外出は市川と浅草を往復するだけになり、近隣の梅の花を見てまわることも億劫になっていた。昭和三十一年三月に、大田南畝の古碑をふたたびたずねて行き、満開の梅の花をみるということがあった。しかしそれは車での往復だった。かつて歩いて行ったところに、車で行くようになっていた。

花々を見て歩くことはできなくなったが、それでも京成電車の窓から、江戸川や中川べりの桜を見ることはできた。戦後の荷風は、四月にはかならず『断腸亭日乗』に桜のことを記していたが、最晩年にはとりわけ心待ちにしていたようにみえる。昭和三十一年四月三日には「京成電車沿線の桜花開きしもあり未開かざるもあり」と書いている。そして四月十日には「中川堤の桜花咲く」と書く。うれしそうだ。翌年の四月九日には「桜花咲き初む」、そして十四日には「桜花到処満開」。花々が目にしみる。三十三年四月五日には、こう書いた。「江戸川沿岸菜花爛漫。農家の庭に桜花早く満開なるを見る」。これが、川と花について荷風がしるした最後の日記となった。その翌年は、三月一日に倒れてから亡くなるまでの二か月のあいだ、電車に乗ることもできず、近くの大黒屋に食事にでかけるだけの日々だった。だがもしかしたら、四月のある日、大黒屋へ向かう道で、どこかの家の軒端に桜が咲いているのを見つけたかもしれない。桜花を見あげて立ちつくす荷風の姿が目にうかぶ。

（いしかわ・よしこ　フランス文学者）

編集付記

一、本書は『葛飾土産』（一九五〇年二月、中央公論社刊）を底本とし、文庫化したものである。

一、文庫化にあたり、岩波書店版『荷風全集』第十九巻および第二十巻（一九九四年）を参照し、旧字旧仮名遣いを新字新仮名遣いに改めた。

一、底本中、明らかな誤植と思われる箇所は訂正し、難読と思われる語には新たにルビを付した。

一、付録は中央公論社版『久保田万太郎全集』第九巻、筑摩書房版『石川淳全集』第十四巻に拠り、旧字旧仮名遣いを新字新仮名遣いに改めた。

一、本文中、今日の人権意識に照らして不適切な語句や表現が見受けられるが、著者が故人であること、刊行当時の時代背景と作品の文化的価値に鑑みて、底本のままとした。

中公文庫

葛飾土産（かつしかみやげ）

2019年3月25日　初版発行
2019年9月30日　再版発行

著者　永井荷風（ながいかふう）

発行者　松田陽三

発行所　中央公論新社
〒100-8152　東京都千代田区大手町1-7-1
電話　販売 03-5299-1730　編集 03-5299-1890
URL http://www.chuko.co.jp/
DTP　嵐下英治
印刷　三晃印刷
製本　小泉製本

Published by CHUOKORON-SHINSHA, INC.
Printed in Japan　ISBN978-4-12-206715-8 C1195

中公文庫既刊より

な-73-1
麻布襍記（あざぶざっき） 附・自選荷風百句
永井荷風
東京・麻布の偏奇館で執筆した小説「雨瀟瀟」「雪解」、随筆「花火」「偏奇館漫録」等を収める抒情的散文集。初の文庫化。〈巻末エッセイ〉須賀敦子
206615-1

あ-84-3
背徳についての七篇 黒い炎
安野モヨコ選・画
幸田文／久生十蘭／永井荷風 他
全員淫らで、人でなし。不倫、乱倫、子殺し……濃密に咲き乱れる、人間たちの〝裏の顔〟。安野モヨコの挿絵とともに、永井荷風や幸田文たちの名短篇が蘇る。
206534-5

お-2-12
大岡昇平 歴史小説集成
大岡昇平
「挙兵」「吉村虎太郎」など長篇『天誅組』に連なる作品群ほか、「高杉晋作」「竜馬殺し」「将門記」など戦争小説としての歴史小説全10編。〈解説〉川村湊
206352-5

や-1-2
安岡章太郎 戦争小説集成
安岡章太郎
軍隊生活の滑稽と悲惨を巧みに描いた長篇「遁走」ほか、短篇五編を含む文庫オリジナル作品集。巻末に開高健との対談「戦争文学と暴力をめぐって」を併録。
206596-3

よ-17-14
吉行淳之介娼婦小説集成
吉行淳之介
赤線地帯の疲労が心と身体に降り積もり、街から抜け出せなくなる繊細な神経の女たち。「赤線の娼婦」を描いた全十篇に自作に関するエッセイを加えた決定版。
205969-6

し-10-6
妻への祈り 島尾敏雄作品集
島尾敏雄
梯久美子編
加計呂麻島での運命の出会いから、二人はどのようにして『死の棘』に至ったのか。島尾敏雄の諸作品から妻ミホの姿を浮かび上がらせる、文庫オリジナル編集。
206303-7

し-11-2
海辺の生と死
島尾ミホ
記憶の奥に刻まれた奄美の暮らしや風物、幼時の思い出、特攻隊長として島にやって来た夫島尾敏雄との出会いなどを、ひたむきな眼差しで心のままに綴る。
205816-3

各書目の下段の数字はISBNコードです。978-4-12が省略してあります。

う-9-4
御馳走帖
内田百閒（ひゃっけん）
朝はミルク、昼はもり蕎麦、夜は山海の珍味に舌鼓をうつ百閒先生の、窮乏時代から知友との会食まで食味の楽しみを綴った名随筆。〈解説〉平山三郎
202693-3

う-9-5
ノラや
内田百閒
ある日行方知れずになった野良猫の子ノラと居つきながらも病死したクルツ。二匹の愛猫にまつわる愛情と機知とに満ちた連作14篇。〈解説〉平山三郎
202784-8

う-9-10
阿呆の鳥飼
内田百閒
鶯の鳴き方が悪いと気に病み、漱石山房に文鳥を連れて行く……。『ノラや』の著者が小動物たちとの暮らしを綴る掌篇集。〈解説〉角田光代
206258-0

う-9-11
大貧帳
内田百閒
お金はなくても腹の底はいつも福福である――質屋、借金、原稿料……飄然としたなかに笑いが滲みでる。百鬼園先生独特の諧謔に彩られた貧乏美学エッセイ。
206469-0

う-9-6
一病息災
内田百閒
持病の発作に恐々としつつも医者の目を盗み麦酒をがぶがぶ……。ご存知百閒先生が、己の病、身体、健康について飄々と綴った随筆を集成したアンソロジー。
204220-9

う-9-7
東京焼盡（しょうじん）
内田百閒
空襲に明け暮れる太平洋戦争末期の日々を、文学の目と現実の目をないまぜつつ綴る日録。詩精神あふれる稀有の東京空襲体験記。
204340-4

い-38-3
珍品堂主人　増補新版
井伏鱒二
風変わりな品物を掘り出す骨董屋・珍品堂を中心に善意と奸計が織りなす人間模様を鮮やかに描く。関連エッセイを増補した決定版。〈巻末エッセイ〉白洲正子
206524-6

い-38-4
太宰治
井伏鱒二
師として友として太宰治と親しくつきあった井伏鱒二。二十年ちかくにわたる交遊の思い出や作品解説など太宰に関する文章を精選集成。〈あとがき〉小沼丹
206607-6

各書目の下段の数字はISBNコードです。978－4－12が省略してあります。

い-38-5
七つの街道
井伏鱒二
篠山街道、久慈街道……。古き時代の面影を残す街道を歩いて、史実や文献を辿りつつ、その今昔を風趣豊かに描いた紀行文集。〈巻末エッセイ〉三浦哲郎
206648-9

お-2-17
小林秀雄
大岡昇平
親交五十五年、評論から追悼文まで「人生の教師」であった批評家の詩と真実を綴った全文集。巻末に小林との対談収録。文庫オリジナル。〈解説〉山城むつみ
206656-4

よ-5-8
汽車旅の酒
吉田健一
旅をこよなく愛する文士が美酒と美食を求めて、金沢へ、そして各地へ。ユーモアに満ち、ダンディズムが光る汽車旅エッセイを初集成。〈解説〉長谷川郁夫
206080-7

よ-5-11
酒談義
吉田健一
少しばかり飲むというの程つまらないことはない——。飲み方から各種酒の味、思い出の酒場まで、ユーモラスに綴る究極の酒エッセイ集。文庫オリジナル。
206397-6

よ-5-10
舌鼓ところどころ／私の食物誌
吉田健一
グルマン吉田健一の名を広く知らしめた「舌鼓ところどころ」、全国各地の旨いものを紹介する「私の食物誌」。著者の二大食味随筆を一冊にした待望の決定版。
206409-6

よ-5-12
父のこと
吉田健一
ワンマン宰相はワンマン親爺だったのか。長男である著者の吉田茂に関する全エッセイと父子対談「大磯清談」を併せた待望の一冊。吉田茂没後50年記念出版。
206453-9

ふ-2-7
楢山節考／東北の神武たち 深沢七郎初期短篇集
深沢七郎
「楢山節考」をはじめとする初期短篇のほか、伊藤整・武田泰淳・三島由紀夫による選評などを収録。文壇に衝撃をもって迎えられた当時の様子を再現する。〈解説〉小山田浩子
206010-4

ふ-2-6
庶民烈伝
深沢七郎
周囲を気遣って本音は言わずにいる老婆（「おくま嘘歌」）、美しくも滑稽な四姉妹（「お燈明の姉妹」）ほか、烈しくも哀愁漂う庶民を描いた連作短篇集。〈解説〉蜂飼耳
205745-6

ふ-2-8
言わなければよかったのに日記　深沢七郎
小説「楢山節考」でデビューした著者が、武田泰淳、正宗白鳥ら畏敬する作家との交流を綴る文壇日記。巻末に武田百合子との対談を付す。〈解説〉尾辻克彦
206443-0

ふ-2-9
書かなければよかったのに日記　深沢七郎
ロングセラー『言わなければよかったのに日記』の姉妹編（『流浪の手記』改題）。飄々とした独特の味わいとユーモアがにじむエッセイ集。〈解説〉戌井昭人
206674-8

や-1-3
とちりの虫　安岡章太郎
ユーモラスな自伝的回想、作家仲間とのやりとり、鋭く笑える社会観察など、著者の魅力を凝縮した随筆集。阿川弘之と遠藤周作のエッセイも収録。〈解説〉中島京子
206619-9

ふ-22-4
編集者冥利の生活　古山高麗雄
安岡章太郎「悪い仲間」のモデル、『季刊藝術』の同人として知られた芥川賞作家の自伝的エッセイ&交友録。表題作ほか初収録作品多数。〈解説〉荻原魚雷
206630-4

う-37-1
怠惰の美徳　梅崎春生　荻原魚雷編
戦後派を代表する作家が、怠け者のまま如何に生きてきたかを綴った随筆と短篇小説を収録。真面目で変でおもしろい、ユーモア溢れる文庫オリジナル作品集。
206540-6

み-9-11
小説読本　三島由紀夫
作家を志す人々のために「小説とは何か」を解き明かし、自ら実践する小説作法を披瀝する、三島由紀夫による小説指南の書。〈解説〉平野啓一郎
206302-0

み-9-12
古典文学読本　三島由紀夫
「日本文学小史」をはじめ、独自の美意識によって古今集や能、葉隠まで古典の魅力を綴った秀抜なエッセイを初集成。文庫オリジナル。〈解説〉富岡幸一郎
206323-5

よ-15-10
親鸞の言葉　吉本隆明
名著『最後の親鸞』の著者による現代語訳で知る親鸞思想の核心。鮎川信夫、佐藤正英、中沢新一との対談を収録。文庫オリジナル。〈巻末エッセイ〉梅原猛
206683-0

各書目の下段の数字はISBNコードです。978-4-12が省略してあります。

む-28-1
幕末 非命の維新者
村上一郎
大塩平八郎、橋本左内から真木和泉守、伴林光平まで。歌人にして評論家である著者が非命に倒れた維新者たちの心情に迫る、幕末の精神史。〈解説〉渡辺京二
206456-0

は-73-1
幕末明治人物誌
橋川文三
吉田松陰、西郷隆盛から乃木希典、岡倉天心まで。歴史に翻弄された敗者たちへの想像力に満ちた出色の人物論集。文庫オリジナル。〈解説〉渡辺京二
206457-7

く-2-2
浅草風土記
久保田万太郎
横町から横町へ、露地から露地へ。「雷門以北」「浅草の喰べもの」ほか、生粋の江戸っ子文人による詩趣豊かな浅草案内。〈巻末エッセイ〉戌井昭人
206433-1

い-126-1
俳人風狂列伝
石川桂郎
種田山頭火、尾崎放哉、高橋鏡太郎、西東三鬼……。破滅型、漂泊型の十一名の俳人たちの強烈な個性と凄まじい生きざまと文学を描く。読売文学賞受賞作。
206478-2

よ-5-9
わが人生処方
吉田健一
独特の人生観を綴った洒脱な文章から名篇「余生の文学」まで。大人の風格漂う人生と読書をめぐる随想集。吉田暁子・松浦寿輝対談を併録。文庫オリジナル。
206421-8

も-4-1
渋江抽斎
森鷗外
推理小説を読む面白さ、鷗外文学の白眉。弘前津軽家の医官の伝記を調べ、その追求過程を作中に織り込んで伝記文学に新手法を開く。〈解説〉佐伯彰一
201563-0

ち-8-1
教科書名短篇 人間の情景
中央公論新社編
司馬遼太郎、山本周五郎から遠藤周作、吉村昭まで。人間の生き様を描いた歴史・時代小説を中心に中学教科書から厳選。感涙の12篇。文庫オリジナル。
206246-7

ち-8-2
教科書名短篇 少年時代
中央公論新社編
ヘッセ、永井龍男から山川方夫、三浦哲郎まで。少年期の苦く切ない記憶、淡い恋情を描いた佳篇を中学教科書から精選。珠玉の12篇。文庫オリジナル。
206247-4